吕黎明　著

团结出版社

图书在版编目（CIP）数据

青光/吕黎明著. --北京：团结出版社，2017.7
ISBN 978-7-5126-5291-0

Ⅰ．①青… Ⅱ．①吕… Ⅲ．①短篇小说－小说集－中
国－当代 Ⅳ．①I247.7

中国版本图书馆CIP数据核字（2017）第155214号

出 版	团结出版社
	（北京市东城区东皇城根南街84号 邮编：100006）
电 话	（010）65228880 65244790
网 址	http://www.tjpress.com
E-mail	65244790@163.com
经 销	全国新华书店
印 刷	三河市京兰印务有限公司
装帧设计	成都天恒仁文化传播有限责任公司

开 本	165mm×235mm 1/16
印 张	15
字 数	172千字
版 次	2017年7月第1版
印 次	2020年6月第2次印刷

书 号	ISBN 978-7-5126-5291-0
定 价	52.80元

目录

C O N T E N T S

教育史

JIAO YU SHI

一

　　六岁那年，母亲给我缝了一个带红五星的书包上学了。我们这个小山村一九六三年前后出生的孩子有好几十，大概是国家三年困难时期过后人们肚里有了点油水放开生育的缘故。这个村子以前的孩子就不多，大人没有油水，孩子就很难养得活。养不活的统统埋到一个叫小鬼堂的地方，这是我后来翻看宗谱时发现这个惊天秘密的。现在孩子一多，乱糟糟的，大人要忙田垟生活，无人管教，村里就向上级反映为我们提前开班上学。小小年纪，我们就开始上小学一年级了。

学校在村东头的祠堂里，由于教师不多，课室又紧张，一二三年级坐在一起，一共六十多人。戏台对面那三间厅堂当教室，两侧厢房里是四、五年级。姐姐本来已在四、五里外的公社（那时乡镇叫公社）中学读初中了，为了照顾我回到村里读小学五年级。像她这样从初中回来的有好几个。每天早上我伏在姐姐背上，一支小木枪搁在她肩上向学校方向瞄准，到校门口跳下来跑到自己的座位上。教我们语文的是一个大肚皮的女老师，她的个子比高年级的学生高不了多少，住戏台后面的小阁楼里，一个煤饼炉，自己生火做饭。算术老师人高马大，口齿不清，总是很匆忙的样子，他不住校，中午也不在学校吃，教完课赶十几里山路回去做农活。听人说他是个民办教师，工资比正式教师少，要经常回去种田，养活一家人。还有体育老师和音乐美术老师，都是男的，也住校，两人搭伙做饭。我想住校的都是正式老师吧，工资高，可以不干农活，不像算术老师那样劳碌。校长是大队（那时村叫大队）书记兼，我们按辈分叫他哥、叔、公，叫得一塌糊涂。他一迭声地应，很满意我们这样叫，因为没文化，叫他校长反而有点难为情。他基本上不到校，学校修理才找他，相当于现在的后勤总务之类。我们上午和下午各上两堂课，因为要教三个班，每堂课的时间就比较长。老师先教三年级，布置了作业再教二年级，到我们一年级时，就有人睡着了。我们虽然读一年级，却懂得很多三年级的事情，而有的人读到三年级，却只有一年级的水平。我后来想，这样的事情是不是这种混杂教学造成的结果呢？所以后来我在乡镇工作分管教育时拼命向教育局要教师，筹集资金扩建校舍，尽量取消这种混杂的复式教学。却不料再后来提倡人口集聚，山村撤并，学校也由最初的办到贫下中农家门口集中到几个中心村，造成教师大量过剩，以致我为安排他们的生计伤尽了脑筋，扩建的村级校舍也成了废墟，白白浪费了一些钱物。

　　我一上学，就学着高年级男孩子的样子与女同学划清了界线，那个时候与女同学一起玩是羞耻的事。可偏偏为了防止吵闹，老师为我们几个比较调皮的搭配了女同学同桌。我的同桌稍一越轨，我就拿削得很尖的铅笔去戳。她虽然泪眼巴巴的，却从不告诉老师。一直到三年级，她都和我同桌，老师给她调桌位都不肯。有一回忍不住偷偷地问她为什么？她红着脸说，我喜欢看你写作文。我懵懵懂懂的，写作文有什么好看的？不过那时节我的作文确实是全班第一名的。语文老师能在课堂上讲许多故事，最多的是越南小朋友反抗侵略者的故事。老师双手按在微微凸起的肚皮上，眼睛看着我们，娓娓述说着一个又一个故事，那样子好像现在的所谓"胎教"。讲了后叫我们写，写得好的拿到上面去读。她的这一方法激发了大家学语文的兴趣，后来在我们走入社会的伙伴当中，会写的很多，会说的也不少。算术老师我们都不喜欢，他除了照着课本讲一遍外，经常瞪着眼吼："吵什么吵！"我们都很严肃认真，私下里却做小动作。我叫同桌的那位给我挠痒痒，她开始忸怩着不肯，禁不住铅笔尖的威胁只得给我挠昨夜蚊子叮过的地方。我的铅笔尖开始转移了方向，对准了同性，直至把一个瘦小的男同学扎出了血才有所收敛。

　　音乐和美术同一个老师，他两肩瘦削，眼镜又厚又大，从平时口音判断他来自一个遥远的地方。但他的普通话说得很好听，和广播喇叭的播音员差不多。他教我们用普通话唱："大刀向鬼子们的头上砍去，全国爱国的同胞们……杀！"特别是最后那一句"杀！"全班同学情不自禁集体起立，用手恶狠狠地劈向前桌，是很痛快的。不上课的时候，他就哼一些谁也听不懂的小调，眯着眼睛，很惬意的样子，但这些小调从来不教给我们。后来我才知道那是一些苏联民歌。上美术课时，他教我们画人物，画花草，发一些红红绿绿的蜡笔叫我们填色。他自己画得一手毛主席像，写得一手美术字。祠堂外墙上毛主席像是他画的，主席像虽然只有一个头像，却又高又大，加上四射的光芒，占据了整整一面墙。村里两个小伙子扶着梯子让他爬上爬下忙活了一个星期才完成。后来上面知道了，叫他到各村去画，搞了半年才回来。

体育老师听说是部队里待过，犯了点错误才到这里教书。他一年四季穿着军装，戴着军帽，走起路来很有威势。因为反动派亡我之心不死，所以那时候体育课大多与军事训练有关。他最拿手的是教我们掷手榴弹，那手榴弹几乎和真的一样，上端铁壳包裹着，下端是木柄，很沉重。每掷一次，他就喊："卧倒！"我们全都就地卧倒，谁要是想选择干净一点的地方再卧倒，他上去给你一栗凿。卧倒的时间有一两分钟，大气都不敢出。有一回我慌乱之中卧倒在同桌身上，想挪动一下，想起那一栗凿，颇有些为难。同桌脸蛋红红的，扭过头来一动不动看着我。我第一次这么仔细地看她，发现她其实长得比班上所有女孩子都好看。我就这么多卧了两分钟，真的被手榴弹炸了一样。事后同学们都笑话我，可体育老师表扬了我，说真的碰到手榴弹爆炸就应该这样，这叫舍己救人。第二项体育活动是挖防空洞，地点选在后山临近村子的毛竹园里。体育老师说，这里全是红土，粘性好，挖的洞不易倒塌。竹园是个天然隐蔽场所，敌机来了也不易发现，离村子又近，村民钻防空洞迅速，钻洞后又可监视村里的一举一动。这些洞后来废弃不用时成为我们的玩乐场所，大家在里面钻进钻出，衣裳磨破了一件又一件。他告诉我们头顶上有隆隆的响声极有可能是台湾或美国"飞贼"光临，尤其是我们东南沿海这种可能性更大，听到此类响声要马上就近隐蔽，无地方隐蔽要就地卧倒。有降落伞之类的东西要马上报告，天上丢下来的东西不要随便拾起，糖果也不要拾，这些都有可能是炸弹，越小的东西炸起来威力越大，原子弹爆炸就是这个道理，听说附近村子就有人剥开糖果给炸死了。于是我们放学时经常练习隐蔽，在房前屋后躲来躲去，到家时连饭都凉了，遭到大人一顿骂。他说第三次世界大战正在酝酿之中，中国肯定是要参战的，因为我们有战争的经验。有人问什么叫"酝酿"，他说就是准备吧。于是我们摩拳擦掌天天准备等待第三次世界大战爆发，好把这些学到的东西派上用场。可战争始终没有爆发，我们学的武艺大多用在了打斗上。

二

读四年级的时候，我们的课室换到了厢房里，不再混杂教学。厢房在祠堂两边的楼上，开了几扇窗子，显得亮堂多了。老师也经过几番调动。语文老师回家生孩子后一去不复返，都说她课教得好，给调到城里去了。我当大队会计的父亲开始教我们语文。我父亲只有高小（相当于小学）毕业，虽然在乡里县里甚至到省城干过工作，国家三年困难时期回到村里当大队会计，对于算账起草报告总结之类很在行，但当教师就显得力不从心了。他待人一团和气，不大讲原则，对我们也是一样。在我的记忆中，他从没打骂过我，有的只是溺爱，好像把教育子女的任务全交给了母亲。在课室里，几个调皮的乘他不注意把粉笔偷个精光他也不生气，我甚至养了一只叽叽喳喳的麻雀，带到课室里他也不管。最后他实在没有兴趣与孩子们搅在一起叫另一个初中毕业的后生代替他当了语文老师。这个后生后来转正当了个正式老师，而我父亲却一直是个农民，母亲每说起这段往事时总懊悔不已。这个后生我们不叫他老师分别按辈分叫，他也胡乱应，但他从来不给我们一点面子，把粉笔看得很紧。他不讲故事，每天只叫背课文，显然没有大肚子女老师教得好。但我们由于熟读了课文内容，考试成绩都不错。算术老师回家种田去了，有人说他教书那么一点工资，供不起一家老小，只得放弃；也有人说他教得不好，有一次统考学生做的题目有一半是错的，并且错得一模一样，中心校统一改卷时才发现这个秘密。上面说他误人子弟，撤了他。后来像他这样由于各种各样原因被辞退的民办教师乡里就有好几十，在全省全国形成一庞大的社会群体，搞得政府很是头痛。我当乡官分管教育时他找过我，说把最美好的青春年华都为山区的教育事业作了贡献，现在老了，体弱多病，生活困难，叫我给他落实政策。我只好利用手中的权力给他找了个食堂后勤之类的活干，算是报答了他。唯一的要求是他不要参加被辞退民办教师串联上访，给政府制造压力。民办教师走后，一个南下干部临时充当了我们的算术老师，据说他出身不好，读了很多书，精通算术，帮部队首长算计过一仗歼灭敌人需要多少时间，一点儿都不差。但他说的方言实在让人听不懂，好像电影里日本鬼子说话似的，叽哩呱啦，我们的小学算术算是彻底完蛋了。

　　那个会说普通话的音乐美术老师，听说是一个潜伏得很深的反革命分子，在一个偶然的机会里给揪了出来。邻村一位漆匠对画毛主席像和忠字台很在行，他不知什么原因经常站在主席像下沉思，一副虔诚的样子。哪知道他对美术老师的画在作仔细研究，几天之后竟发现主席像的纽扣是一个骷髅的标记。寻常的人看不出来，只有同行才会辨别识破。于是我们的老师受了处分。好在音乐美术是副课，从事音乐美术的老师大多是白专分子，上面没有再配老师。

　　体育老师由于成绩出色破格提拔到公社里当了个武装部长，听说他教基干女民兵掷手榴弹时也是经常卧倒在她们身上的，和几个漂亮的经常钻防空洞。学校的日课表上虽然设了体育课，却无人上课。我记得小时候冬天特别冷，呵气成冰，大家体育课没事做就挤暖暖，把一件原本就很破旧单薄的衣裳挤得支离破碎，露胳膊露腿的，反倒更冷了。大队书记有开不完的会，课室的窗玻璃碎了也无人换了，用几张尼龙纸一糊了事。我们几个好动的坐在窗下，就拿铅笔把尼龙纸戳得千疮百孔，眼睛贴上去看外面萧杀苍黄的风景。夏天跑到长满水草的池塘里游泳，起初光着屁股倒腾，几次下来屁股被水草割得通红，又痒又痛，只好穿上裤衩，上岸后任其自然风干。一度时期，我由于吸水过多，加上身子矮小单薄，经常感冒，夜里身体发热，后来发展为哮喘，喉咙里像母亲拉风箱似的，到小学毕业才有所好转。母亲往往叹息，说是我出生那年，家里劳力不够，她起早摸黑捞浮萍喂猪，劳累过度，结果导致我不足月份就出来了，从小瘦弱多病，发育相对迟缓。我认为母亲的说法有一定道理，由于提早来到人间，娇嫩无比，抗病能力自然弱。在以后的日子里，我发过眼病，生过耳炎和疖疮，得过疮疖，患过牛皮癣和脚气病……可以说是体无完肤了。每到关键时刻，神经高度紧张，这些疾病便发作。每当考试，胯下经常奇痒无比，两手基本上在下面操作，以至于老师误认为我在作弊，多次提出警告，这样一来，基础本来不好的数学都差不多交了白卷。

小学快毕业的时候，我迷上了看连环画，并且目睹了两个小伙伴死亡事件。大队办了图书室，地点是语文老师住过的小阁楼，却大门紧闭，从不开放，应付上面检查用。我就从高高的窗户上翻进去，躲在里面看个天昏地黑才出来。有一回从窗上跌下来，昏迷了好长时间，醒来后身上到处痛，一瘸一拐回到家里告诉母亲。母亲急忙把父亲找来。父亲知道从这么个地方跌下来，在我身上揉了揉，说没事的，以后别爬。父亲对于这些事情从来是这样的，不大认真，认为孩子摔摔打打是正常的，不值得大惊小怪。我果然第二天就没事了，却禁不住照样爬。一个小伙伴也想爬进去，跌下来后被人背回家里。他父母不放心，要送他到医院去看看。他害怕打针吃药，就不顾疼痛从家里跑出来，边跑边哭喊："我不去医院呀！我没事的呀！……"他父亲死死逮住他送到医院，医生一检查，说腹部有一肿块要动手术。他父亲为了哄他上手术台就买了饼干给他吃，结果他永远躺在手术台上没有下来，直把他父母哭昏了好几次。后来听说是医生失手了，割去肿块的同时，把胃里的饼干翻腾上来堵住了气管。那次事件后，老年人都说祠堂戏台后面小阁楼里有鬼，解放前一个草台班子在这里演戏，为了挣钱糊口，一个花脸病得很重了还上台演出，唱着唱着就晕过去了，抬到小阁楼里就咽气了。我再也不敢爬窗入室，无书看就打架，把同伴打得头破血流的，经常惹母亲一顿好打。

我的同桌小学没毕业就辍学了，她是家里的老大，下面弟妹一连串，父母让她在家帮着干活，还给找了个大十几岁的对象。那对象是个正劳力了，经常出入她家，帮她父母干活。我们遇见她，都笑话她嫁老公了，和老公怎么怎么了，她就躲开来哭，走路和做事就有些木讷呆滞。后来她在池塘边洗衣服时滑了下去，结果淹死了。我们看过那口小小的池塘，始终不明白这个地方能淹死人。听说她的父亲抱着她不让下葬，邻居劝说了一天一夜才放手的。我在课室尼龙糊的窗户上目睹了整个出丧过程。记得那天天色特别昏黄，将近中午时，一行人走出村口，前面一个人敲锣，后面两个人扛着一只戏箱样的棺材急走。没有长长的送葬的队伍，只有她父母跟在后面号哭，一会儿就拐过山岗不见了。后来我正好有一丘地分在她的坟边，我独自一人忐忑不安在那丘地上种了番薯，藤蔓疯长开来，连整个坟墓都覆盖了，到开挖时竟发现一颗番薯也没有，真是见了鬼了。

这两起事情搞得我很是胆小，奶奶过世时我甚至不敢从她床边走过，尽管小时候一直睡在她身边。学校里组织夜呼队时，在惨白的夜色中，我总是挤在队伍中间，一个人回家时总要高唱："大刀向鬼子们的头上砍去……！"或者高喊："一切反动派都是纸老虎……！"这样虚张声势，壮壮胆子。

三

小学毕业后，我们班升入公社中学的只有三分之一，有的家庭困难辍学了，有的对读书完全没有了兴趣。那时节没有基本普及九年义务教育，学制要缩短，教育要革命，初中连小学只读七年书。公社中学离村四、五里地，我们是走读生，刚走时够吃力的。好在发下来的课本都很薄，基本上都是些简单的东西，读起来也不那么吃力。不像现在的孩子大车小车接送，小学生的书包比人还大，看着就叫人喘不过气来。当时历史与政治课本是很薄的，读到学期结束却有原来的两本那么厚。每过几节课老师就会发下一张讲义，叫你贴在某页某段上，说是原来那一页那一段有问题，与上面精神不符，必须修改。比如秦始皇"焚书坑儒"那一节，原来说这种行为是错的，后来却说是对的，还说焚的书太少，坑的儒不多，好像秦始皇的力度还不够大。这样不断地发讲义叫我们贴，日积月累的，两本书厚起来，砖块似的。

我由于小学发生了偏科，中学时读语文很轻松，附带着政治历史地理等也很轻松，数学不行，物理化学也跟着遭殃。英语简直是一堆枯燥乏味的符号，怎么也无法把它们排列整齐。人生得矮小，体育成绩也上不去，掷手榴弹挖防空洞当然取消了，我除了仰卧起坐稍灵活外，其他的诸如跑步篮球之类总是最后几名。好在教体育的是我同宗同族的一个叔，总也能得个 60 分。实际上那时节分数高低无所谓的，高考还未恢复，高了也是白高。劳动课倒很注重，说是学习必须同生产劳动相结合，要德、智、体全面发展。我们到校办厂学习做过算盘，上山割过积肥用的秧草，到村后高高的白崖岗上采过茶。我还为此写过一首诗登在黑板报上，受到了语文老师的表扬。那时流行格律诗，我是这样写的：

七律·采茶

那天我们去采茶，

路上碰到一条蛇。

上去一脚踩死它，

全班同学笑哈哈。

……

　　除了写诗，我还画画，写美术字，上数理化基本上都做这些小动作。可是写诗老师说好，画画写美术字却遭到了严厉批评。特别是有一次偷偷画了个女孩子，本来是画穿上衣服的，还未完工就被老师发现了，那幅画看起来就像是裸体画。我知道大祸临头了，那天下午班主任把我叫到寝室里，反锁上门顾自走了。我焦急地在房间里走来走去，设想着无数个结局。傍晚时分，门开了，我却意外地发现找谈话的是教英语的一位女老师。处理这种事男老师还好一些，怎么来个女的，我顿时满面羞涩，浑身颤抖。英语老师问："这是你画的吗？"我低下头说："是的。"她说："你画得还不错嘛，只是……"我连忙说："我本来想画穿上衣服的，但没来得及完成。"她说："噢，是这样的，不过你现在不是画这些画的时候，学校知道了会开除你的，这是黄色画你知道吗？不过这次我和班主任商量了，只要你不再画，认真学习功课，我们就不说。"我不知道会是这个结果，终于抬起头来感激地看了她一眼。从此对学英语认真起来，就像是报答她。就这样，一个艺术生的苗子被扼杀了，要是现在，这样的学生可是非常有发展前途的。

　　语文政治历史太简单，数学物理化学又没兴趣，画画又不行，在这百无聊赖中，我只有看课外书。父亲曾做过大队图书管理员，那个小伙伴一死，图书室就关闭了，就有一部分书放在家里。我每次带一本去学校看，一年下来，把这些书全看遍了，现在还依稀记得有《林海雪原》《野火春风斗古城》《暴风骤雨》等。无书看的时候就逃学，今天肚子痛，明天手脚酸，当然这些都是假的，但有段日子头晕是真的。那一年麦收前淫雨连绵，我们都打赤脚去读书，看到田野里好多麦都倒伏了，霉烂了，但家家户户还是舍不得丢弃，收割后照常磨粉烧面吃，结果就有很多孩子患头晕的毛病。若干年后我带着儿子去割麦，他问，麦是一根一根割的吗？我本来想给他讲讲头晕的故事，面对四体不勤、五谷不分的他，却一下子失语了，只说，你想怎么割就怎么割吧。也许，现在的孩子都一样，这一课是永远补不上了。

　　暑假的日子往往很好过，我们村子里孩子学着大人的样子分成了好多派，开展了打斗。我成了其中一派的头领，我看的书多，就按照古人的样子在自己的队伍里设置了许多机构，有军师、有大将、有先锋、有主力、有后勤。大家都背着喷雾器杆做的火药枪去战斗，成天在防空洞和村巷上滚爬。真的上战场一样，把当年体育老师教的派上了用场。有一回给另一派的首领头上烧起了一个大泡子，遭到母亲好一阵子打骂。那首军歌是仿照"大刀向鬼子们的头上砍去"的曲调改编的，唱起来很是雄壮。我们还做了几辆滑轮车，由几个力气大、个子高的推着，供几个首领乘坐。这些是其他各派所没有的，因此不到一年，我们便吞并了其他各派，组成了一支庞大的队伍，可以与邻村那些稍大的孩子军抗衡了。一仗下来，往往把他们打得落花流水。在诸多的战役中，我是负伤最多的一个，刀砍伤过手指，玻璃割过肚皮，背脊挨过棍棒，有一回带着大队人马经过一座木板桥时有些得意忘形，竟然自己把自己的脚背割了一刀，背到医院里被医生缝了三针，到开学时害得在同一地方当民办教师的哥哥背了我好几天。

"敌人"消灭得差不多的时候，自己的队伍里发生了混乱。我瘦弱矮小的身体有点压不住这阵势，就想出了一个主意批斗队伍里的腐败分子。那时节谁要是和女孩子好是不光彩的事，大人们也常拿这些事斗来斗去。我们就一个一个审查过关，对几个大将深挖得尤其厉害，挖出一个就撤职一个，并关在祠堂里语文老师住过的小阁楼里反省。关在那里是不好受的，都说那里有鬼，放出来时每个人都服服帖帖的。我一边批斗他们，一边心里就不平起来，他们基本上都和人家好过，自己至今还是"孤家寡人"，这太不公平了，就渐渐地对军师的妹妹有了好感。那个黄毛丫头，我以前与她哥哥在她家进进出出时从没注意过她，可能战事太繁忙了，这回却发现她有一种异乎寻常的美，并且有点早熟。她对我很有好感，首领的魅力是无穷的。我就把指挥部移到她家里去。她的父母待人很好，我看到过他们年轻时拍的照片，她父亲理着三七开的分头，穿着西装，她母亲则穿着旗袍，露出白白的一截腿。后来才知道她父亲解放初期在省城工作过，犯了错误才回到老家，她母亲是那个城市里的富家大小姐，怪不得生的女儿这么漂亮。后来我看到一些边远地区少数民族姑娘嫁到这里，她们生的孩子个个体魄健壮，智力超群，活泼可爱，会不会也是这样一种远交优势呢？军师的妹妹最终还是和我分手了，原因有这么两条，一是我属她叔的辈分，那时节侄女哪有嫁给叔的，尽管不是亲叔，宗族的观念还是要恪守的；其次我在她眼里前途无量，迟早要走出山村的，到时候把她甩了岂不害了她。她小小年纪对前路看得如此明白，用我们山村的说法叫做"人精"，我只好断绝了和她的往来。期间只有一起在村子的操场上看过几场电影，多半是互相看着，说些悄悄话，偷偷拉拉手，放的电影连片名也记不牢。

四

1976 年本来是初中毕业了，教书的哥哥看我基础不好让我多读了一年，说是反正六岁就上学了，有点早，迟一年毕业没关系，结果这一迟却遭遇了许多难以想象的事情。那时乡村分成两派甚至四五派，互相之间大打出手。这一年，我父亲那一派倒台了，成了批斗的对象。到 1977 年暑假，我初中毕业了，由于父亲的原因，自然没有安排读高中。当时我不是难过而是兴奋，终于不再读书了，可以自由自在地干自己的事情。父母甚至给我寻好了木匠师傅，他们认为我滑轮车做得这么好，学木匠肯定没有问题。可最后连这个梦想都成了泡影，大队正在一个山旮里造水库，我作为被教育的对象安排参加劳动。我个子矮小，哪禁得起这等生活重担。父母看看事情有些不妙决定送我到姨父那里去读书。那一年开始，我走上了漂泊不定的游学生涯。

九月一日开学前的一个夜晚，用作文的写法是天上不见星光，伸手不见五指，十点左右，父亲带着我悄悄出发了。我们走得很紧，父亲必须在天亮前返回家里，做到神不知鬼不觉。在以后的日子里，父亲面对无数次讯问都沉默不语，任凭村里的高音喇叭点我的名字也不给他们一个回答。我仿佛从人间蒸发了一样离开了生我养我让人爱恨交集的村庄。

姨父在一个"五七"中学里当负责人。"五七"中学是当时按照上面要求开办的特殊学校，也叫农业中学，目的是培养有知识懂技能的劳动者，成绩好的读上去也可以，读不上去的回到农村劳动，更受欢迎，叫做"一颗红心两种准备"。这样的学校几乎每个公社都有，校址一般都选在远离村镇的山岙里。姨父家离我家很远，这个学校在一个人迹罕至的小山村里，离姨父家更远。学校附近有一个本县最大的铅锌矿，村子里有很多人在矿上工作。那一天凌晨我跟着姨父走了很长时间山路才到学校。到了一看，所谓的学校就是一排平房四、五间房屋。一间是小学，一个班，一个教师，一看就知道是复式教学的，因为村小人少，一至五年级全坐在一起。另两间是中学，一二年级各一个班，两个老师，每人包一个班，语文数理化史地全教。旁边一间灶房连寝室，我和姨父住，其他两位老师住家里，也是走教的那种，估计也是民办教师吧。来时说是读高中的，到时却发现是读初中（初二），就有些心灰意冷，重读这些书总提不起精神来。

　　由于路远，我和姨父从星期一到星期五都住在学校里。这里太偏僻了，一放学就显得特别静，静得叫人心慌。黄昏时经常到学校旁边的溪坑里，坐在圆圆的大石块上发呆。夜里百无聊赖，姨父就教我写大字，一本描红本，我照着写，一学期下来竟写了十几本，毛笔字有了长进。夜里睡不着，听着小村发出的各种古怪的声音，奇怪的是我自己的村子里却很少听到过，同样是山村，在这里却清晰无比，蛐蛐儿叫起来也响亮几倍。白天闲着无事，我们几个同学就跟那个小学老师学剃头，再互相剃，往往把头搞得很尖。好在山村的孩子不到外面去亮相，互相打闹一阵也就过去了。食堂里吃的全是姨父自己种的菜，加上学生家长送的豆面、腊肉，伙食还是可以的。但我不到两个月就患上了严重的水土不服和思乡病，皮肤起了些疱疹总也不见好，还经常拉肚子。每次回家后姨母就把猪骨头烤成灰给我吃，说是什么吃坏了就得吃什么的灰才会好，这灰比所有药都难吃，吃了也不见好。这里几乎是一年四季都在做豆面，山地多种番薯，每家每户把番薯碾碎了做好淀粉，然后再做成豆面。后来这里成了做豆面专业村，做的豆面作为无公害食品畅销全县各地。做淀粉都是在溪坑上操作，遇到枯水期，淀粉沾住水草飘动，溪坑里常年漂浮着类似动物肠子的东西，我看着都恶心。饭也吃不下，人也日渐消瘦，有点度日如年的感觉。

姨父是比较开明的教师，我想干什么他从不阻止。我最喜欢的是跟着同学们走很远的山路去看电影。那个铅锌矿是县里管的，工人很多，夜里经常放电影，在文化生活贫乏的年代看电影可以说是最高享受了。由于没有手电筒，我们就在下午放学时扎好篾照，每人两把，来去各用一把。一路上人喊马叫，篾照把山野照得通明，长长的火龙不见首尾，宛如古代的夜行军。姨父还借了矿上几辆大货车带全校师生到县城游玩，我们全部站在车斗里，任那风在耳边呼啸，这比当年我的滑轮车威风多了。这是我第一次去县城，大家玩到天黑才回来。但这样的时日毕竟不是很多，我只有等星期六回家看看。起初是不敢回去的，星期六与姨父一起回到姨父家，与几个表弟妹玩，有时也帮姨父干些农活。但后来气候渐渐好转了，说是两边的派别都错了，也不再批斗，也没有人再追究我到哪里去了。父母除了农事外不再参与村里其他事情，哥哥照常在教书，姐姐倒是参加了水库大坝挑泥，肩膀都磨脱了皮。我每隔几个星期都要回家一趟，记得第一次是姨父送回来的，还带着几个表弟妹。后来就自己走，直接回到学校，母亲给烙几张饼，我带着就上路了。我不走老路，试探着往学校方向走，经过十几个村庄，翻过四、五座大山，终于找到了那深藏在山旮旯里的学校，虽然我不喜欢这里，但这时几乎激动得要呼喊了。后来我调到这个镇里分管教育，当说起这段往事时，学校附近几个村干部都瞪大了眼睛，仿佛我在说笑话。但他们都承认，那个时候确实有过这么个学校，不过你说的一些细节好像并不存在，现在什么也没有了，恐怕连当年的校基也找不到了，山里的青年人大多住到了山外，只有一些老弱病残从事做豆面这个古老的行当，我只好打消了重访的念头。

学期很快就结束了，那一夜寒风刺骨，十时左右，姨父扛着村里送给他的木头，说白天上路人们看见了不好，只好夜里辛苦一点，我挑着一担行李踏上了回姨父家的路。我不敢离姨父太远，在前面走走停停，路上有坟墓的地方早已印记在脑海里。我毫无缘由地想起了几个死去的少年伙伴，要听到姨父"吭哧吭哧"的声音才踏实。那晚，特别是黎明前的黑暗简直瞎了眼一样，让我跌了几跤，把几件衣裳也弄丢了，害得姨父天亮后重跑一趟。曙光初显的时候，风停止了，终于看到了姨父住的那个村庄和村庄上方升腾起的几处炊烟，看到早起的人们在村口水井旁挑水的身影，看到一生忙忙碌碌后来因车祸死去的姨母开门走了出来。广播喇叭也开始播音了，开头那首"东方红，太阳升……"叫人听了亲切无比。

　　到姨父家，发现母亲已在等我，她是昨天来的。她捂着我冰凉的身子，搂着好长时间不松手。我伏在她怀里哭了，边说："妈，我下学期再也不读书了……"

五

　　我回来后，父母似乎从一些事件中吸取了教训，加上我在那个年月里目睹了一些不该发生的事情，身心不大健康，脾气暴躁，行为反常，他们认为只有继续读书才是我的唯一出路，只有学校才会改造我的性格。再到姨父那里读初中已提不起什么兴趣，冷饭多次重炒，已经没什么嚼头了。他们就多方打听，最后打听到邻县有个高中可以插班。但我是跨寒假转学的，又没读过高中，事情就有些复杂。好在姨父是那个"五七"中学的负责人，他给我开了一张已经读过高中第一册的证明，盖上那个中学的章。那时山高皇帝远，对这种事谁也没法调查。就这样，我带着这一张假证明进入邻县的高中读第二册。同样是政治语文之类很快就适应了，甚至比班上大多数同学好，由于跳了一册，数理化根本无从着手。我通过关系，让学校把我安排在一个理科成绩比较好的同学旁边，叫他带我。学好数理化，走遍天下都不怕，高考已经恢复，成绩越来越被人们重视。

我们这个班是全校最大的一个班，有七十多人，大多是成绩不错的插班生。很多同学与我的情况一样，由于家庭的原因上不了高中，全奔向这里了，仿佛找到了神圣的殿堂。其中一个同学的父亲还在关押之中，他父亲是个公社干部，档次稍高，罪行就显得大，因此比大队干部关得要久，比起他来我还算是幸运的。还有一个叫王伯，祖上是地主，又有海外关系，到他这一代早已一贫如洗，但地主的身份是洗不掉的，他也转校来到了这里。王伯是我邻近一个村子的，他父母待人比较客气，我和他相处得很好，以后的几次变故，有缘似的，我们始终在一起。

学校在一个村子里，大概前身也是"五七"中学之类的学校，由于校舍紧张，不安排住宿。我就与王伯同住，王伯和我一样也是中途转校的，我们俩只好一同找住宿。因插班生外地生比较多，村子大多数地方都住了学生，我们只好借住在一间破败不堪的屋子里。那屋楼下没门，楼上门窗四面透风，一张吱呀作响的破床，我们一人睡一头，盖同一条被，算是安顿下来。吃饭也同一个饭盒，在学校食堂蒸，饭盒是特大号的那种。炊事员是校长的老婆，因饭盒太大，收费又一样，她就经常拿白眼给我们看。我俩为了少看白眼，就约好了每人轮流蒸一次饭。一个星期下来，王伯患牙痛病请假回家了，以后一直没有再来上课，处于休学状态。我一人住在那间破屋里，正值春寒料峭，那一头突然空了，一下子无法适应，无论怎么努力还是冷得发抖。夜里睡不着，只好点起煤油灯夜读。楼梯好像经常有人走动，看看又没有人，屋梁上发出一种类似于要倒塌的声音，倒又倒不下来。第二天眼泡红红的，上课总也打不起精神。有同学诡秘地看我，几个人还交头接耳的。终于，那个父亲被关押的同学告诉我，这屋子不能住人，几个月前，一个女的被关押在这里，大概也是犯了什么错误，经不起折腾，一个夜里上吊自杀了，因此经常闹鬼。他还说得有板有眼，说那女鬼夜里经常在屋顶和楼板上走动，还发出"呜哇——呜哇——"的叫声。我听了半晌说不出话来，这世界难道真有《聊斋志异》里说的狐仙？这天上课再也无心，下午索性不去上课，四处找地方搬迁。最后找到了一个地方，是打通铺，已有十个同学睡在一间屋子里，隔壁住着三四个女同学。我就把铺盖搬到这里，草席一张接着一张，每张有小半张压在对方的席上。打通铺多少有点不习惯，太挤，光线太暗，气味太浓，吃饭也坐在席上，就有饭粒洒落下来，夜里稍不小心就沾在身上。隔壁的女同学睡觉要经过通铺，给我们造成了很多不便。我怕羞，就很少洗身体，几个月下来，胯下开始发痒，卵子发了些疹疱，一抓就破，破后结的痂不易掉落，夜里睡觉时小心翼翼去采，采后再结痂，如此恶性循环，几乎十几天一个周期。

这时又有一个同学住进来，这个同学的父亲是个公社书记，他生活过得很好，成绩却很差，是属于"不学数理化，只要一个好爸爸"的那类人。本来他好好的单独住一个房间，却说一个人住没意思，喜欢热闹，硬是挤到我们这里来，也不带草席，每人轮流睡一夜。他长得牛高马大，大家敢怒而不敢言。这家伙夜里不好好睡觉，总喜欢坐着抽烟，烟灰四处乱洒。大家都睡了，他还坐在靠女同学的板壁旁抽烟，聚精会神的样子。我猜想他一定是在偷听女同学的动静，有几回发现他把眼睛贴到板壁缝里去了。有一夜，他睡到我身边来了。我正在下面操作，他突然问："你也喜欢这个？"我一时没明白过来，他拉住我的手一下子按在他的裆下。我一阵恶心，忙缩了回来。他强行抱住我，翻身压了上来。我顿时感到喘不过气来，挣又挣不脱，喊又不敢喊，事情处于胶着状态。最后他看看很难得逞，就躺下来喘粗气，一会儿就睡死过去。

我发觉这件事后，心想，告诉老师吧，又觉得老师也可能没办法，自己又对付不了他，就一一和通铺的同学们说了。他们也有同感，经历过不同程度的骚扰。我冥思苦想了一个晚上，最后想了一个办法，告诉他们该怎么怎么做。起初同学们听呆了，不想那么干，但经不住我的鼓动答应试试。这一夜，他又来了，抽够了烟，听够了壁脚，钻到一个同学铺中睡了。一会儿，不知谁喊了一声："有贼！"大家一骨碌爬起来，拥过去按住那家伙手脚并用乱打起来，直打得他喊爹叫娘，最后爬下楼梯跑了。隔壁几个女同学慌乱中跑出来看，外套也来不及穿，胳膊腿儿白白的乱晃，搅得我们一夜都没了睡意。

这一下，那家伙连上课都不敢来了，没过几天就转校走了。

学期将要结束的时候，校长专门召集外县来的插班生开了一次会，宣布了一个惊人的消息，学校要撤并了，并到一个重点中学去，上面明确了不再允许外县（市）学生借读，要我们一律回本县去。大家没有办法只好卷起铺盖走路。事后才晓得我们班只有一半左右可以并到那所重点中学，并且要考试，成绩好的才可以继续读。校长是本地人，害怕我们这些外地插班生挤占了当地学生的名额，就编了这么一个理由让我们回来了。但留了班上成绩最好的三个外地插班生参加考试，好为他争名气。这三人果然不负众望，前三名都被他们拿下。

若干年后我在乡里分管教育的时候，和那个县虽属两个县，和那个乡却是近邻，我们乡按照时下流行的做法与那个乡结为友好乡。我意外地发现那个乡的乡长竟是我们痛打过的那个同学，他高中没毕业就接了他父亲的班进了乡政府，从此一路高升坐上乡长的宝座。从他谈笑风生的神态中我想他肯定忘记了那段不光彩的历史，他拍着我的肩膀说结为友好乡的条件之一是他们的学生到我们这里读书不收借读费，他虽然自己不喜欢读书却总算为他们的学生做了一件好事。我们乡中学在全县乡（镇）中是比较好的，结为友好乡后，他们的学生理直气壮潮水般涌来，搞得我难以招架，头痛不已，却又不得不安排这些外地生在这里就读，为他们培养了大批优秀的学子。

六

　　暑期的生活渐渐有点枯燥乏味，昔日的伙伴早已离我而去，几个手下的"大将"开始参加农业生产劳动，"军师"时来运转被他平反的父亲带到省城工作去了。当然他们一家都去了，那个和我拉过手的女孩子倒是比我还早就走出了小山村。我感到这个小山村了无情趣，天气又那么闷热，蝉鸣高一阵低一阵，叫得人心发慌，我只能蜗居在家中翻看一些闲书。正在对前途感到渺茫的时候，上面发了通知，只要初中毕业就可以参加考中专，还可以考高中。这一年我们兄姐三人一同参加了考试，哥哥考取了本省一所大学，姐姐已参加了劳动，所以没考上，我考上了本地最偏远的一个农业中学。一同考取的还有王伯，邻县回来的几个同学。农业中学的录取通知书有些特别，特别写明了带锄头一把，农中嘛，不叫你带头牛就算好的了。起初我们也不当一回事，只要有书读就好，锄头正好当作扁担，一头铺盖，一头粮食，几个人约好了一同向学校进发。我们沿着公路走，公路两旁没有遮阴，石子又硌脚，就在一个村子打听了一下，拐入一条便道，第一回走了很多弯路，小半天才到学校。

　　学校建在一个山凹里，地势上下都很平坦，四周是一望无际的茶园。

学校在茶场的中央，道路比较宽阔，两旁栽了很多泡桐树，倒也荫凉无比。远远有一只大黄狗冲我们狂叫，走近了却摇起了尾巴，拿嘴巴在脚边蹭。学生一到就在老师指挥下清理教室和宿舍四周的杂草、垃圾，到一个干一个，个个干得满头大汗。校长亲自给我们送茶水送毛巾，还说些同学们辛苦之类的话。然后安排住宿，我们同来的分在一起，床是叠床，很窄，我和王伯睡上下铺，一间屋子睡七八个人，大家铺好铺盖，觉得还挺满意的。教室里正在发新书，就一起去看了一下，领的书有政治、语文、数学，还有动植物、作物栽培等，就是没有物理和化学。我有些兴奋，心想要是数学也没有了就好。看看日课表，一个星期安排了三天劳动，心想自己没参加过生产劳动，可能会吃不消。

这个农业中学没有高二，由于教师人数少，每两年招一次生，也是一大怪事。

一开始上课，就有一股情绪酝酿着，有知情的人说读这些书无用，农业大学不对口招生，不读物理和化学，考其他大专院校也是一句空话。班上一个年纪稍大的同学串联罢课，我们都是各种运动时期过来的人，太平稳了反倒有些不适应，一串联就成功，连那些女同学也兴奋起来，也参加了罢课。罢课方案讨论了几次，最后决定采取"非暴力不合作运动"。大家端坐在床上，不吃不喝不睡也不上课，也没打什么横幅标语和集会游行喊口号，只在课室的黑板上写了"我们要读物理化学"、"农业中学和普通中学一律平等"之类的话。罢课只进行了一天，由于是集体行动，学校基本上没做什么思想工作，就把消息向区委、区公所作了汇报。区里大吃了一惊，天下还有这等事情在他们眼皮底下发生！区里马上通知学校派代表谈判。学生来自全区各个公社，就每个地方推出一个学生代表参加谈判。我作为我们那一帮人的代表参加了这场艰苦卓绝的谈判，以致后来参加工作时区里领导颇有异议，认为是社会不安定分子。第二天，校长把我们六人带到区上，接待的是区中学校长，还有区里分管宣传教育和纪检监察的领导，旁边还坐了个着警服的人。他们都很严肃认真，像公安审讯似的，问我们的姓名、籍贯、家庭成分、简历，并一一记录在案。我们六人起初有些紧张，但当问到简历时全都慷慨激昂起来，进行了长时间的苦大仇深的倾诉，述说了年纪轻轻就没有书读的苦难历程。几位领导渐渐改变了态度，开始同情起我们来了。最后双方达成了一致，一是劳动课由原来的三天改为一天半，比普通中学多一天，毕竟是农中，劳动课太少了对上没法交代；二是增设物理化学两门课，增派两个老师，确保我们读后可以参加高考，但原来的农业课也不撤，就当是两门副课继续保留着；三是不再罢课闹事，现在上面很强调学生纪律，再发生这种事要严肃处理……

我们胜利归来，受到了同学们的夹道欢迎，那条大黄狗也屁颠屁颠跟了好长一段路。这一夜食堂破例免费为全校师生提供了可口的饭菜。校长即兴在晚餐上作了发言，他说，你们是一群非同寻常的人，你们改变了这个农中长期以来不读物理化学的现象，现在恢复了高考，不读物理化学是没有出路的。你们已经取得了第一步的胜利，接下来要发奋读书，考取大学，用事实证明农中的学生不是低人一等的。实话告诉大家吧，这次罢课，我们老师从开始到结束都很同情你们，所以大家要好好珍惜这来之不易的机会，为学校也为你们自己争光！

从此，全校师生掀起了勤学赶超的热潮，劳动积极性也比较高涨。由于减少了劳动课，区里学校里安排的劳动指标往往不能完成，我们就主动利用月夜和午休时间去干活。大家平整的茶叶精制厂地基一马平川，现在暂当作体育活动的场所，管理的茶园甚至比茶场职工都好，一度时期当作样板供人们参观。我由于语文政治成绩好，第一次被选进班委，还任语文课代表。我却一门心思想把数理化赶上来，哥哥已为我树立了榜样，前途越来越光明。农中原本是知识分子改造的地方，五六个老师中就有两个"右派"，虽然摘了帽，还继续在农中任教农业课。新增派的两个老师水平不怎么样，校长就及时来了个调整，让他们教农业课，两个划过"右派"的老师教物理化学。这样，我们的学习热情更高涨了。

在几个老师的悉心指导下，一学期下来，我们进步很快。期末时，全区中学来了个统考，我们班成绩夺得了全区第一，我的数理化也跟到了中上水平，这是从来没有过的事情。大家沉浸在欢乐之中，不幸的事情却悄悄降临了。第二个学期开学的时候，区里把几个好的老师调走了，说想不到农中有这么好的老师，再让他们教农中是枉费了，是不重视知识的表现。班上几个成绩好的同学也通过关系转校走了。我们的情绪一下子跌到冰点，教师调动是正常的事，每个教师也都想逃离这偏远的鬼地方！总不能又来一次罢课吧，谁也不敢冒被处理的危险再度挑起事端。但调来的教师实在是太差了，有一个竟是小学老师，说是参加过什么函授获得教中学的资格。我们的功课逐渐荒芜了，好像无人管理的茶园一样长满了荒草。大家白天躺在寝室里睡大觉，说下流话，夜里到茶场附近偷蔬菜水果，还把食堂的米偷出去换了猪肉吃。有人甚至密谋把茶场那只黄狗给杀吃了，但偷东西时大黄狗从来不叫，不但不叫，还经常站岗放哨，一有人来就呼呼有声，发出警报，好让我们迅速撤离，大家最终碍于情面没有对大黄狗下手。平地基时挖出很多无主坟墓，有一个同学不知从哪里搞出一个骷髅，传来传去当球踢，直搞得女同学尖叫不已。还有四五个年纪稍大的男女同学搞起了恋爱，邻近的村里一演戏，他们就成双成对出去看，甚至夜不归宿。

我对数理化再也提不起兴趣，没有好老师指导，有些东西是读不懂的。闲着无事，就迷上了捕鱼、出游和写诗。每天傍晚，我和王伯约几个同学到溪坑里捕鱼，然后拿到食堂用饭盒炖，几个月下来，把学校附近几条溪坑的鱼都捕尽杀绝了。出游大都是在学校周围，把附近的村庄、寺庙、山峰都游了个遍，最远的一次竟徒步一整天去看戚继光当年抗倭的古城，回来同样是走了小半夜。不捕鱼出游的日子，我就躲在寝室里写诗写散文，把走过的地方写成游记，尝试着投稿，竟然在地区级报刊上发出了一些。这个时候校长找我说，看样子你是块文学的料子，你要发挥自己的特长，高中毕业后考中文系吧，找些历史地理方面的书看看。我想想觉得有些道理，就借了些历史地理方面的书来看。这一年里，我要读的书确实太多了，政治语文数学物理化学农业历史地理，却一样也没有读好。特别是最后一学期，不知怎么的得了眼炎和耳炎，早晨醒来时眼屎笼罩，两眼昏花，左侧的耳朵塞了棉花似的听不见。去了几趟医院，医生在我耳朵里掏出一些东西，说是耵聍阻塞，慢慢会好的。耳朵稍微好了一点，眼睛医好后视力不如从前，行动就差得远了。由于眼睛与耳朵不行，对事物的判断就有些失灵。以前我们男同学像铁道游击队一样，练就了飞身免费搭车的本领，只不过搭的是拖拉机，这一回却让我摔了个大跟斗，手掌和膝盖敲破了，痛了好长时间。

高中毕业，全班同学都在考中专。那时中专分两类，高中中专和初中中专，农业高中毕业的可以考初中中专，有一点照顾的意思。初中中专考的是初中的内容，我们算是白白读了两年高中，白辛苦了。我却不知天高地厚参加了考大学，全班只我一个人，校长带着我一个人到县城参加高考，这大概在我们这所农中的历史上也是绝无仅有的。当然我什么也没考取，班上的同学也全落榜了，剃了光头。读了两年高中，初中的知识也忘记得差不多了，这点照顾也是白搭。这年暑假，区里学校里接到上面通知，宣布农中解散，农中作为一个特殊时代的产物在全县彻底消失。若干年后，我要买几斤精制的茶叶到过这里，发现师生们历尽艰难平起的地基上建起了高大的厂房，隆隆的机器声传得很远，一派繁忙景象。课室还在，装潢得富丽堂皇的当作了厂长办公室，学生的宿舍和教师的寝室当然作了场里职工的住所。很少有人认识我了，只有那只老态龙钟的大黄狗竟还记得我，在回路上送了好一程，告别它时，我眼睛湿润了。

七

二十世纪七十年代末八十年代初，也就是我们高中毕业前后，出现了中国历史上特殊的景观。高考的热潮席卷中国大地，每个家长都在望子成龙，每个村子都有挑着铺盖和粮食的高复生，每个学校都在比拼学生的成绩，不断有考取的消息传来，搞得人们一惊一乍的。用当时流行的说法是"农业的出路在于机械化，学生的出路在于上大学。"那时节不论大学还是中专，只要毕业了都能分配工作。高复班如雨后春笋，遍地发芽。几个教师，租一间屋就可开办，好像现在名目繁多的培训班，每个人都把手伸向了学生的腰包，以传授知识的名义拼命地攫取。住宿伙食你自己管，报个名缴了费后就可进入，考上考不上听天由命。许多中学附设了高复班，抽几个老师出来教。当然附设的高复班稍为严格一些，教师是有经验的教师，学生是有希望的学生，非常强调升学率，目的是树立自己的名气，以便更多的考生投到这里。差的高复班不想去，好的高复班进不了，我一度束手无策，后来受以前那次转校的启发，准备伪造成绩。我是个刻章高手，一度曾萌生出今后凭这项手艺吃饭的打算，但这回竟派上了用场。拿一块橡皮，切割成圆形，刻成某某县文教局的公章，在自己伪造的高出许多的成绩单上盖了印，不过这个章只给自己用了一次。以后的成绩单全是电脑打印的，伪造不起，事实上你再伪造也没多大意思，总不能伪造大学录取通知书吧。照现在的说法，伪造是要受法律制裁的，那时却顾不了那么多。邻村的那个油漆的画主席像的高手后来竟伪造了某某部队少将的军衔，到处招摇撞骗，最后被判刑。就这样，我凭这一纸伪造的成绩单进了邻县县中学一个高复班。

事实上这几年家里是彻底穷了，我们兄姐三人轮流读书早已掏空了家底。父亲只好把家里存放多年的准备造屋用的木料拿出去卖，母亲和姐姐没日没夜地编草帽挣钱。母亲看看我身上没有一件像样的衣服给我做了一件"的确良"衬衣，衣服长过膝盖，说是还在长身体，要穿好几年的，衬衣的下半部只好掖在裤腰里包住屁股又潮又热。袋里装上缴费的钱，带着一副简单的铺盖，十几斤米和复习用的书就上路了。翻过一座高山，在山那边有一个亲戚，我准备把亲戚家作为停靠站，便于在家里与学校之间往返。在亲戚家待了一天，竟意外地发现这个村子有好几个也是到县中学复习的，那时节复习生每村都能找出好几个。这几个人也是读文科，我仿佛找到了知己，和他们玩了一整天，彼此都熟悉了。其中一个看上去有四十多岁实际上只有二十多岁的同学，驼着背，脸上满是皱纹，已读过四、五年高复班，说是考得很好，地理得过满分 100 分，其他都很差，每年都上不去。

第二天我们一同乘车到县城的中学去，客车在盘山公路上颠簸了四五个小时，临近县城，桅帆林立，腥气扑面而来。这是个港口城市，但那时节却只有几条街，规模类似于现在的镇。县中确实相貌非凡，仪表堂堂，这对于我一个在乡下读惯了书的人来说无疑是一个神圣的殿堂。这里没有单设的高复班，就是到高二时文科理科分班教学。十几个高复生插入文科班，唯一的区别是座位专门编了一排，以示与应届生的不同。高复生多是数学底子极差的学生，就专门配备了一个数学老师，他的课讲得浅显易懂，类似于启蒙。应届生分班时那些数学尖子动员进了文科班，有些同学起初老大不乐意，他们向往那些数学家，准备升入大学后有所作为，但禁不住动员进了文科班，这完全出于一种升学的需要。果然后来他们大多考取了各个院校的中文系。那时文理两科高考时数学难易程度不同，文科简单一些，这些数学尖子基本上能拿满分。历史地理属于死记硬背的课门，一年时间，高复生与应届生就分不出高低来。这是当时教师对高考的规律估摸透了才作出这样安排的。但难以预料的是，有些大学生毕业后从事文科教学和文秘之类的工作却不能适应，日子并不好过，更不用说什么远大理想了。还有英语，虽然作为参考分但不得不读的，也给配备了专门教师，但我们这些高复生实在是无从着手。读了一整年，我只记得一句，不知是故事好听呢，还是恰好照应了那时的心境，奇怪的是直到现在都还记得：

Once an Arabian traveled in the desert
（曾经有一个阿拉伯人在沙漠上旅行）

开始的时候，我是咬定主意跟上数学的，为此还制订了自己的作息时间：早晨饭前读政治、历史、地理，饭后上课，中午休息时间学数学，下午上课，晚上以数学为主。并且学了同学们的样子在床头贴了一张座右铭：书山有路勤为径，学海无涯苦作舟。这个安排几近残酷，不但剥夺了休息时间，还挤占了其他课门，显得不那么合理，也是不得已而为之。可是，一个月下来，危机渐渐逼近了我，米吃光了，钱也没了，路远又没办法到家拿。这时依稀记得村子里好像有一个人在县政府工作，就跑到县城去打听，果然找到了他借了钱。他还招待我吃了一餐饭，那一碗肥肉我囫囵吞了下去。原先我是不吃肉的，小时候闹饥荒饥不择食吃了夹生的猪肉，吃怕了，一直没有恢复，这一回毛病竟不治自好。那肉我故意残留一点在牙缝里，一路上慢慢地咀嚼回味。这个习惯我保留了很久，却不料造成了严重的蛀牙，以致后来刚过四十牙齿就松动了。钱不多，他和我说好每月到他那里借5元，缓解了我买菜买学习用品的困难。但粮食还是没有着落，总不能天天跑到他那里去蹭饭吧。我动了心思，在应届生中成绩不好的同学中寻找那些渴望上进的人。经过仔细观察，终于找到了同寝室一个很羡慕我写作文的同学。那同学每次写作文时总绞尽脑汁，愁眉苦脸，不亚于我饿肚的痛苦。我就经常开导他，使他有了一些长进。为此他感激不已。之前我早摸清了他的底细，从他装在箱子里的白花花的大米判断他肯定来自一个产粮区。果然他来自本县一个叫悬水的地方，成为朋友后，我去过他的家，那地方稻浪滚滚，一望无际，并且靠近港口，腥气特浓。我就猜想这个地方为什么叫做"悬水"，水是可以悬起来的吗？但通过学习地理分析那准是一块富饶的冲积平原，黄河成了悬河，水是可以悬起来的，这个世界只要你想得到任何事情都可能发生。我以后的粮食供应几乎来自这块冲积平原，还吃到了鱼，那时节我常唱的一句歌是：

"悬水是个好地方呀，鱼儿满江粮满仓……"

县中学毕竟是县中学，虽然大家都在紧张学习迎接高考，校园文化生活也丰富多彩。同来的一个同学任高中部团支部书记，他不但发展我们入团，还经常组织举行一些小型文艺活动，说是放松放松，劳逸结合，利于考出更好成绩。我最喜欢篝火晚会，那个四十岁模样地理考满分的同学唱得一手好歌，嘶哑的嗓音透出一种苍凉，好像北方的一匹狼。我则经常朗诵一些诗歌，其中还有几首是自己创作的。这个时候，一个女同学注意上我，她个子高高的，比我高出半个头。每次她总坐在身旁，眼睛一闪一闪的，专注地看着我朗诵诗歌，然后带头鼓掌。我知道我用诗歌的力量征服了她，她父母在这个县城工作，她是个典型的城市姑娘。发现了这个秘密后既兴奋又惶恐不安，难道古代那种"落难公子中状元，私订终身后花园"的故事要在我身上重演？我忍不住把这个秘密告诉了团支部书记。他说，你要小心点，班主任对这事管得很严呢。

我只好小心翼翼，尽量不与她正面接触，心想两人能一同考上大学就好，听说大学里可以正大光明地谈恋爱。第一学期快要结束的时候，我却莫名其妙地染上了疥疮。那时节患疥疮的同学很多，据说染上的都是些缺衣少食的人，贫穷与疾病往往是孪生兄弟，我终于难逃厄运。起初是手指丫脚趾丫腹股沟这些阴暗的地方发出一个个水泡，很痒，一挤就是一点脓水，后来渐渐地发至各个部位，除了头部完好无损身上布满斑点，连卵子上也有。双手抓了这里顾不了那里，在课室里不敢放肆，只好缩成一团，下课后一路狂奔，跑到寝室里乱抓乱挠，抓出血后才渐渐平息下来。我只好向班主任请假回家治病，临走时终于忍不住把一封折成三角的信放在那位女同学的铅笔盒里，心想，走也走了，管它那么多！这封信道出了我的爱慕，也留下了我的家庭地址。

回到家里，我一边治病一边自学，吃药，涂抹药膏，用烫水洗，总也不见好。大冷天的也不好穿衣服，成天裹着一个毯子，好像在沙漠上旅行的那个阿拉伯人。这个时候，我收到了她的信，城里姑娘就是胆大。信是问安之类的话，还讲些学校的趣闻轶事，这些是我们在一起时无法探讨的，却通过信这一特殊的方式得到了交流。附信还有一些学习资料，抖落信封还放着几枚漂亮的邮票。我没有钱，就用这些邮票回信给她，诉说自己的苦恼和无奈。我想，这大约就是我的初恋吧，虽然没有谈婚论嫁，也没有肢体上的接触，但这种爱显得多么纯洁和富有诗意，以前村里那几个算不算初恋，是很难定位的，至多可以说是爱的萌芽吧。

转年春季我似乎有一种力量要释放，我不敢肯定这是不是爱的力量，除了自学外，经常跟着父亲到田里劳作，每天汗流浃背的，那该死的折磨了半年的疟疾竟在汗水的冲刷下渐渐好了。迫不及待地回到学校，学期过半，通过测验，成绩明显下降了，真的应了"学如逆水行舟不进则退"那句格言。加上班主任发现了我们的秘密，把我俩叫到寝室里狠狠批了一顿，我们只好就此分手。这年高考，我们文科班除了几个数学好的外，几乎全落榜了。学期结束的时候，班主任征求大家的意见，大多数同学要求留下来再读一年考大学，而我们少数路远家庭经济条件又不好的同学表示要回到老家去。第二年，这个县中学的文科复习班创造了一个奇迹，全班有四分之三的人考取了高校。落榜的大多是读了多年的高复生，唯有那个当团支部书记的同学勉强考取了。若干年后，我的同学走出高校的大门，许多人在这个县里担任了重要角色，那个团支部书记后来当了个副县长。而我则在乡里当了个分管教育的领导，业余时间写些文字聊以自慰。我知道同学之间由于学历和地位的因素，已经拉开了一定距离，就很少与他们有所联系。但我们曾在这个县里召开的笔会上重逢，他作为分管文教的副县长亲自主持了这次笔会。重新接上头后，我通过他介绍了几个朋友的孩子到这里就读，圆了下一代的大学梦。

八

又是一个九月一号开学的日子，我报名到距家十几里地的区公所驻地的区中学读高复班。我虽然没读过区中学，却比较认同区中学，它不像我以前读过的农中之类的残缺不全，又不像县中学那样严谨规整。实际上这样的学校这样的环境最能培养人，但后来这些学校却逐渐消失了，学生和老师一股脑儿往城里涌，不惜钱财和各显神通一条道儿往上挤。这到底是农村教育的一种失败呢还是成功。我分管教育时专门为此事作过调研，也向各级领导作过呼吁，结论却不了了之。

　　这里的老师，大多是我认识的，可能缘于那次罢课吧。这里专设了一个文科高复班，虽然只有三十多人，学校里却专门在教师寝室附近腾出了一间课室。我们就可以经常到老师的寝室里串门，问一些解决不了的问题。环境也比较宽松，你认为听懂了的课可以不去上选择自习。师生如同朋友，我与历史老师经常探讨一些问题，发一些思古之情怀，全没有师生之间的隔阂，我还可以借他的自行车星期天到家里拿米拿钱。哥哥大学毕业后参加了工作，家里的负担有所减轻。体育课可以不用上，班会课可以不用听，我们是高复生，是一个特殊的群体。每个人都胡子拉碴两眼发红，唯一的目的是考取高校，改变自己的一生。班里鱼龙混杂，参差不齐，有的甚至被父母逼回来复习，还有一个女同学准备出嫁了临时变了卦回到了这里，也有打过工回来的，五花八门，不一而足。大家很少在同学间交流探讨，都恪守住自己那一点可怜的知识不往外露。溪滩上天刚蒙蒙亮就有人影在晃动，好像在寻找丢失了的灵魂，而且一个比一个早，抢占那些有利的地形和光滑的可以当凳坐的石块，开始晨读。中午大家都抓紧时间钻进被筒子里休息，好像装在套子里的人。夜里一个比一个迟，我们的课室是不熄灯的，有特殊照顾，但坐久了毕竟熬不住，回到寝室里又睡不着，不时有电筒闪光，射一眼带回来的书，再来一通咀嚼。睡着后梦呓里发出的响声往往北回归线南回归线喊个不停，场面嘈杂得像亨利·米勒笔下的咖啡馆一样。

　　我由于数学差，语文政治又考不了高分，只有在历史地理上下工夫。

读历史到了登峰造极的程度，某个历史事件在某一页某一段上都知道，得了个"历史王子"的雅号。但高考过后，好像患了健忘症一样，所有历史事件在一瞬间都会忘记得一干二净。高考是越来越难了，是个难圆的梦。那些个哲学命题搞得人头痛不已，我直至现在都还记得有一个政治题目叫"人不能两次踏进同一条河流"，我觉得这种题目就像现在的所谓脑筋急转弯一样充满了玄机，"树上十只鸟，打死一只鸟，还剩几只鸟？"你说剩几只鸟，有说剩九只鸟，也有说听到枪声飞得一只不剩的。看似简单，实则暗藏陷阱。人怎么就不能两次踏进同一条河流呢？你去两次不就得了，殊不知它指的是"运动与静止"这么个严肃的哲学原理。一些作文题目也越来越难，知识不是越多越反动了，但学习知识像达·芬奇的画蛋一样非一日之功，毁树容易植树难是人人都知道的道理，但这些文章总也做不好，不像读农业中学时信手写来的一些游记，不像现在可以自由发挥想象的新概念作文大赛，答案是那么的丰富多彩。

　　这一年高考，我又落榜了。但在人们的传说中，我却考取了一个大学，附近几个村传得沸沸扬扬的。我自己也恍惚起来，总觉得应该考取了，没有考取不是出卷人有问题就是改卷的人有问题。我曾找过老师分析原因，老师说我东来西去读油了，学校读得多不等于知识就丰富，表面上看看是懂了，其实什么都半懂不懂的，要想有个质的飞跃是很难的，高考这东西要一鼓作气，上去了就上去了，上不了就基本上上不了。这一年又有几个同学考取了，同样是些数理化比较好的同学。考取的猜想哪些学校会来录取通知书，没考取的就筹划着选择某个高复班再读。但一个同学几乎癫狂起来，他分数刚好上纲，一分不多一分不少，独自一人坐在搬空了的寝室里哭，一会儿又笑，嘴里不停地念："怎么那么巧，怎么那么巧……"活脱脱一个现代版的范进，反过来让我们这些落榜的安慰了他好长时间。

　　回到家里后，什么地方也不想去，再读高复班已没有意思，只会枉费钞票而已，不再考了又于心不忍，辜负父母的一片好心，自己又找不到出路。农事活儿又不想干，这么多年在外面游荡，早已不思回归故里，心儿向往那神圣的高等学府，早已梦里千百次进出那神圣的殿堂。这个时候，同村一位伙伴从县重点中学回来，他也落榜了。当年考高中时成绩很好，不知怎么的一进县重点中学却越读越差，差得竟使老师怀疑他当初的成绩作了假。事实上他告诉过我，在乡下读初中时感到轻松自如，一进县重点中学马上就感到了一股无形的压力，这里的一切仿佛都是为升学准备的，活脱脱似一个战场，这股压力如梦魇般缠绕着他读完了高中。他昏头涨脑进入了高考的试场，又稀里糊涂走出试场，连考了几门课也说不清楚了。看着挺帅气的一个人，却呆头呆脑的对日常生活一窍不通。

　　暑期里我们经常一起爬上村后高高的白崖岗，审视山岙里星星点点的村落，发出了几多感叹！我们是多么向往走出这闭塞落后的村落，在外面的世界里找到自己的一席之地啊！最后回归现实，两个人协商坐在家里共同复习互相帮助再次考学。我们首先分析了落榜原因，制订了复习计划，学着学校的样子搞了张课程表。重又摊开那些读得发黄的书本，一些高考指南，没有老师，没有课室，用一种特殊的方式又开始了漫长的枯燥乏味的复习。我为此写过一篇散文，题目叫《两个人的学校》，讲述的就是这一段日子。

　　这样的生活只过了几个星期，我受区中学的邀请代课去了。校长对我说，有些人当学生考试不行，当老师教书可能行的，你考了这么多年，早已熟悉了教师的套路，考不好不等于教不好，你可能更适合于传道授业解惑。我想想也是，我当得了少年总司令，还怕当不好孩子王！我马上收拾东西随他到学校去了，准确地说，我是逃离了。一同复习的同伴也失去兴趣封存了那些书本不再复习。他后来不知怎么地迷上了象棋，与人一下就是一整天，田头地角照样玩，棋艺长进神速，村子里没有一个人是他的对手了。他只有把棋摊摆到了集市上，搞些象棋残局与人对弈，赢了就挣些小钱。有一回我和几个教师路过这里，其中一位教过他的老师在他面前站了足足几分钟，他却沉湎在残局中浑然不觉。最后那位老师叹息了一阵，说："真是想不到，当年我们这里的尖子生，如今却搞起了这玩意，真是命运叵测世事难料啊！"

更让人难以预料的是，我假期回到家里，母亲告诉我，你不要到他家里去。问为什么？母亲说，他疯了，还打人呢。我没到他家里，心里寻思他好端端的怎么就疯了呢？闲着无事，想起了到小时候读过书的祠堂去看看，还没进去，就听见有人在里面高声嚷嚷。进去一看，发现他正站在戏台上手舞足蹈对着下面的一群孩子念诗："怒发冲冠，凭栏处……"一会儿又唱："三载同窗情如海，梁山伯与祝英台……"

九

再一次走进校门时，我不再是一个一头挑着粮食一头挑着铺盖的学生，我受区中学校长的邀请到这里当了一个初中历史代课老师。他们不管我高考考得怎么样，还记得我曾经是个"历史王子"，也算人尽其才吧。更进一步，他们认为我语文历史这么好上不了大学可惜了，让我一边教书挣钱减轻家里负担一边复习再次高考。我有许多同学都干过这活，但干这活往往会摆错自己的位置，不再把自己当学生看，再考上大学就难了。因为在这所区中学读过高复班，为了彻底抹去人们心目中学生的形象，我特地买了一套西装一双皮鞋去上课。我打定主意不再参加这该死的高考！事实上再考也不可能有什么结果，一年比一年难，这是不争的事实。我教的历史在高考上占 100 分，但现在却是无人看得上的副课，这不能不说是教育上难以调和的矛盾。我为了证明自己，也为了对得起给我提供第一份工作的学校，努力把它讲得通俗易懂又妙趣横生，末了还把那些高考时容易出题的地方不厌其烦地教给学生。我想在我诸多的考上大学的学生中这种方法肯定使他们受益匪浅，多年的高考定势让我不知不觉走入了这个怪圈，好与不好无从判断。我把历史这门副课教得跟主课似的，不允许有些老师拿主课挤占我的时间，惹得他们很不高兴。好在校长表示理解，很支持我，他在大会小会上经常引用一些历史典故，从另一种角度强调历史的重要性，他说："什么是'禅让制'，什么是'勤王'呢？通读中国古代历史，皇帝和臣下只有这两点值得我们欣赏。"我教历史，却从来没有他说得那么深刻，不禁有些汗颜。但我们的老师只教给我们应试上的东西，从来不教给我们如何思考，我也无法把这些深刻的东西教给学生，况且，我只是一个代课的。

早晨起来，我与学生们一同早跑，上午是黄金时间，一般没有历史课，就备课和改作，有时到图书室翻看一些文学书，下午教课，晚上写作。渐渐地，高考仿佛离我远去，这个区中学间或有一两个考上了也不再激动，但对于同学们陆续走出高校的大门分配下来还是有些刺激。他们是国家工作人员了，有个固定的职业了，旱涝保收，代课毕竟迟早要被淘汰的，这里毕竟是考与学的地方，于是我决定一有机会就放弃。

一九八三年的暑假，我又一次拾起了搁置两年的考试的利器，参加乡（镇）文化站招考。文化站招考不考数理化，考的是政治、语文、音乐、美术、舞蹈。这样的考试，不正是我多年来盼望的形式吗？我顿时兴奋起来，又开始了复习。政治、语文我不在话下，美术读中学时就有些基础，舞蹈也只是做做样子，翻几个筋斗就过关，音乐稍差一些，但自由选唱时，我想起了那一段曲折的求学经历，于是一曲饱含激情和泪水的《游子吟》既抒发了情怀，又使我得了高分。初试全区五六十考生中我拿了个第一，区里选了十名考生到县里复试。复试的题目有点难，作文是写一首诗，许多考生几乎无从下手，我初中时就写过"七律"，还怕那个不成，果然来了灵感一气呵成，那首诗后来还差点儿在县文化馆一张文艺报纸上发表。唱歌时我看主考的是一位年轻漂亮的女性，就临时决定不再唱《游子吟》之类的伤感歌曲，唱了一首轻快的爱情歌曲。那首歌是在邻县中学复习时那位四十岁模样地理考满分的同学教给我的，歌名忘记了，歌词还依稀记得："河里水蛭从哪里来？是从那小河向田野里游来；甜蜜爱情从哪里来？是从那眼睛到胸怀，哎哟妈妈，你可不要对我生气，哎哟妈妈，你可不要对我生气，年轻人就是这样相爱……"

年轻漂亮的女主考大概从没听过考生唱这种歌，先是惊讶，后来产生了共鸣，合着节拍轻轻哼了起来，完后又给了个高分。

我被录取了，县文化局那一纸录取通知书至今都还保存着。我进了一个乡文化站，开始有了一份工作，虽然这工作不是正式的，类似于当年的民办教师，但是我自己考取的，所以倍加珍惜。乡文化员实际上是当一个乡干部用，大多数时间配合党委、政府的中心工作，收农业税和搞计划生育，是那时的重头戏。我还驻着一个村，完成乡里分派的各种任务，节日到了才四处筹资搞搞文艺活动。我又开始了创作，一些小说陆续在省市的刊物上发表出来，还经常参加各地的创作会，社会活动频繁起来。九十年代初，撤区扩镇并乡那一年，凭着写作水平，乡里量才录用，把我转入政府机关当秘书。这时兴起一股文凭热，说是今后没有大专文凭都要下岗。我又惶恐起来，报名参加了党校考试，目的是取得一张大专文凭。数学这一点底子是早已忘记了，我听说党校取分不是很高，就丢弃了数学这门课，发奋苦读政治语文历史地理，竟然考上了。虽然党校是函授的，每个月读那么四五天，平时边工作边学习，在有些人眼里与全日制大学无法相比，却终于圆了我的大学梦！

开学的时候，我看见一个熟悉的身影在讲台上走来走去，经过仔细辨认，发现她竟是在邻县读高复班时和我通过信的女同学。回忆往事，我思绪万千，浮想联翩。这同学依然漂亮，但不再清纯了，有一种成熟的美，想必已嫁作他人妇了吧。她讲起课来口若悬河，滔滔不绝，理论烂熟于心，因为理论这东西太过于枯燥，于是就像其他老师一样，间或来一通插科打诨，针砭一下时弊，这样的腔调，想必早已对诗歌不感兴趣了。我打消了相认的念头，她显然也认不出我来了。昔日的同学变成了老师，或者同事变成了领导，我想认不出或者假装认不出不失为一种好的结局。看着她站在讲台上滔滔不绝的样子，我该称呼她老师呢还是同学？好在党校是函授的，见面的机会并不多，直到毕业我们都没有相认。

由于工作扎实肯干，由于文字工作搞得好，县委经过考察，一纸文件任命我作了乡里的党委委员。我得到了提拔，具体工作是分管宣传教育。仿佛冥冥之中有某种天意似的，我又开始与读书、与老师、与学校纠结在一起。虽然让一个没读过大学的人分管教育，用现在的话说叫外行管理内行，教书不行当校长，但对于教育，我是花了不少工夫的。读了那么多年书，又教过那么多学生，不尽心尽责是说不过去的。把教师待遇提上来，把破旧的校舍修整好，把教育质量抓上去，撤并山区那些残缺不全的双复式三复式学校，还要确保没有学生流失，排摸那些小学还未毕业的青壮年，动员他们到扫盲班或成教班就读，所有这些，就是我工作的全部内容。用官方的说法是："基本普及九年义务教育，基本扫除青壮年文盲"，简称"两基"。那天开学开教师会时，望着台下曾教育过我的白发苍苍的老师，望着那些共同战斗过大学毕业后分到这里教书的同学，实话实说，我内心是相当激动和复杂的。我作了一篇叫做《科教兴乡，先兴教育》的报告，虽然作得语无伦次，漫无边际，废话连篇，却博得了他们的阵阵掌声，吸引了许多学生也跑过来观看。看着那些祖国未来的花朵，不禁想起自己青少年时候那一段类似走江湖的考学日子，想起烙在我记忆深处的那七八个学校，突然热泪盈眶起来。

因为在乡里分管教育，就有同学提议由我负责召开初中、高中同学会，说是充分利用手中权力为同学们办点实事。同学会这种形式时下很是盛行，甚至我小学刚毕业的孩子也开了个什么同学会，事业有成的人尤其喜欢出出风头，有钱的出钱，有权的用权。这么多年没有接触了，我想想也应该开个同学会什么的联络联络感情。通过排摸他们的去向，发现好些大学毕业的当了官，最不抵的也是工作事业顺利，家庭幸福安康。可我最关注的不是这些，更想了解那些没上过大学和我有过共同命运的同学。通过了解，在没有考取大学的同学中，也有很多同学在祖国的各条战线上发了财，日子过得红红火火。王伯可以说是这方面的杰出代表，他读书不行，却凭借海外关系办了个企业，并且越办越大，在全省全国都出了名。他多次要我辞去这小小的乡官下海经商，或者到他的企业里担任副总裁什么的角色，我却一直下不了这个决心。心想宣传教育才是我的本职，才能发挥我的作用，这一辈子可能再也脱离不了。中档的同学也大有人在，邻县那个来自悬水的同学凭借海洋优势，做了船老大，大搞海洋捕捞，这些年也发了一些财。我曾到他的船上体验生活，肠胃却被搞得翻江倒海，狼狈不已。当然也有道路坎坷怀才不遇的同学，但毕竟是少数，那个四十岁模样地理考满分唱得一手好歌的同学跟着一个乡村歌舞团走南闯北，钞票挣得不多，可他就是喜欢这样的日子，说这样自由自在。这个歌舞团到过我们这里，受到我的热情接待。他很兴奋，在台上一连唱了五首歌，那嗓音腾格尔似的，博得了我们阵阵掌声。以上这几位，都是高考落榜后保持着某种联系的，大多的同学都没了消息。我为同学会一事费尽了心思，排摸了将近半年时间，最后的结论是发现自己最不适宜担当召集人之类的角色，像我这种类似于走江湖的读书人，学校读过七八个，实在是记不起到底有多少初中同学和高中同学了，加上高复班，到处都有我们的人，我想，开不开同学会还有多大意思呢。

隔离观察

GE LI GUAN CHA

　　东平镇政府一天之间召开了三个会议，这在近年是少有的。而且会议的顺序完全倒了过来，上午几个主要领导碰头后，马上叫办公室通知召开全镇党员干部大会，会议的规模扩大到各村团支部书记妇女主任村民小组长治保调解主任民兵连长老年协会会长，总之，凡是能挂得上职务叫得出名称的都参加了会议。镇党委书记李陵主持会议，分管宣传文教卫的党委委员鲁方通报情况，纪委书记强调纪律，最后镇长施建设作报告。施建设的报告讲了事情的重要性和紧迫性，最后强调各村回去后要马上成立领导小组，抽调骨干力量，日夜值班，严防死守，管好自己的人，看好自己的门，确保不出事情。散会后没有一个村干部留下来到镇政府各个办公室东串西串，找熟悉的人谈天说地，或者办自己的私事，全部回去布置工作去了。

接下来召开的机关干部会简短了许多，对驻村干部作了必要的调整，确保一村一人，并抽调了二十多人组成应急分队，其他一律下村帮助村里开展工作。

下午的党委扩大会议研究了很多问题，但主要的问题还是设置留验点的问题。市里已经征用闲置的空厂房设置了留验点，要求各镇建立相应的留验点，并对留验点的设置作出明确规定，一是交通便捷，确保运输畅通；二是远离人口集中区域，减少人员往来；三是抽调经验丰富的医护人员开展工作。镇党委会最后决定在原撤并的岭下乡政府废弃不用的岭下卫生院设置一个留验点，再在镇区所在地一个空厂房里设置一个留验点，分别由管政法的刘克明副书记和分管宣传文教卫的党委委员鲁方负责落实，做好群众工作，尽快建立留验点。

至此，东平镇防"非典"工作进入实质性阶段。

虽然近一两个月报纸电视对"非典"作了很多报道，但事情仿佛很遥远，好像听中东或非洲一些国家里发生的瘟疫或骚乱一样，人们除了表示同情之外没有什么别的办法，"非典"的首发地广东和后来的重灾区山西、内蒙古、北京等地距地处江南水乡的临城，实在是太遥远了。当临城百姓还沉浸在猜测、观望、等待中，并且慢条斯理地进行防范部署的时候，一则消息突然在整个城区炸开，来自省城的一个旅游团住进了临城的一个度假区，旅游团属私自出游性质，团里有人与"非典"病人有过密切接触。这下还了得！你不能保证他们一路风光大摇大摆经过市区时不留下点什么，吃一餐饭，吐一口痰，撒一泡尿，打一个喷嚏，或者与某一个人哪怕是半个小时的亲密接触，都会导致可怕的后果。临城市委、市政府马上作出部署，命令卫生和公安部门火速封闭度假区，对这一批人作了隔离。经排查这批人的行走路线虽然经过市区，幸好没作什么停留，也许是临城的风光太引人入胜，他们直奔主题，直接到度假区去了。

这一事件彻底击碎了每个人平静的梦，人们开始自觉地防范起来，街头上开始出现行色匆匆戴白口罩的人，旅店的生意出现赔本，一些物资也已紧俏，甚至不爱喝白酒的南方人白酒也销售得差不多了。政府在各个道口、港口设置卡点，对过往人客逐一检查，各镇村街道社区相应地建立了防"非典"队伍，昼夜值勤，印发的宣传资料下发到每村每户，比历史上任何一个时期都要多。

临城是一个人口大市，经济上得快，旅游业也搞得好，人员往来复杂而频繁，人们不再冒天下之大不韪在这当口往市外去，但止不住在外的人员大批返乡，于是市里在加强检查的同时决定设立隔离点，就是征用房屋把来自重灾区的人员全部集中隔离起来，进行医学上的隔离观察。根据医学权威人士确定，先定七日为观察期，期满后无"非典"症状的再回家与亲人团聚，后来又根据"非典"的凶险复杂多变的特点改为十五天为隔离观察期。隔离点的名称也由集中点、留置点、再改为留验点，充分体现了尊重科学和以人为本的精神。留验点设置不到半个月，即告人满，因此在各镇自行设置留验点就成为当务之急。

党委委员鲁方带队的一组人马在废弃的岭下卫生院实地踏看时遇到了极大的麻烦。这个卫生院在三村交界之处，是当年响应号召卫生院学校办到贫下中农家门口的产物，而今经过乡镇的不断撤并而终于废弃不用。虽然位于山上，距镇政府有十几里路，但交通便捷，远离人口集中点，房屋也不破旧，食堂床铺等一应俱全，可容纳四五十人进行隔离，是设置留验点的好地方。

那天鲁方心情很好，防"非典"来夜以继日工作使他身心俱感疲惫，今天正好出来到这片空旷之处散散心，又可完成任务。鲁方他们一进村就受到村防"非典"值勤人员的盘查，说是防"非典"期间外来人员一律不准入内，颇有些盲目排外占山为王的味道。鲁方问，那如果是返乡人员归来呢？你们怎么处理？他们说，叫他们哪里来回到哪里去！鲁方说，这不是乱弹琴吗，你们村干部是怎么领会上级会议精神的，叫他们出来说说看。值勤人员不再搭理他们，当他们知道鲁方一行是镇防"非典"办到卫生院检查工作时，放他们过去了，但有几个人带着怀疑的神色跟踪过来。鲁方他们逐间房屋查看，并议论留验点房屋怎么使用安排问题时，立即遭到了他们强烈反对。他们说这卫生院不是镇里的财产，当初是附近几个村出钱出力建起来的，你们说撤并就撤并，说不用就不用，现在说来就来，还要搞什么留验点，留验点不就是把"非典"病人送到这里搞试验么，这绝对行不通！鲁方说现在不要争卫生院财产是谁的问题，卫生院属公共财产这肯定不假，留验点不是关"非典"病人的，是安置返乡人员住在这里进行医学观察的，镇里还会派医生到这里来管理，设置留验点对附近几个村都有好处，是对你们负责，可以减轻村里的负担。但村里人说全镇返乡人员都往这里送，到时候哪个人把"非典"带进来岂不害了我们这几个村，我们几个村外出人口不多，要么通知他们不要回来，硬要回来的直接关到家里不就得了，用不着设置什么留验点。鲁方说，现在上下都在抗"非典"，希望大家顾全大局，谁也不能干扰防"非典"工作，你们去叫村干部来，我们商量商量。几个人去了一会儿回来说，村干部都不在家，忙田里生活去了。这个时候忙田里生活，鬼才信呢。这时闻讯赶来的群众越聚越多，鲁方想撤下来再说，却发现汽车的气也让人放了，他只好掏出手机向镇委书记李陵作了汇报。李陵说，先稳住他们，我马上就来。

可鲁方左等右等到傍晚还不见李陵到来，手机也打不进了，这时他接到镇党政办主任老周电话，说是李陵也遭到围攻，车子也差点被砸，叫他们撤下来再说。他们正想办法撤离，村干部出现了，村干部一边劝说群众离开，叫他们不要干扰公事，干扰公事要负责任的，一边叫鲁方他们迅速撤离，今后最好不要到卫生院来，另外想想办法。鲁方无心和他们计较，带领一行人弃车步行了十几里山路回到镇里，直走得满头大汗。一到镇里，见到政法副书记刘克明也是灰头土脸的，知道他那组也进展得不顺利，一打听，那个废弃不用的厂房竟一下子开工了。

当晚召开镇党委会，先由刘克明和鲁方汇报事情的经过，再讨论设置留验点的问题。可大家议来议去很长时间还是没有结果，一是再也没现成的房屋，就是找到房屋村民也不一定同意，照这形势发展下去，谁也不能保证留验点里不会出现"非典"病人，再就是镇里财政吃紧，建简易留验点也是难事，时间也不允许。如果来硬的，与村民发生冲突势必会牵扯到防"非典"的精力。最后李陵说，留验点一定要设立，这个决心不能动摇，要耐心细致地做百姓工作，要尊重他们的意愿，要让他们在政府引导下自己创造发挥，决不能发生冲突，但对无理取闹的也不能姑息迁就，我们防"非典"本来是为人民着想，相信他们会想得通的，这个工作由镇长施建设主抓，刘克明负责带应急分队到市里在高速公路道口设置的检查站接应，一有本镇返乡人员马上用车接送到家进行居家隔离，鲁方到市留验点联络联络，让他们尽量安排我们镇的人，其他班子成员每天下村检查巡逻，确保工作不出纰漏。

工作不到一个星期，麻烦事情接踵而来。那天市里分管防"非典"工作的安副书记和林副市长到东平镇检查，发现一户返乡人员在自己隔离的同时，把没出村的老婆孩子也隔离在一起了，由其亲属送饭送菜。李陵当场就被安副书记批评了，李陵马上叫来村书记，叫他安排人对这户人家进行重点观察。再检查几户，发现也是不遂人意，不是这个问题就是那个问题，看来不设置留验点确实是不行了。送走领导后，李陵回到办公室里，满脑子是怎么设置留验点的事情，还没理出个头绪，下面有村里报上来说有两三个返乡人员在街上窜来窜去，问他们说自己不是返乡的，就在临城打工。李陵一恼火，下令派出所所长带人把他们抓来一问，几个人见到派出所干警，手脚一软说是刚从广东回来。李陵不禁惊出一身冷汗，叫鲁方把他们送到市留验点去，鲁方无可奈何地说，那里早已人满了，还叫我们带人回来呢。最后只得把这几个人送到镇卫生院临时设置的隔离室进行隔离观察。并对接触的人逐一排查，动员他们进行居家隔离，这是一批未出外就遭到隔离的人，好在村民对"非典"这东西有了较深的认识，他们也自愿进行了隔离，只是对镇里没看管好外来人员有些怨言。搞了一整天，屁股还未坐稳，六七个班子成员到他办公室汇报情况，其中一个说，有一户人家女婿把老丈人赶跑了，原因是老丈人从疫区来看望女儿，想借机躲避几天。李陵说，不行，得把人找回来，想方设法进行隔离安置！

　　李陵对班子成员汇报的问题逐一作了安排，大家都有点累，准备散去稍作休息，桌子上的电话骤然炸响，电话铃声惊心动魄，大家都停住了脚步，屏声息气去听。李陵拿起话筒，还没开口，岭下村书记在电话里焦急万分地说，李书记，大事不好了！我们关错了人，把其他村的人关到我们村来了，现在村民闹得不得了，让村干部往家带人呢。李陵一听就火了，大声说，什么错不错的，又不是关了犯人，一方有难各方支援嘛，你不处

046

理好我撤了你！人先关着，我们派人来帮助处理。这时鲁方站出来说，李书记，我去吧。李陵拍了拍鲁方的肩膀说，好吧，尽量不要激化矛盾，有事情及时汇报。

鲁方带着几个人乘坐镇里专为防"非典"配备的一辆五菱车，穿越茫茫夜色，一路风尘，直扑岭下村。经过一个小时的颠簸到达目的地，刚下车，几个穿防护服的队员说，鲁方，你也穿上吧。鲁方说，不穿，穿了他们更害怕。鲁方他们来到村部向村书记一了解，原来姐夫和小舅子一起从疫区打工回来，姐夫是岭下村人，小舅子所在村交通不便，姐夫家就把他们隔离在一起了。有人从窗口发现了一张陌生的面孔，经打听是小舅子，就跑到村里反映，村干部反复劝说也没用，只有向镇里求援。鲁方对哄闹的人群说，我是镇里分管防"非典"工作的鲁方，他们是亲戚，自愿在一起也是可以的，请大家谅解。村民说，我们不能开这个先例，上下几个村亲戚很多，今后要是沾亲带故的都图方便关到我们这里那怎么行。鲁方看看解释不起作用，又怕激化矛盾，就决定把人带走。一行人带着那个小舅子走出岭下村，步行了整整一个多小时把他送到家里，反复交代如何做好隔离后指派村卫生室医护人员做好隔离观察，有事情及时向镇里汇报。回到镇里已是半夜三点多了。

东平镇是个人口大镇，在外务工人员较多，根据市里最新精神，省内的返乡人员原则上以居家隔离做好观察为主，省外的特别是来自疫区的返乡人员无论如何要设置留验点进行隔离观察。东平镇根据排摸和掌握的动态反映，镇区附近的杨威村有近六十在疫区务工的人员准备近日分批返乡，可能这批人来自疫区，他们的思想认识与别人不一样，他们事先与村里打了招呼，说他们自行包车返乡，要求返乡后进行集体隔离。杨威村党支部和村委会一班人忙碌开了，这是一个好的现象，但目前面临的困难和问题比较多，如何腾出房屋安置他们成了当务之急。镇里对这件事也高度重视，镇长施建设，党委委员鲁方受李陵书记委派到村落实这个事情。在村班子扩大会议上，大家一致否定了居家隔离的方案，居家隔离，户户相连，家家相望，鸡犬之声相闻，一不严格，难免不造成接触。这时有村民代表说，我们有个自然村叫黄金坦，在一个山岙里，原来居住着二十几户人家，近年政府为了脱贫致富，鼓励高山移民，大多数人在村中心地带造房搬迁了，现在只剩下几户人家，是不是动员他们搬下来，在那里设置一个留验点。这个方案得到大家一致肯定，散会后镇村班子成员马上到这个自然村做工作。

黄金坦自然村虽然交通不大方便，但在一个三面环山的山凹里，风景优美，空气清新，是个天然的隔离场所，房屋稍加修整可容得下五六十人居住。留下的几户都是当地的困难户，镇长和村干部当场就拍板给他们造屋享受优惠政策，现在先搬到村部办公楼居住。几户人家欣然接受，当天带了些家什到山下来了。村里马上安排人员修整房屋，购置日常生活用品，在征求党员干部意见时，两个预备党员也站出来表示愿意每天购买运送食品，其他党员干部分组轮流到留验点值勤。

镇长和鲁方到镇卫生院召开全院医务人员会议，决定选派一名医生负责这个留验点的医学观察，条件是不怕艰苦，心理素质和身体素质比较好，工作有经验的人。医护人员大多是年轻人，但大家都表达了决心，表示愿意接受挑选，派到谁就谁去。院长正在考虑合适人选，卫生院党支部书记邱长明说，还是我去吧，你们大家都很忙，都有自己包干的任务，那里情况我熟悉。

李陵听了施建设和鲁方的汇报，眼睛一亮，说，行政命令行不通的地方，办公室里决定不了的事情，群众却替我们走通了，解决了，好好抓住这个点，一旦成功就向全镇推广！

　　镇委副书记刘克明的应急行动组除了从道口接送返乡人员进行隔离外，还要负责全镇的社会治安工作。历史的规律往往是这样，太平盛世社会则比较稳定，遇到重大的突发性事件各种问题就会暴露出来，不稳定因素也随之增加。刘克明已有半个多月未回家探亲，偶尔回一次家，老婆孩子也快认不出他来，胡子拉碴，两眼血红，穿一身又脏又臭的迷彩服，瘦高的个子更高更瘦，回来也不和老婆孩子说说话，匆匆拿一些生活用品又回到镇里。他经常挂在嘴边的话是，听到"非典"马上出动，见了老婆一动不动。他实在不敢在家里多作停留，一则镇里离不开他，再则若自己真有潜在的"非典"病毒无法向老婆孩子交代，有一次他竟打地铺在自家的车库里睡了一夜，老婆孩子第二天早上见到他都哭了。他想东平镇如果有人染上"非典"，他保管也逃不脱，这里面的意思有两层，一是他与返乡人员接触最多，在风口浪尖上，如传染他肯定难逃厄运，二是如果有人染上"非典"，那他难辞其咎。他原先是戒了烟的，可禁不住寂寞和孤独又抽上了烟，而且比其他人都抽得凶。他自我解嘲说抽烟能杀菌，你看全国各地染上"非典"的有抽烟的吗？歪理一套一套的，排解了应急队员的寂寞消除了他们的恐惧。

　　这天他接到一个电话，说是在一个寺庙里聚集了很多人。他一惊，市里明确规定，防"非典"期间公共场所不得集会，谁吃了豹子胆在这当口儿搞集会。他派人一查看，原来一个神汉在借机敛财，说什么他的符有"非典"的可治"非典"，无"非典"的可防"非典"，惹得不明真相的人成群结队往寺庙里求药。他马上带领队员奔赴这个位于大山深处的寺庙。他发现这里人声鼎沸场面混乱，心想如果面对面强行抓住神汉可能会惹恼群众，他一面叫人在群众间做好宣传，一面派人"请"出神汉，神不知鬼不觉地带到镇派出所里拘禁起来。没了神汉，群众自然也散了。

刘克明的日程排得满满的，他既要维护社会治安，又要制止有人借机哄抬物价，卖绿豆的说喝了绿豆汤能防"非典"，卖白酒的说白酒能消毒，这些，他都一一作了处理。最令他气愤的竟然有人冒充镇防"非典"工作队穿起迷彩服对几家不在闹市区的个体商店实施了抢劫和敲诈，造成恶劣的影响。他带领派出所干警在野外潜伏了几夜终于成功抓获了犯罪团伙。

应急分队的队员是他精心挑选的，当初镇里决定成立应急分队时镇机关干部和附近村党员干部都踊跃报名参加，他却别出心裁给报名的镇村党员干部每人发了一张表格，类似于市组织部人事局的干部人事档案，收齐后专挑那些家庭负担轻年纪不大的人，所挑选的二十多人里有团书记、妇联主席、后备干部，还有五名村党员干部。大家进入这个队伍都有点悲壮的感觉，基本上与家庭亲属断绝了往来，在镇里也自觉地单独形成一个团体，只听刘克明的号令，哪里有事情就冲到哪里去。

杨威村黄金坦留验点设立以后，接待了大约四十多名返乡人员。经村民代表会议同意，附近几个村来自疫区的返乡人员也都集中到这里进行隔离观察。每天天刚蒙蒙亮，邱长明书记在一个村干部陪同下背着药箱进山了，这情景使他想起了当年干赤脚医生时走村串户为老百姓看病的情景，他甚至有些激动。因黄金坦不通公路，距镇里有十几里路，不管风吹雨打，邱长明一刻也不敢松懈，如果有人出现"非典"症状必须及时转移出山到临城医院治疗，这就要求他做到早发现、早知道、早采取措施。他每次都格外小心细致，给所有人员测量体温，询问有关情况，并一一记录在案。

乡镇卫生院设施简陋，他只有这么一丝不苟地做好工作。那套厚重的防护服罩得他闷热难当，可他又不敢违反规定脱下防护服，他想自己倒下是小事，但不能给工作带来损失。他给每个人测量好体温后，用消毒药水逐间房间进行消毒，临走时不厌其烦地告诉他们如何做好自我防范，注意开窗通风通气，提高饮食营养，有事做到早说。每回都要忙上半天，中饭只能在路上吃，自带的干粮早凉了，只好将就着吃一顿。

村里党员干部每组五人轮流在自然村周围巡视，一则防止留验点的返乡人员耐不住寂寞和恐惧私自跑下山来，再则防止不明情况的人误入留验点造成不必要的麻烦。他们倾听返乡人员的意见和建议，还安排了返乡人员与家属之间进行了一次远距离探望。家属与返乡人员大声对话，喊声此起彼伏，场面很是感人。

他爸，你好吗？我们都想你早日回家！

我很好，过几天就可以回家了！

要听政府的话，听邱医生的话，不要乱跑！

知道了，你们回去吧，有事情镇里村里会帮助我们解决！

两名负责运送粮食的人员起初有点忐忑不安，他们放下担子喊一声：东西送来了！就转身跑下山，每次都换一副新的工具送粮食上山，但他们看到邱长明书记这么不辞辛劳不畏艰险耐心细致地为自己的村人服务后，他们不再害怕了，有时也坐下来与留验点返乡人员沟通沟通，尽量为返乡人员购买丰富的食物。

这天，李陵书记集中了全镇机关干部和重点村党员干部到黄金坦留验点慰问，临行前他说，我们要面对面地与来自疫区的人员接触，一是锻炼我们的胆识，提高我们科学预防"非典"的知识，考验我们作为一名党员干部是否在关键时刻为人民着想，二是学习黄金坦留验点的成功经验，大家慰问后回各村做好宣传工作，迅速推广。

当晚，临城新闻联播播放了李陵书记与施建设镇长和留验点返乡人员亲切交谈、握手的场面。不出几日，类似于黄金坦留验点的模式在全镇推广开来，或一村单设，或几村联合，利用撤并后空余的校舍，利用村部和老年协会，有的企业主还无偿贡献出厂房，全镇48个村几乎所有来自疫区的返乡人员都可以就近进入留验点进行隔离观察。镇里的工作重点也由原来的逐家逐户检查到为留验点开展服务，省时省力了不少。

白天忙于下村，夜里忙于统计各种数据，全镇有多少人来自疫区，有多少人来自非疫区，有多少人隔离期满可以出具证明回家团聚，有多少人还在隔离之中需要继续观察，每天下班前必须向市防"非典"指挥部汇报情况，鲁方这个分管宣传文教卫的党委委员可以说是全镇最忙的人，他办公室的电话和手机整日响个不停，他要解答各种疑难问题，用他自己的话说，都成半个医生了。他甚至把手机也办了包月，剧增的话费着实使他有些心疼。

镇长施建设从开始防"非典"起对材料的起草、文件的签发、表格的设计都亲自把关，他说，现在是非常时期，方案制订要合理，材料表册不出错，这是对人民负责。每件材料由他确定思路草拟要点后再交相关责任人办理，办好后交给他过目再下发到村或上报到市。他的办公室成了临时资料室。《如何科学预防"非典"》由卫生院来写，《防"非典"工作流程》由鲁方来写，《关于党员干部违反抗"非典"工作纪律的处理意见》由纪委书记去写，《防"非典"应急行动方案》由刘克明去写，他自己也起草了一份《居家隔离与集中设置留验点相结合》的工作报告。材料虽多，但每个人都写得言简意赅，极具操作性，下发到村后深受干部群众的欢迎。这些材料防"非典"结束时由党政办统一装订成册，作为永久性保存。这些材料同时引起市委、市政府的高度重视，市委书记和市长及时听取了东平镇的汇报，他们也被人民群众这种伟大的创造感动了，决定在东平镇召开一个现场会，对全市抗"非典"工作作一个阶段性总结，并推广东平镇设置留验点的成功经验。

现场会放在黄金坦留验点前面的一块空地上进行。参加会议的有各镇（街道）、各部门负责人，一些重点村的支部书记。市委书记、市长、安副书记、林副市长等市领导与留验点返乡人员、医护工作人员一一握了手，送上慰问物品。会议由市长主持，东平镇党委书记李陵通报了设置留验点的具体做法，安副书记代表市委、市政府表扬了杨威村党支部村民委班子集体，卫生院邱长明书记，东平镇防"非典"应急行动组，对全市个别地方个别党员干部防"非典"工作不力提出了批评。最后市委书记作了总结发言：

"非典"是一场突如其来的灾难，是大自然考验人类的一份试卷。在这场没有硝烟的战争中，有的人，闻"非典"而色变，由此患上了恐惧症、疯癫病，成为笑谈；有的人，从容面对，泰然处之，精神饱满，以科学的态度预防，以良好的心态面对；有的人，散布谣言，装神弄鬼，哄抬物价，趁火打劫，敲诈勒索，受到应有的处罚；有的人，主动请缨，奔赴一线，敬业爱岗，救死扶伤，顽强拼搏，用自己的行动实践了"三个代表"的重要思想。"非典"是考验一个人、一个团体、一个政府对突发灾情应对能力的试金石和分水岭，真善美和假丑恶都在这张试卷得以呈现。谁的心灵美好，谁的心理阴暗；谁在无事生非，谁在英勇奋战；谁在营私舞弊，谁在无私奉献；大家都能在这张试卷上找到答案，东平镇杨威村交上了令人满意的答案，邱长明书记交上了满意的答案，东平镇党委、政府交上了满意的答案，我相信，在接下去的日子里，大家都能交上满意的答案！打赢这场没有硝烟的战争！

　　台下掌声雷动，响彻山岙。

山行
SHAN XING

远上寒山石径斜，
白云深处有人家。
停车坐爱枫林晚，
霜叶红于二月花。

——杜牧《山行》

几多年前，峒峙山里在外界人眼里曾经是一个
富足的地方，神仙的国度。一拨一拨涌来的外人，
不是为了滋润新鲜的雨露，吟诵俊秀的大山，描绘
苍碧的草木，发掘古朴的民风。他们不是文人，也
不想在山里建设什么，而只是把一批批丰富多彩的
山货采购到外面赚钱罢了。方式大小各异，目标共

同一致。每天，有来自浙江"生意之乡"的黄岩糖担，手鼓摇得极有节奏，招揽生意也颇具艺术："猪肉骨头牙膏壳，尼龙纸碎破凉鞋——换糖呵！"于是山里人便搜罗挖索，倾囊而出。卖糖人总是挑着堆得老高的糖担满载而归。山里人因此输掉了许多财物。随着黄岩人的出现，又有一大批永康人涌进这个地盘。永康是浙江的"手艺之乡"，补镬配钥匙，铸铜勺修凉伞，无所不能。而这些正是山里人所不可缺少的，于是永康人也饱囊而去。山里人由此又失落了许多钱财。逢年过节，间或从安徽一带过来一支马戏团，猢狲，驯狗，金丝鸟，花枪，魔术，走钢丝，又往往引起山里人的好奇，于是祖先遗下的猎奇的血液沸腾起来了，三言两语谈成了生意，晒场上围定一个大圈子，饱尽了眼福。过后又不免好酒好肉招待这些远道而来的外乡人，口袋里凭空又瘪了许多……

唯有使山里人挣钱的是养狗。

买狗的大多是远道而来的外埠人。

外埠濒海，渔民们出海之前为防风寒都要吃些热性的食品。在诸多的食品中，狗是不可缺少的。被剥皮的狗，不肢解，仅仅掏去内脏，便完整地放在锅中煮得烂熟，然后摆在餐桌正中，全体人围坐着，大块吃肉，大口喝酒。这是一个古老的风俗，已根深蒂固，即使在红得发紫，斗的发怵的年月也改变不了。因此外埠人少不了偷偷摸摸到山里来买狗，山里人的口袋也随着这些外埠人的出现膨大起来。

山里有一句俗语：儿不嫌娘丑，狗不嫌家穷。在诸多的动物中，狗最忠于人。不像猫，怪媚态的，专拣富有的人家。一只狗往往不需要多少饲料便会在山上山下，茅坑灶房得到满足。而且狗生命力之旺盛，繁殖力之迅速也是其他家畜所不及的。山里人几乎每家每户都养狗，狗是山里人忠实的伙伴。为人守门，伴人上山，解人寂寞。起初，人们只是沿袭这个古老的习惯而已，而当他们发现了狗这种特殊的用场之后，便掀起了一股养狗的风潮。狗与人的感情也被这股风逐渐冲淡。

峒崎山里养狗最多的要算牛角湾，一百多户人家，坐落在一个大山坳里，山套着山，岭连着岭，是一个被隔绝了的地方，阻塞了的世界。牛角湾遥远，闭塞，几乎很少有人到来，可是一个来自外埠的中年狗贩子却发现了这块地方，他有个稀奇古怪的名字，叫"东狗"。

东狗总是独自一人出入于牛角湾。

牛角湾人也总是盼望着东狗到来。

东狗长年累月往返于山里和外埠之间，和山里人结下了深厚的感情。牛角湾，牛角湾的山妹，牛角湾成群结队的狗都和他有了一种难分难解的关系。牛角湾容纳了他，他也给牛角湾带来了财富。山妹恋上了他，他每次来牛角湾总是在山妹家里住宿。只有狗，老远就能嗅出他的特殊的气味，咆哮着，向他表示不友善。狗贩子从来不怕狗，一根打狗棍也足以使狗畏惧三分。牛角湾牛很少，狗却多得数不清，足以使东狗奔走一辈子。

东狗捉狗的本领很独特，一竿两米长的竹筒，捅空，再用一段铁丝做个圆圈，两端合拢从竹筒中穿出去，这便是"狗套"。每逢捉那家的狗，讲好价钱，故意在人家门口徘徊，引得狗们对他咆哮发威，当狗们看出这个行动迟缓的人对它们没有丝毫的威胁时，就死命地扑上去撕咬。这时，迟钝的东狗灵活地一转身，手中的"狗套"便落到狗的头颈上。东狗再用那有力的大手使劲地揪紧铁丝，圆圈紧缩，勒得狗喘不过气来，三两分钟，狗便没气了。间或有几条灵性的狗，不上圈套，便狠了心用乱棍打死，只要不击得头落腿断即可。有了四、五只狗，他便装在麻袋里挑了到外埠去卖。卖了狗，又忙完了家务，他就继续踏上了进山的路。一百多里路程，中途又没有住宿的地方，便狠了心，一天就赶到牛角湾。一整夜，他都昏睡在床上不能动弹。

谈不成生意的时候，他就帮山妹干些农活。他学会了挑柴，挑粪，能够赤着脚在窄小的田塍上行走如飞。外埠都用手拉车，道路平坦宽阔，在这里走路犹如走钢丝。他还学会了扎扫帚，编竹篮，做一些简单的木制家具。也能用山里人那种特有的腔调吆牛："啊嗬嗬——！"声音悠长而嘹亮。

山妹有个十多岁的孩子，叫"蚤丁"。蚤丁是山里瘦小者的称呼。蚤丁五岁就死了父亲，没有父亲的孩子懂事早。他很能干，小小年纪抵得上半个劳动力。他一有空闲就跟在东狗后面转悠，也学会了捉狗那一套。东狗很喜欢他，逗他说，等他长大了把他招到外埠去当女婿，蚤丁就有了心思，说话做事睡觉吃饭都像大人了。东狗一笑了事，从来不在意。

山妹家也养着一只狗，号为"地钻"。地钻是一只黄毛大狗，它勇猛，灵性，是狗中之精灵。它从第一眼看见东狗起就认定了这么一个人，竟没有丝毫的敌意。但它绝不加入东狗的行列，干这灭绝自己同类的勾当。

东狗和山妹、蚤丁、地钻相处得很好，完全变成了一家人。几多年后，又由于命运的安排把这关系扭结得更紧了，而东狗当年说的话也变成了现实，只不过变了地域而已。

那一年，外埠也和全国各地一样发生了大饥荒。很多很多的外埠人挈妇将雏来到了山里。山里虽然落后闭塞，但山里人有自由的生活方式，没有翻来覆去的政治风云。他们缺少稻米，但不缺少番薯和其他粗杂粮，也不缺少朴实淳厚助人为乐的乡情。于是外埠人凭借着山里人的番薯和粗杂粮度过了生死存亡阶段。当他们扶老挈幼离开这里时，便有一大批姑娘留了下来，嫁给了山民们，成了终生的山里人。

东狗的女儿水菱便是其中的一个。

水菱嫁给虿丁完全出自偶然的结合。

虿丁有了水菱，更加尊敬东狗；东狗有了水菱，也就来往得更勤了。只是他完全没有钱贩狗了，只把一袋袋的番薯干扛到外埠去养活母亲，养活亲戚，养活那些无法养活自己的人。

水菱很早就死了母亲，没有母亲的女孩懂事早。她只有十七八岁，便是个高大丰满的姑娘。她在外面饿得皮包骨头，一到山里就被番薯养得白白胖胖。她不需要再去寻草根树叶填肚子，也不再挨家挨户乞讨，她除了串串门外，就专心服侍那个比自己矮一头的小丈夫。日复一日的，她感觉到了空虚，反而时常想起以前那一段日子。她总是不安，心想这里怎么一点点儿变化都没有。人们日出而作，日落而息，早起晚睡，固定着一个永恒的模式。村里没有一爿店，没有一条街，永远那么散乱和沉郁。四周的大山禁锢着人们，透不进一点外界的气息。水菱总呆呆地坐在家门口观望，看着那些紫雾缭绕的大山出神。夜里，她总睡不着，那日渐膨大的乳房和臀部对着虿丁瘦伶伶的身体，她总想虿丁为什么总长不大，身体的各个部位细小得如同一个可怜的孩子。尽管虿丁也会发邪，也会折腾自己，但虿丁那小小身躯的压力，远远满足不了水菱的欲望。她感到了一个永远追不回来的过失，感到了彻心的悲凉。

在串门的同时，她知道了父亲和虿丁母亲的历史。他们的故事，上一辈传给下一辈，下一辈又会往下传。山里的故事确实太少了，一两个故事就不会使人忘记。水菱感到了难言的耻辱，她不再串门了，独自闲处的时候，那如怨如诉的小调便夺腔而出了……

"哭什么丧，我家哪里待你不好！"每当这时，虿丁就这么喊。

水菱顿时不响了，她知道这句话的分量。这句话束缚了她一辈子。可过了一夜，她继续唱，变了调地唱，唱得山妹起床彷徨，唱得东狗魂魄翻飞，唱得蚕丁怒火中烧，唱得牛角湾狗哭狼嚎……

　　东狗不愿再听到这种声音，贩了最后一趟山货，就不再从外埠回来。他临走时对山妹说，等我有了饭吃就来接你。蚕丁抓了一支猎枪，带着地钻一头钻进大山，一去一个多月，不知是死是活。只有山妹陪伴着水菱，木木地，整天把耳朵贴着墙壁，似乎谛听着什么。牛角湾人都说山妹痴了，蚕丁死了，东狗不再从外埠回来了。他们愤怒了，酝酿着一条计策，准备把这个不安分的女人抛进大山。他们摩拳擦掌，等待着一个凄风苦雨的白天或一个风高月黑的夜晚去惩罚她。

　　时光一日一日艰难地挨着，人们一声不响地等待着。可是这一天，水菱竟然不唱了，变得温顺了。那天夜里，她发现肚子里有一个生命在蠕动，于是母性的心田得到了滋润。山妹也绽开了笑脸，墙壁上空洞的回音给她带来了信息：那大山深处，有地钻的吠声，就有蚕丁的呼吸！她的心里终于得到了安慰。山妹第一次出门到外埠去了，她再也没有从外埠回来。

　　东狗不像其他汉子，专走平坦的道路，专欺朴实的山民。他年轻，血气方刚。他不会驾驭大海，却在父亲身上遗下了渔民冒险的性格。头一回进山，他便来到了峒崎山里最遥远最偏僻的牛角湾。他要摸遍峒崎山里的路子，闯出一条生财之道。可是一进牛角湾，他便倒下了。

　　这是一个炎热的中午，炽热的空气嘶嘶发响，蝉鸣高一阵低一阵，狗们都伏在树荫下吐舌头，没有一个动物在外边活动。地钻，这匹不安分的畜生却不知到什么地方去了，烈日限制不了它的行动。山妹和大家一样，正在午憩。山里人能够早起晚睡，却不吝啬中午的时光。中午劳作太伤筋骨，弄不好还会中暑，如遇没人往往会昏迷不醒，直至死亡。山妹正睡眼蒙眬，躺在竹榻上消磨时光。这时，地钻忽地从门外窜进来，围着竹榻乱转，一边呜呜低叫。山妹预感到有什么大事了，拎了猎枪，在地钻的带领下，火急急地冲出村口。大阳射得人眼发黑，浑身的汗毛孔都炸开了，地钻的舌头拖得老长，两个还是不停地赶路。目的地到了，在一个山坳口，一处热得会冒火的岩石旁，一个汉子俯卧在这里。这就是东狗。

他只知道海神，却不想还有山神。

海神会惩罚人，山神同样也会惩罚人。

山妹没有丝毫的犹豫，在地钻的帮助下抱起东狗跑向山脚的溪坑。到了那里，她把东狗放在一丛茅草上，四面张望了一下，就开始剥东狗的衣服。手抖得不行，好不容易解下那身发臭的东西，一个健壮的身躯出现在她的面前。她有了那么一忽儿眩晕，就把他浸到溪水里，从头至脚，轻轻地揉搓……

山野里静悄悄的，只有地钻看着自己，她忽然感到了一丝不安——东狗醒过来了，他像一个溺水的人紧紧地抓住了她。她已十多年没有接触过男人的身体了，此刻，她救醒了东狗，也唤醒了自己埋藏在心底里的欲望。她背起这个强壮的男人走到树荫下面，紧张而急迫地擦着他满身的水珠……

"你从哪里来？"

"外埠。"

"刚来贩狗的？"

"刚来。"

"你今后……住我家里吧，我家没有人。"

"你叫什么？"

"山妹。"

"你家里人呢？"

"早就走了，就一个小孩子，还有它。"

他望着这个面色红润体魄健壮的女人，心里忽然生出一股复杂的感情。他说："我也和你一样，她早就走了，就一个孩子，还有老母亲。"

她没等他说完，就捂了他的嘴巴："别说了，我们都是苦命的人！"

"山妹！"他叫了一声，就紧紧抱住了她，那积蓄多年的感情像火山一样爆发出来，急风暴雨般倾泻到山妹身上了……

从此，牛角湾就有了东狗；从此，东狗便对山妹有了难舍难分的感情。东狗妻子死得早，他如同一个渴久了的挑夫遇到了山泉，每次从外埠回来都没完没了地折腾山妹。山里的女人耐力好，山妹完全沉浸在这爱的河流里了。

可是，传统而落后的牛角湾人却没有了耐心，看不惯这种结合。几天之后，村人们撞开了山妹的房门，从床上捆起了他们。两个人紧紧依偎着，没有丝毫办法。村人们准备把他们沿村示众一番，尔后逐走东狗，软禁山妹。正在这危急的当儿，一团黄色的火焰劈面而来，地钻不知从哪个方向回来了，它奔腾咆哮，似一匹疯狂的野物，死命地驱逐着村人。而那瘦骨伶仃的蚤丁也紧跟着闯进门来，什么也没说，晃晃悠悠地举起了猎枪，瞄准了村人们。

"都走开！都走开！会出事的！蚤丁！放下你的枪！"山妹、东狗和村人们嚷成一片，而蚤丁却始终没有放下猎枪，地钻也一刻不停地撕扯着。人们惶惑了，退却了，终于承认了东狗的地位。从此，东狗便对蚤丁、地钻有了不同寻常的感情；从此，东狗便开始了自由出入牛角湾的贩狗生涯。

每天，东狗都带着蚤丁出门去，地钻送他们走出门口，显出不理解的样子回去了。狗贩子是狗的敌人，身上似乎有一种特殊的气味，未进门，狗群便展开了凌厉的攻势。这时，就要见蚤丁的力量了。狗们对蚤丁都很熟悉，是看着他和它们一起长大起来的，殊不料这家伙竟会忘情忘义，竟不顾同村伙伴。狗们想不开，却碍于感情，从不责怪蚤丁，每每都包围了东狗这个"罪魁祸首"乱咬乱跳。这时，蚤丁挨近最凶猛的狗，一根小木棍疾速戳到狗鼻子上，这只狗禁不住这致命的一击，便原地打转，砰然倒地，狗群惊讶着散开。东狗也就找到了有利时机，挥舞"狗套"，勇猛上前……

　　有时候，捉的狗多了，东狗就匆匆忙忙往外埠运，三两天一个来回，累个半死，狗还是发烂了。他就伤心地守着狗掉眼泪，好像死了爹娘。这个时候，东狗便有了一整套美妙的设想：等有钱了，成立一支收山货的队伍，把那些零散的山货商组织起来。山区设立收购站，收购站里有专职的收货员，有上门订货的收货员，有负责运输的运输队，外埠有专门销售的售货员。运货辛苦，那么，山垭口，九里亭，沙岗头等前不巴村、后不着店的地方都造起旅舍，供过往客商住宿。再以后，再向上面打个报告，说不定不用打报告，上面就有了这么个规划，在山里和外埠之间造一条公路。公路造成了，整车整车的山货就可以直达外埠了，外面的东西也可以运进来。

　　这以后，山区收购站没建成，公路也还在想象之中，外埠发生了大饥荒，美妙的设想成了泡影。东狗竟靠运番薯干过日子了，并把女儿也带进了山里。但他的心里，还存在那丝希望。但后来，连这丝希望也破灭了，山里不准养狗，成立了什么"割资本主义尾巴"的打狗队；外埠也不准收货了，杜绝了一切买卖活动。白天，山货商们不敢活动，只有在夜里，才像贼一样偷运些山货。

东狗却能和以往一样像模像样地走这条山路。山里，有自己的爱人，还有自己的女儿；山外，有自己的家乡，还有自己的母亲。可是自从他发现山妹和自己的存在对蚤丁和水菱不利后，他们便在外埠建立了自己的家庭，紧巴巴地过起了日子，再也没有到山里去了。

　　几多年后，濒临海洋的外埠富得流油了。外埠人把目光专注地停留在使他们发家致富的大海外面，再也不屑到交通不便、闭塞落后的峒崎山里收山货了。现在的山里，已变为外埠人避暑的胜地，游玩的场所。他们从外面带来了财富，也带来了文化和艺术，于是长途跋涉，远上寒山，到那白云生处人家里旅游。梁园，日暮，霜叶，飞鸦，几声鸡啼，几番犬吠，自有一番趣味。但是山里也不乏外来的商客，每天，有来自浙江"生意之乡"的黄岩糖担，只是山里人不屑用那猪肉骨头牙膏壳尼龙纸碎破凉鞋换东西了，他们手头有了几元积蓄，喜欢掏钱去买东西。永康人却少了，因为山里人对修修补补已不感兴趣，他们也喜欢用新的家什。安徽的马戏团当然还值得人留恋，但山里人已经用挑剔的眼光去看待了，他们要听越剧、京剧，甚至那有些使人朦朦胧胧飘飘悠悠的现代歌舞！

　　但是山里人也感到了一个巨大的缺陷。

　　那便是没有人挨家挨户收山货了。

　　几多之后，当年东狗的愿望，也变成了现实，山区有了收购站，山垭口，沙岗头，九里亭等都造了旅舍。公路也开始造了，却不是为了收山货，而是准备在峒崎山里造一个大水库，把这里变成一个交通发达，风景优美，物产丰富的鱼米之乡。

　　牛角湾正好处在这个水库的底部，上面早发了通知，要牛角湾和附近几个村迁到外地去。根据牛角湾人的眼光，那地方还不如牛角湾，是一片刚围垦的海涂。牛角湾人不知道那地方今后该怎么生活,就有人四处找门路投靠亲友,甚至有人迁到邻近的那些不搬的地方去,但大多数人还是要到这片海涂地上建立自己的家园。

看着人家忙忙碌碌的样子,水菱也对蚤丁说:"我们也到外埠去看看。"这个女人的心还牵挂着外埠,虽然她有了孩子后做了忠实的山里人,她每年还要到外埠去看看两位老人。蚤丁是个硬汉子,他不想拖累老人,也不想到别处去投亲靠友。这个瘦小的男人,什么都不在乎。只有那一年地钻发了病后痛苦得乱翻乱爬时,他一枪射中它的时候掉过几滴眼泪。

"人还不如畜生呢!"水菱见蚤丁默默无语的样子,哀怨地说。蚤丁顿时感到了波动。地钻,这匹灵性的畜生,它每年都要独自跑到外埠去过上一段日子,而它又舍不得山里。这个两地分居的家庭使它疲于奔命,颇像当年的东狗。蚤丁的眼睛模糊了,他说:"你去看看吧,但不要强求两位老人。"

水菱第一回喜滋滋地到外埠去了。东狗家住在外埠一条最繁华的街道里,他有了一个专收山货并向各处销售的店铺。山妹管铺面,他跑供销,这几年也发起来了。当水菱把迁移的事情说给两位老人听了,东狗对山妹说:"我们都老了,该回山里去看看了。"山妹若有所思地点了点头,眼睛也一下子模糊了……

几天之后,事情竟然在两位老人的努力下办妥了,当地政府允许蚤丁一家三口迁移到外埠去。蚤丁和水菱兴奋地在车上装了些家什,也不拆屋,就在牛角湾人羡慕的眼光里迁到了外埠。

没过多久,蚤丁和水菱就在两位老人的悉心指教下接过了那个店铺。东狗和山妹放手不管了,他们老了,喜欢走亲访友,经常在外面寻找自己的乐趣。后来,当蚤丁和水菱发觉两位老人已有半个多月未回来时,不禁惊慌起来。他们赶到当地政府，政府告诉他们，由于人口紧张，我们这里有个规定，若有人要把户口迁进来，就必须有相应的户口迁出或减少，算起来，你们还是赢了一个人。顿时，蚤丁和水菱明白了，他们激动得热泪盈眶，模糊的眼前仿佛一下了出现了东狗当年负着山货艰难地进出山里的背影和山妹脉脉含情倚门送迎的倩影。

哦！那生生不息令人难以忘怀的山里之行……

乡镇干部

XIANG ZHEN GAN BU

一

　　我们去乡里报到的时候，书记和乡长正在讨论什么事情，样子很苦恼。见到我俩进来，他们的眼睛顿时放出光来。文书老孔指着胖胖的一个老头说，这位是顾书记，顾全大局的顾。又指着一个瘦长的中年人说，这位是单乡长，单（shàn）就是单（dān），单薄的单。随后指着我俩说，两位刚来报到，这位是黄三，分管团工作，那位戴眼镜的是刘青，土地管理员。

　　好，好，来了就好，我们正缺人呢。顾书记和单乡长一边答应着，一边细细地打量我们——那眼光好像做什么买卖。一会儿他们说，老孔，叫小李安排一下，我们还有很多事情商量呢。

我们随老孔出来，一路上，老孔告诉我们，顾书记是乡里的元老，从有了人民公社起就在这里工作了，中途小调了两次，最后还是回到了这里。老婆孩子是本地人，他不会走远的。单乡长是公社改乡后的首任乡长，是从部队里转业回来的，他是外乡人，迟早要调回去的。小李就是李副乡长，兼管生活后勤之类，他是两年前从当地农村选上来的。那个时候，刚搞选举，候选人有好几个呢，一轮一轮淘下去，最后只剩他一人了。我们顿时肃然起敬，心想这个李副乡长一定不简单。可等我们来到他的寝室里，他却露出羡慕的神色，说，我是选进来的，你们是考进来的，我们同样都是招聘干部，你们是高中毕业生，知识分子呀，不像我大老粗，今后可要多帮助我开展工作呀！那样子好像我们是乡长，他是个普通干部。我们顿时惶惑起来，说，我们没什么工作经验，今后还是多靠乡长指导我们。他笑了，你们倒是会说话，我刚来时连这句话也不会说，讲实话，我对你们有一种特殊的偏爱，我们不管选进来也好，考进来也好，都是"继生子"，招聘干部，拿的是泥饭碗，今后工作全靠我们自己，站得正，立得牢，少考虑个人的事。——我说老孔，是不是这样？

都一样，都一样。老孔满脸堆笑，点了点头，就退出去了。

这就是我们上班报到时见到李必农副乡长的第一个印象。他不像个气宇轩昂的领导，倒像个传授手艺的木匠师傅。而我们，都是他的徒弟。接下来他为我们安排住宿。这个乡就是拥挤，没有一间像样的房屋，是解放前一个地主住过的四合院子，已经很破烂。他把我们带到一间宽敞的会议室模样的房间里，说，就住这儿吧，这里是企业办公室，我们这里没什么大企业，企办人员是本地人，都住家里。你们俩凑合着住吧，反正都是年轻人。他见我俩犹豫着，笑了，别介意，我也是这么住了两年的，现在一个人住反倒不习惯，冷清清的，你们先住吧，下任只要我们不调出这里，我们想办法造一座房子。

我们不好再说什么，就在事先准备好的两副铺板上放下行李。他临走时又说了两点，先熟悉一下环境，乡里不像学校里，工作时间全无规律，说不准哪个晚上就会集中抓赌搞计划生育什么的。还有，你们安置好后再到其他干部房间里去一下，熟悉熟悉有好处。

他走后，我们出去转了一下，没碰见其他干部。个个房间都紧闭着，像一所放了假的学校。我们不好大模大样去敲门，心想反正今后再见吧，见面的机会多着呢。我们无事可做，就信步在机关大院里兜起圈子来，见没什么可注意的，就来到大门口。门口的两边分别挂着几块牌子，红字白底的是"中共平江县河东乡委员会"，黑字白底的是"平江县河东乡人民政府"。上方的墙上隐约还有"河东人民公社"的字样，像一个蹩脚的学徒施的粉刷，还没全部掩盖。我们就这么站着研究字体的好坏，看看都是些没什么大区别的美术体，就没了信心，就回到寝室里想心思。但此时心绪已烦乱，思维怎么也无法集中到一处来……

二

乡里的生活毫无规律，我们刚来没几天就赶上了全乡干部突击行动搞计划生育。河东乡计划生育工作比较落后，上面经常点名批评，因为这里是山区，农民的封建意识很浓，还有大批"超生游击队"在活动。乡里只好采取软硬兼施的措施，摸准线索，黑夜上门，说服教育，必要时还要"围追堵截"。

　　这晚我们每人发了一个手电筒就出门了，也不知到哪个村去，只知道这户人家与单乡长有点亲戚关系，几次都没有落实。带队的是李副乡长，顾书记和单乡长都没来，一个年事已高行动不便属照顾对象，另一个这几天去县里开会去了，无法参加。其他人都来了，一路上无人高声说话，只有一片走动的声音。十几支手电筒时明时暗，不时有咳嗽此起彼伏，在旷野里显得格外刺耳，越发使人感到空气的沉闷和行动的诡秘。大约走了一个小时左右，目的地到了。前面传来命令，熄灭电筒，紧紧跟上。眼前顿时一片漆黑，手忙脚乱地跟上去，全忘了黑夜的危险。一队人来到一幢孤零零的房屋旁，分几处把守了门户。只听李副乡长叫道，屋里有人吧，请开门，我们是计划生育工作队的，到你们家执行公务！这样喊了几遍，竟无一点动静。打开电筒一瞧，原来"铁将军"把门，说明人走屋空。真是怪事一桩，根据布下的线索提供的情况，这户人家近几天都在家里，无出门的迹象。一时间大家议论纷纷，意见始终无法集中。

　　我把李副乡长拉到一边，说，可能是圈套，说不准人在屋子里，外面挂着锁。他说，在屋里也没办法，他不答应，你就无法敲开门。我忽然心生一计，说，我们假装回去，留两个人躲在门外听听虚实。他兴奋地一拍我的肩膀，好主意！想不到你还有两下子，就这么办吧，你和黄三在这里听着，其他人跟我回去。接着他与其他干部一一说了，就带着人马离开了这里，走时故意把脚步踏得山响。

　　我和黄三站在门外挨着，十几分钟过去了，里面什么动静也没有。黄三附着我的耳朵说，是不是真的走了？要是那样，其他人会说我们多此一举吗？我说，再等等，不管有什么结果，我想大家会谅解的，至少证明我们为计划生育工作出了力。他却说，可这是单乡长的亲戚啊，他知道了会怎么说？我沉吟了半晌，说，我想他总不会这点原则都不顾吧。

我虽然这么说，可心情却开始沉重起来，都说行政这碗饭不好吃，尤其是招聘干部，要是有了三长两短抵不了一阵子就回了老家。明年试用期满，成绩好坏是要乡长签字的，他如果与我作难怎么办？正这么想着，里面终于发出响声来了，首先是一阵吱吱呀呀的声音，接着发出一个浑浊的说话声，妈的！总算走了，老单那家伙也不寄个信来，当了乡长就忘了亲眷，这样天天锁门也不是个办法！索性远走高飞罢了！你这死人！怕什么！我倒不愿意在外面东躲西藏，有老单在，还怕他们呀！一个女人嗲声嗲气的声音，听了叫人肉麻。

我们不想再听那男腔女调一唱一和，心里早就紧张得不行，我留着，让黄三去叫李副乡长他们来。黄三去了一会儿就领着他们回来了。又形成了包围之势，又提高了声音开始叫门。可里面还是闷声不响。李副乡长火了，你们满以为我们不知道，我们早就知道你们的鬼把戏！再不开门，我们要砸门了！里面终于颤抖着说，我们开，我们开。随后一支钥匙从门缝中递出来。李副乡长接过钥匙，厉声问，谁锁的？里面答，那边邻居。李副乡长打开了门，十几支手电筒同放光明，一对男女瑟缩在屋角里，旁边还站着三个张大着嘴巴的小女孩。李副乡长说，走吧，到乡里做结扎手术！沉默了半晌，那男的突然歇斯底里地叫道，你们叫我断子绝孙！我也叫你们不得好活！我要到乡里告你们，单乡长没来，是谁叫你们这么做的？你李必农算老几！你们招聘干部还不是和我们农民一样，自己的饭碗都没拿稳呢。李副乡长说，你这个傻瓜！你满以为自己是单乡长的亲戚，就好耍赖耍泼，其实，你是害了他！你应该支持他做工作才是，他晚上没来就是给了你面子！我们招聘干部也是国家干部，在一天就干一天！计划生育是国策，不是哪一个人的事情，你不走，我叫人抬你走，你到乡里告我好了！那男人终于泄气了，结结巴巴地对女人说，你……跟他们走吧，我在家里……看着孩子，到乡里……不要忘了见见单乡长。

我们带着那女人回到乡卫生院里，早有医生在等着。顾书记也在等着我们，见到我们凯旋，他兴奋地说，同志们辛苦了！大家再坚持一下，等做了手术再去休息吧。

这时那女人问，单乡长呢？我要见见他。

李副乡长说，他开会去了，他在不在都一样，反正手术都要做的。

那女人一听这话，"哇——"的一声哭了起来，双腿一软坐在地上，死活不肯就范。

李副乡长看了顾书记一眼，顾书记说，你看着办吧，这事党委不是讨论了由你主管吗？

李副乡长顿时满脸严肃，指着女人说，你这是做给谁看！你不要死皮赖脸，做不做手术不是哪一个人的事情！这是国策，任何人也无权干涉！先做手术吧，你有意见今后再说！

那女人一看这样，知道无望，哭声顿止，她用哀怨的眼光看了李副乡长一眼，在医生们的扶持之下走向了手术台。

三

工作不到一个月时间，顾书记和单乡长就找我们谈了一次话。当文书老孔把这事情通知我们时，我们就有点惶惑不安。老孔一看这样，笑着说，其实没有什么，在乡里工作，谈话是常有的事情，慢慢就习惯了，如果是布置工作，你们接受就是了，如果是批评教育，你们更要虚心接受——按理说不会有这样的事，如果要你们汇报思想工作，你们该说的多说，不该说的少说。他这样一说，我们顿觉轻松了许多，心想参加工作了难免要谈话，要接受批评教育，要经历以前从没经历过的事情。

吃过早饭，我去顾书记寝室，黄三去单乡长寝室，谈话正式开始。顾书记斜靠在躺椅上，满脸笑容地对我说，抽烟吗？我说不抽。他又问，喝茶吧？我说不喝。他于是自己抽烟喝茶，一会儿才问，年轻人，到这里会习惯吗？我说已经初步习惯。他说，习惯了就好，这次找你们谈话，主要是听听你们对工作的看法，尔后，布置一下任务，你先谈吧，想到什么谈什么？不要顾虑。

我想了好一会儿，脑里还是没有一个头绪，心想我与李副乡长接触多一点，就谈谈他吧，我说，其实，我没有什么可谈的，我对领导和同志们了解不够，不便乱谈，我与李副乡长接触得多一点，总觉得他挺体贴关怀我们的，工作也挺有魄力，只是，他好像有点身不由己，许多工作很难开展，就那晚计划生育，要不是事先作了安排，恐怕就会泡汤，至于我本人的，其实没什么可谈的，就说说我的本职工作吧，我是管土地的，是掌握第一手材料和把第一道关的，可村民们批屋基却往往找单乡长去办，再由单乡长告诉我该怎么办，次序都搞颠倒了，这样叫我工作也难搞许多，我就说这些，请顾书记看看是否正确？

是这样，是这样，你说得很好。顾书记一边点头，一边笑眯眯地说，小李是我一手提拔上来的，我总不会看着不管，你既已看出了这一点，今后可要多帮助他开展工作呀！老单是乡长，难免有很多熟人找他办事，他又乐意帮人家的忙，找的人就更多，这样吧，今后有人通过他找你办事，你就按自己的意思办吧，拉屎拉尿也有个顺序，先到的先拉，哪能不按顺序！只要你自己严守纪律，按制度办事，我们其他人是没有什么话可说的。

我听着顾书记的话，心里有了一点儿感动。毕竟是书记哪，顾大局，讲道理，我就说，我一定照办！

还有。他又说，党委会商量了，给你和小黄布置了一个工作，上面一个月前就下了两个文件，说要繁荣文化事业和维护社会治安，配备两个人，一是文化员，一是值班民警。乡里没有钱再招两个人了，我们商量了，叫小黄兼管文化员，反正共青团和文化站，是那么回事儿。你兼管值班民警，还可省了购置服装的钱，反正土管部门的服装和值班民警差不了多少。你看，可以不可以？

我略一沉吟，说，好吧，我干，只是业务上靠领导和同志们多指导。

他笑了，满意地拍了拍我的肩膀，多努力吧，争取明年入个党！

我走出顾书记的寝室时，好像约好了似的，黄三也从对面单乡长的寝室里出来了，脸上是一种极为复杂的表情。我们一前一后回到寝室里，斜靠在被子上，一言不发。

我说，喂，黄鱼（我总这么叫他），你在想什么？

他说，四眼（他总这么叫我），我们这么干下去会转国家干部吗？

我惊讶了，什么，你想转入国家干部？试用期都还没过，就想这些了。再说，招聘干部是不能转入国家正式干部的，我们进来时上面不是明说了吗？打破铁饭碗，这是一种改革。

他叹了一口气，唉，还不如再读一年考大学拿个铁饭碗，读书再苦也不会有许多烦恼事。

我说，这么快就泄气了？你说说，单乡长到底谈了些什么？

他不答，那双黄鱼般的眼睛似看非看地对着我。我说，你说说吧，难道只这么点时间你就对我不信任了？

他终于说，单乡长说，你们招聘干部应该时刻注意自己的言行，招聘干部和国家正式干部不同，充其量不过是个临时工。你干好了，干得长久一些，有机会当四、五年乡长书记也转入国家干部，干不好时就得回家。

他还说，李副乡长就有这么个心思，想当正乡长，好转正式干部。想当初他还不是靠我们提拔上来的，有我在，他就只有这么干干了，一个招聘干部当正职，哪个人会买账！还是现实的好。反正他说了很多，也许诺了很多，我都记不清了。

我又问，他就没有说过我们吗？

他沉吟了半晌，说，说过，他叫我好好干，他说当个共青团书记还是有希望的，是党的后备干部，只要和组织多接近，多干一些工作，迟早有一天会用到的，他还给我布置了一个文化员的工作。他也说过你，不过没有指名。他说当一个干部应遵守纪律，不要想花点子，领导叫干什么就干什么，不能自以为是。当一个干部应多同农民接近，不要想法子出农民的洋相，开农民的玩笑，我们和农民之间至多也不过是人民内部矛盾，对于农民的落后思想，应采取教育的态度，不应想那些自以为高明的办法！

我听了半晌说不出话来。看来，黄三那次的忧虑是对的，单乡长对我有了看法。可是，顾书记对我说的是另一回来。我到底该怎么办？是听顾书记的，还是听单乡长的，抑或两者都不听？正这么想着，李副乡长进来了，大着嗓门说，唷！两位秀才议论什么呀？愁眉苦脸的，有什么难事吗？我是管生活的，说给我听听，看能不能帮得了你们的忙？

我们只得把顾书记和单乡长要我们兼管值班民警和文化员的事说了，其他的不好再说。他听了哈哈一笑，这有什么可愁的，我们不都兼着职吗？你们看我，兼了五六个职务，什么生活，计划生育，政法，农业生产，还有防汛防旱领导小组组长等等，多着呢！其实乡里工作都一样，只要你不闲着就是了，上面千条线，下面一根针，女人纳鞋底一样，完成就是了，再说，干好干差不是你们的事情，到时候领导自会解释。

我们被他这一番话逗乐了，心情顿时轻松起来，心想先干下去再说吧，管它那么多！李副乡长临走时又说，你们会玩扑克么？晚上吃了饭等着我，我找一个伙计来和你们干几局，看谁赢谁输！

四

这是一个特殊的日子，我们六个月的试用期已满，正等待着领导给我们写评定，确定是否正式聘用，如果不行，可继续留用三个月，以观后效。我们的心情比任何时候都沉重，甚至比高考那会儿还沉重。那时候，千千万万个考生同时踏入考场，录取的仅有一部分，大家考不上明年还可再考，再拼搏，一切都在不知不觉之中进行。就是再考不上也是顺理成章的事，并不是每个人都能上大学的——你可以这样解释。而现在，已经参加工作了，传统观念告诉我们只能继续待下去，不容有丝毫的后退，后退就对不起父老乡亲，就没有面光，就得被人们斥之为"饭桶"！黄三显得比我还紧张，整天魂不守舍的，也不大愿意和我讲话了。

这时上面发下通知，要搞第二届选举了，一切以选举为中心，其他工作都得靠边站。广大干部都应全面认真负责地对待这个工作，与上级指示精神保持高度一致。这是考验广大干部特别是招聘干部的重要时刻，选举以后就要搞一年一度的聘任工作和确定岗位责任制。聘任制和责任制是干部制度的一大改革，这个工作搞得好坏，首先取决于选举工作的成败。

就这样，我们还没有来得及对自身的前途和命运作充分的设想的时候，就投入了这场选举工作。党委分配给我们的任务是配合文书老孔准备一切材料，包括写政府工作报告，分发各种选举小册子，写标语、口号等。我们还负责乡机关选区的准备工作，去乡属各部门核实选民，讲解选举办法。这样一来和他们都混熟了，许多人后来成了我们的好朋友。

转眼到了选人民代表的日子，其他干部一大早吃了饭就奔赴各选区。乡机关选区只留下顾书记主持工作压压台面。单乡长和李副乡长因安排了候选人名额，按照规定，也得回避。乡机关选区选举一开始，就有人提问，没排上候选人的是否可选上？这是明知故问。顾书记回答，当然可以，不过为了选足名额，使选举顺利成功，我看还是选排上候选人的好。大家都是国家干部，应该与上面的精神保持一致！

听了顾书记的话，下面开始窃窃私语。他们来自中小学、卫生院、供销社等单位，都是国家工作人员，民主意识比一般的村民强，都有一套自己的想法，顾书记的话不一定照办的。我想这次选举可能要砸台，但愿不闹出什么乱子来，闹出乱子来我们脸上也不光彩。

开始发选票，开始解释选举规则。还未解释完，就有人开始交票了，三两分钟，投票完毕。我和黄三忙着统计，然后唱票监票计票。在一片吟哦声中，黑板上的名字越写越长，越写越多，我和黄三也加入其中，并且得的票数不算少。最后得出结果，天哟！我和黄三选上去了，另两位乡属部门候选人却没有选上。我们顿时脸红心跳，仿佛做了贼一般心虚。未等顾书记宣布选举结果，早有掌声响起来，并且越来越响，经久不息，震耳欲聋！我们就在这一片热烈的掌声中晕乎乎地走下主席台。

事后我问黄三，这是怎么回事？他也答不出个所以来。还是老孔为我们释了疑团，他说，你们初来乍到，大家对你们都没成见，再加上这几天你们负责与他们联络，和他们混熟了，你们选上理所当然。最后老孔意味深长地看了我们一眼，说：选上了还是没选上的好，麻烦的事情多着呢。你们今后要学老成点，要时刻注意自己的言行。这是经验之谈，看着老孔那花白的头发和苍老的面容，我们不禁生出许多感慨来。

老孔的话不久就应验了。首先是单乡长找黄三谈，再是顾书记找黄三谈。黄三这几日像被司法机关传唤一样马不停蹄地跑不分白天黑夜地跑，他早已把老孔的话丢在耳边。他眼圈黑黑的，他染上了烟瘾，他开始凶狠地抽烟，搞得寝室里乌烟瘴气的。奇怪的是他好像得了传染病，他自己被人谈了，又要去找别人谈。这期间，只有李副乡长找我谈了一次，谈话的内容也极为简单。他说，本来你这一票我是要定了，可现在考虑到单乡长对你印象不好，你这一票要么给他，要么空着，我选上选不上都无所谓，可你不能为这一票丢了工作！我感动地说：我这一票如果不给你，也只有让它空着，这要体现我自己的意志，不然还叫什么选举！至于工作，我想当一个人民代表回到家里去也是光荣的，父老乡亲会理解我！李副乡长握着我的手，握得那么紧，那么久，以至手心都出汗了，然后什么也没说就走出了房间。

　　黄三病了，一种咳起来喘不出气来的毛病，夜里常常把我惊醒，可他就是没去医院，看样子选举工作不结束他是不会去的。一场激烈的较量之后，乡长的选举工作正式开始了。四十九个代表坐进了会议室，上面主持的大多是陌生人，估计是县里来的，这就显出了选举的慎重和非同小可。一张张选票发到代表们手里，无需听上面的解释，强调，制度，原则，一双双眼睛早已在选票上扫瞄。黄三紧靠着我，他几乎没加思索就在单乡长的名字上画了一个"○"，在李副乡长的名字上打了个"×"。随后定定地看着我。我的脑子里几乎一片混乱，单乡长和李副乡长的名字像放电影一样重叠又分开，分开又重叠，不知道在哪儿下手。待到上面催促交票时，我才一激灵，那支笔终于不由自主地伸向了李副乡长的名字……

　　然后是唱票监票计票，上面的人不停地忙碌，下面的人水鸭般伸长了脖子看。结果出来了，李必农副乡长以二十五票超过半数当选为乡长，而单乡长却仅以一票之差落选了。正当大家沉浸在入选的欢呼和落选的悲哀之中时，我的耳畔响起了一阵敲破鼓似的咳嗽，咳得那么的长，那么的剧烈。我转过身去时，黄三伏在凳子上，背脊一抽一抽的，已经背过气去了。我叫声"不好"！赶紧抱住他。这时，坐在不远的李副乡长急速走过来，说，快送医院！一边背起黄三，拨开人群，我紧随其后，在一片惊愕的眼光中奔出了会场。

五

　　选举工作结束以后，全县都处于紧张的人事调动之中。单乡长由于落选，理所当然调离河东乡，他却"因祸得福"，通过一个部队里转到地方的老首长的关系，调到了县委组织部工作。各乡都在物色人，新的领导班子都在找关系要人。李必农乡长却没有走出乡政府一步，任凭人家忙忙碌碌。最后我们乡也调出了几个吃国家商品粮的，调进了几个招聘干部。李乡长像那次接待我们一样忙忙碌碌地为他们安排住宿。有个干部临走时讥笑说，好你个李必农！调走的都是铁，捡到的都是泥。李乡长笑而不答。他的心思只有我们招聘干部才体会得到。他的这番行动无形之中把我们联结得更紧了。我们这个乡最后只留下两个吃国家商品粮的，一个是顾书记——只要他不愿走，李乡长是不会让他走的；还有一个是老孔，人们最瞧不起的文书，李乡长却留下了他。顾书记对这些事情不大过问，他只在一次机关干部会上开了这么一句玩笑，小李呀，你这么搞是孤立我呀，这不变成你们招聘干部的王国了。李乡长却说，老顾呀，我们塘浅，养不起大鱼，由他们去吧，愿来的来，愿去的去，这是自然规律，再说，现在只剩你与老孔是吃国家商品粮的，大伙儿是敬佩你们呢！

　　人员到岗后，接下去是聘任工作和责任制工作，每个人都受书记乡长的聘任，再安排具体工作，责任到人。而我们，先由乡长签字确定是否转正，尔后再参加聘任和责任制工作。黄三由于那次事情之后，一度时期萎靡不振。出乎意外的是，李乡长却在他的评议书上签了字让他转正。为此他还和顾书记有了一点点小小的摩擦。

事后李乡长来到我们寝室里，黄三早已泣不成声了，好不容易平静下来，他说，李乡长，我直到现在算真正了解了你，我想起了我们报到时你说过的话，你是这么说的，也是这么做的，我算真正懂得了我们作为招聘干部的全部含义，今后，你看我的行动就是了，我保证不会给你，给自己丢脸！

李乡长说，好了，事情已经过去了，你又没什么大错处，这些事情就不要放在心里，我们要做的事情多着呢。这回我想和你们两个秀才商量一下，老是让你们合住在一个房子也不成样子，我有言在先，可行起来却不容易。你们都来出出主意，把我们乡的乡镇企业搞上去，企业办公室要名副其实。只有这样，我们才能对得起全乡人民，才能证明我们招聘干部的真正价值！

这件事就这样被我和黄三挂在心里。几天之后，黄三兴冲冲地告诉李乡长，他有个同学大学毕业，不想留城工作，却想在乡下办个厂子，技术、产品已初步确定，厂址还没选择好，现在有些乡不是怕冒风险，就是担心资金贷不到，销路搞不好。李乡长兴奋地说，行！我们先去看看。

他们回来马上召开了乡机关干部会，提出了这个问题。那个时候办厂的人很少，一阵子沉默，大家对这件事毫无思想准备，一下子转不过弯来。但一会儿人们就开始松动起来，开始议论这个事情。有人发问，有把握吗？问得很含糊，也很全面。李乡长答，这要看我们的决心，现成的东西总是没有的，更主要的是靠我们拼搏！大家都说，干吧，我们招聘干部

080

也要干出个样子来，让人家看看我们也是有能耐的！就这样，这件事以大多数人意见通过。乡里负责厂房的审批、土地的规划和建设厂房，主办人负责技术、人员和销路。会后李乡长特地找了我和黄三，他对黄三说，办厂的是你的同学，你起着桥梁沟通作用，许多事情需要你办，你尽心尽力去干吧！又对我说，接下去看你的本领了，土地规划是第一步，规划少了不行多了也不行——道理你自然明白，上面以此作为审批的重要依据。顾书记也找我们谈了一次，也说，本来，我是不同意小李搞这个事情的，政界与商界历来是两回事，搞好了没有你的功劳，搞不好却有你的错误，既然小李决心搞，上面也有这个指示精神，我们就要紧跟形势，好搞的都搞，今后，你们要配合小李全力以赴搞好这个事情，只许成功不许失败！

当我第一次握着皮圈尺、三角板、水准仪等测量仪器为这块土地作规划时，双手不禁颤抖了，双眼也不由得模糊了……

一切都在不言之中悄悄地进行，一切都是大家齐心协力的结果。不出几个月，一家大型的玻璃钢制品厂昂然挺立于河东乡，随之，一种小型轻便价廉物美的背包式喷雾器便被联产承包责任制后的广大农户所喜爱。李必农乡长当政三年间，厂里的产值直线上升，人员不断增多，全乡几乎每家每户都有一个劳动力在这个厂里工作。三年来，河东乡人心稳定，干群和谐，人民的物质生活和文化生活也不断丰富多彩起来。

这年年底，县里一个参观团来到了这里，团长是原河东乡乡长老单，他已提至组织部副部长。他和我们一一握了手，当他问起这个乡的干部状况时，回答竟几乎全是招聘干部，他笑了，笑得意味深长，他最后激动地说，我对你们总算有了重新认识，李必农是好样的，而你们招聘干部更使人敬佩！

六

第三届选举就要开始了，这次县里决定在选举前来一次大调动，以免在选举后给调动工作增加难度。这样一来选举工作就有些松懈。这一天李乡长接到县委组织部的电话通知，要他即速去谈话。第二天他回来后什么人也没说就开始整理行装。我和黄三预感到事情不妙，来到他的寝室里，他停下手中的事，呆呆地看着我们，一言不发。

我问，你要调走了？

他说，去河西乡。

黄三又问，为什么调你？

他只说了这么一句，因为我出名了。

我们相顾无言，内心却无法平静。河西乡，和河东乡遥遥相对，是全县最落后的乡。而李乡长上届任期已满，这届如果再选上就会转入国家正式干部，摆脱招聘干部被人瞧不起的局面。他这一去，能继续选上去吗？如果上面因为他出了名重用他，也不应该在这个时候调他走呀。再说，如果落后乡都派先进乡乡长去当任，那么其他干部怎么培养得出呢？我们带着许多疑问找了顾书记。他显然已知道了这件事情，紧锁愁眉，正一支接一支地抽烟，见到我俩进来，也浑然不觉。一会儿回过神来，一边让我们坐，不用我们发问就说开了，小李的事情我早已预料到了，一个干部在一个地方时间长了，难免有这样和那样的议论。我作为一个书记，组织原则不允许我去为这件事作交涉。小李要是当初听我的话，平平稳稳干工作，也不至于落到这种局面，有道是人怕出名猪怕壮还真有道理呢。唉！我老了，这里没有他我还真有点难以管理呢，你们今后可要多干工作呀。

李必农乡长就这样带着他那副简单的行囊走了，临走时他歉疚地对我

082

们说，我食言了，到现在都还没有给你们解决住房问题，这些今后全靠你们自己了，好在有了这个玻璃钢厂，一切都会好起来的。好好工作吧，招聘干部也会有出息的。河水总是流动的，这是自然规律，我说不定哪一天就会回来，不要为我走而悲伤。

接下去又开始搞选举了，我们无暇再为一些不如意的事情去悲伤，又投入到这种琐碎而繁忙的工作之中。这里新调了一个国家正式干部的乡长候选人，黄三也作为第二梯队培养对象列为乡长候选人。由于选举工作的地域性、排他性，由于人民代表的某种逆反心理，那位老兄落选了，而黄三却成功地登上了乡长的宝座，成为全县最年轻的乡长。

不到几日，从河西乡传来消息，李必农乡长落选了，河西乡本乡本土的一个干部选上了乡长，这已在我们的预料之中，可我们还是不愿接受这个事实，我和黄三决定去看看他。

这天清早，我和黄三蹬上自行车上路了。我们带着干粮，中午在一处僻静的山岙里吃了饭。到落日的余辉洒遍青山时，我们终于赶到了河西乡。找到了李必农，我们一起吃了饭，还破例喝了点酒。饭后，他说，到外面走走吧。

河西乡出门便是山和岭，我们不顾旅途的疲劳爬上了一道峻岭，来到一个光秃秃的山顶。三个人躺到草地上，夜幕已经降临了，我们不知从何谈起，三双眼睛望着星星不说话。一会儿李必农开始说话了，却出乎意外地说了一个故事。这个故事我们都熟悉，可这回听起来却别有一番滋味。

故事说的是有那么一群冒冒失失的仙人，某个晚上来到这里，看到这里山明水秀，玉带缠绕，气象万千，就想锦上添花，在河东和河西架一座大座，再引来东海的水，把这里变成鱼米之乡。他们只用了小半夜便垒好了两个桥墩。这时来了个土地爷，这家伙眯着眼看了一阵，不觉惊出一身冷汗。那土地可是自己的宝啊！只有地，人们才会称他土地爷；也只有那贫瘠的土地，人们才会朝拜他，祈求丰年。倘若桥造成了，这片土地便会成为汪洋大海，他的门庭就会冷落，再也受不到人们丰盛的祭祀和美妙的颂辞了。他急中生智，噘起嘴巴，捂上手掌，学着公鸡"喔喔喔——"地啼了一声。天要亮啦，我们得走啦，仙人是不能见凡人的，于是，那帮仙人丢下两个垒好的桥墩远走高飞，云游四海去了，再也没来过这里。现在还留下那两处天工斧削般的石桥墩，一个在河东，一个在河西，留下那矮小丑陋香烟缭绕的土地庙。

故事说完了，我们还躺在草地上不想起来，夜深了，我们领受着习习凉风，忘记了时间，忘记了世事的纷扰，仿佛回复到童年的意境中去了……

云雨茶　云雾茶

YUNYU CHA　YUN WU CHA

一

　　白崖岗上有大片的云雨茶，采摘是女人的，精制也是女人的。可以说是女性的心田滋润了这方土地，使它名闻遐迩，威震四方。每逢春气萌动的时候，白崖村的女人们便会得不到休息，白天采茶，晚上加工。茶场里临时设置了四五十个床铺，砌了一个大灶，供她们住宿，吃饭。整整一个春季，女人是不能离开茶场的。春季一过，女人们带着丰厚的积蓄，拖着疲惫的身体下山了。白崖村的男人们就会扛着锄头，带着猎枪，挑着化肥农药上山，在女人们住过的地方住下，白天为茶园施肥除虫，晚上四出狩猎。春去秋来，这里的男人和女人就像候鸟一样在这块土地上辛勤耕耘，繁衍生息。他们感谢祖先栽培了这种叫"茶树"的柴木，使他们在这块贫瘠的土地上得以生存，发展，出名。他们感激上苍赐予这片广阔茂盛的林木，给他们提供了一个取之不尽的猎物来源。

清晨，云雾还没有消散，白崖岗好像浮在云海上的一块孤岛，时隐时现。场长二虎睁开网满血丝的眼睛，点上一支"红山茶"靠在床上小憩片刻，就急速穿衣下床，蹑手蹑脚出了房门，悄无声息地越过一排排床铺。劳累了一天半夜的妇女们正沉在梦乡中，曙光透入窗户，洒在她们裸露的臂膀和大腿上。二虎来到楼下，扫视着昨夜已做好的茶叶，然后朝炊事员小翠单独住的房间走去，他首先要喊醒她。这个大礼堂般的场室是二十几年前大集体时建起来的，楼上是一个小间一个大间，小间是场长办公室兼寝室，大间被妇女们占据着，共一架楼梯上下；楼下是几孔炒茶用的大灶和几架制茶的机器，旁边隔着一个小间供炊事员或守场员住宿。走出门来，场屋四周就是成片的绵延不绝的茶园，也是大集体时全公社青壮劳力上山栽种的，现在划归白崖村管理，因为山林土地是白崖村的，其他各村算是鞭长莫及白白辛苦了，这样的事儿在全乡并不罕见。

小翠一脸疲倦，一边扣着衣服的扣子，睁着惺忪的眼睛出来烧饭。场长二虎也不洗脸漱口，到屋后的土岗上吼出工了。

"狗日的，太阳晒着屁股啦！"

场屋的楼上顿时一片混乱，呵欠声，吆喝声，打闹声响过一阵，女人们陆续从场室里出来，也不洗脸，三五成群挎着篮子到各自指定的地点采摘，摘过三两个时辰再回来吃早饭。一进茶园，就不断有人闪进旁边的灌木丛中排泄，由此生出的打闹此起彼伏。

"当心啦！不要叫狼咬了肥肉。"

"就你肉香，你憋回家喂男人吧！"

"跑这么远干啥？为场长积点肥吧。"

"你去积吧，他保证给你加工钱。"

山岗上，场长二虎一面欣赏着女人们的打闹，一面巡睃着茶园的采摘进度。偶尔也拐进灌木丛中解放一下，舒展一下腰身，甩下一身疲劳和烦恼，行云流水般来几句"山腔野调"。二虎承包这个茶场已有四五年了，手头少说也有十几万的积蓄，他一个人用不了那么多，他现在不需要钱，他要的是云雨茶的名气。而云雨茶的采摘与制作是丝毫掺不得假的，因此他一改过去那种按数量计算工钱的办法，推行起那一套按时间计工钱的制度了。当然，他常常把那些心不在焉的女人叫到办公室来训话，直至她们满脸通红泪流满面俯首听从为止。发工钱也是这样的，他宁肯叫炊事员小翠把她们一个个叫到办公室去，他说，这样既可节省时间又不会出差错，你们放心好了，我二虎保证不会亏待你们。

整整一个春季，云雨茶的采摘与制作终于在场长二虎和二虎手下的女人们的手中完工了。而这期间是拒绝接待局外人的，连白崖村的男人们也很少见。虽然云雨茶的采摘和制作可能与其他茶叶差不了多少，可是二虎的这个规矩一直立了四五年。他坚信这种半机械化半手工的操作有其特殊的地方。这期间只有省里一个茶叶专家来过茶场。他考察了三天，最后得出结论说，这里山高林密，云雾缭绕，雨水充沛，土壤肥沃，是植茶的优良地方啊！于是"云雨茶"这个名儿就叫响了。

春茶一做完，白崖岗上的女人们下山了，白崖村的男人们上山来。场长二虎随女人们一道下山到各地推销茶叶。茶场的施肥工作由村长二狗负责管理。二狗虽然不是茶场的承包人，但是这个茶场的存在对于村里来说是一项重要的收入，虽然他也拿大家一样的工钱。山上山下两支队伍交叉而过，村民们和二虎开起了玩笑。

"二虎，你这狗日的又发了吧！"

"全在你们婆媳兜里藏着呢。"

"二虎你狗日的荤的素的尝够了吧。"

"你们那狗日的饱汉不知饿汉饥！"

只有村长二狗扛着那杆猎枪领头前行，从不和他们叽叽喳喳。沉默寡言的二狗只知道埋头苦干，从不开玩笑也从不想花花点子。因此村民们从电视里学来了两个洋名儿，管村长领的叫"男队"，管场长领的叫"女队"。并且讥笑说现在阴阳差错女的比男的更能耐，奥运会上金牌得的还是女人多呢。

二

白崖岗上夏茶采摘之前主要以施氮肥、磷肥为主，无机肥施肥省时，速效，对于夏茶的长芽很有用处，虽然施这些肥料不像施猪牛栏那样吃力，但每株茶树都得精细，不能遗漏。之外，还要喷施一至二次农药，在茶园四周开挖排水沟以防夏季山洪冲刷。因此没有半个月时间是完不成这些任务的。

"男队"来到白崖岗，他们各自在女人们住过的铺板上放下行李，二狗喜欢和世义阿公一起住在楼下的灶房里。世义阿公上了年岁，二狗就留下他烧饭，他也拿大家一样的工钱。男人们一进茶园，没有女人们诸多顾虑，在大声说笑的同时，就在自己开挖的沟里排泄。累了就在缎面似的茶树上躺一下，仰望朵朵白云，也是一种享受。村长二狗一面开沟施肥，一面巡视茶园，那些不合格的沟渠他总要亲自动手。就有些村民背地里发村长的牢骚：又不是你二狗的茶园，管那么多干什么？哪里像个村长，二虎的监工才差不多！也有人说：堂兄弟嘛，还能往外拐？可是说归说，村民们谁也不敢在村长面前说个"不"字，说到底，他们的女人也包括他们自己在这里挣了钱，当年要不是二虎斗胆承包了这个茶场，说不定至今还荒芜着没人管理呢。茶园是二虎的，同时又是村里和他们自己的。

那一年，乡长来到白崖村召开生产队长以上干部会，主要是商量承包白崖岗那片茶园。茶园原先由村里管理，每年也有几百元收入，可是天长日久，茶树明显老化了，茶场离村又远，村人们疏于管理，近年来一直荒芜着。乡长走马上任，在各村搞资源调查，发现了白崖岗上那片茶园。他一夜没睡着，第二天就到白崖村来了。一提起承包的事，村里的头头脑脑们都沉默不语。集体的东西，哪个敢伸手？何况这片茶园在村人们眼里已没什么价值了，谁还指望它能挣多少钱？虽然土地山林已承包到户，但承包这么一大片茶园还是没有经验。乡长说："干部带个头吧，条件放宽一些，赚了五年不用上交，亏了五年不用村里贴赔，五年后再算账。"

这时任村长的二虎站起来说："我包了它，村里的事由二狗负责吧。明年开春，妇女们跟我上山采茶，男人们跟二狗积肥施肥，工钱照付。"

乡长表示赞成，其他人也没二话。就这样，二虎由村长变成了场长，堂兄二狗由村民变成了村长。白崖岗上的茶园总算恢复了生机。

男人们忙过一日，早早地盼望晚霞拂过头顶。天黑了，他们不像女人们那样继续劳作半个晚上。他们装好猎枪，带上电筒，要到茶场四周打猎了。有了收获回来，当夜就煮酒烧肉，吃了美美地睡觉。小心眼的人还会藏起些许猎物带回家里去与女人老人孩子们共享。

这一夜他们又出门了，场里只留下世义阿公烧水温酒。村长二狗是个神枪手，他这一组的人往往较多，人们都想沾点他的光。这晚他们十几个人往白崖岗的东北角去了，那里山高路陡林密，好猎物是断不了的，就是太费神儿。村长二狗每回都去东北角，村民们公认他是一位天不怕地不怕的汉子。他们快速地走了个把钟头就进入密林，进入密林之后脚步就慢了起来。这时也不敢用电筒照明，只用耳朵细心领会。明确了目标后大开灯光，五六支猎枪一齐朝猎物瞄准，山谷里一片轰鸣之后，便是一片欢呼。他们抬了猎物，也不贪多，沿途放几声冷枪打些小东西就回来。

这晚却是出奇的冷静，他们在森林中周旋了几个钟头还不见有什么东西撞上枪口。好怪呢！村长二狗想，山兽们都死光了不成，连个兔子也没有。就在村长二狗这么想的时候，狗日的猎物终于出现了，前方的树上有了动静。众人一齐打开电筒，一匹色彩斑斓的东西正在一株松树上奋力攀爬，那被电灯光反射回来的眼睛闪着阴森森的绿光，长长的尾巴甩得树干"拍拍"作响，身子上下蹿跳敏捷得如同一匹狸猫。

"打！"村长二狗一声断喝，五六支猎枪同时开火了，中弹的猎物在树上挣扎了足有五六分钟才坠落下来。

"嗬！"众人发一声喊，包抄了过去，走在最前面的二狗猛地立住，惊讶地说："是豹子呢！"众人一齐收住了脚步说："怎么会有豹子呢？""快走！"村长说。几个精壮的汉子扛起豹子飞也似地逃回了茶场。

这一夜，酒足肉饱之后，大家上床睡觉。世义阿公长长地叹了一口气，对睡在身边的二狗说："都几十年没见过豹子了，以前山林毁的厉害，连兔子也见不着，现在长旺盛了，连豹子也来了。这是只小豹子，说不定母豹公豹会来报复的，得警醒点儿！"

二狗摸了摸放在身边的猎枪说："有了它，怕啥呢！"

三

　　白崖岗上夏茶是不能制成云雨茶的，只能制成普通的茶叶，但是夏季采摘的时间较长，数量也较多，因此夏茶也是一项重要的收入。妇女们一大早就跟随她们的场长二虎上山来了，他们重新占据了那一块属于自己的床铺，就出门摘茶去。夏茶的采摘不太讲究质量，场长二虎就按数量计算她们的工钱，因此妇女们就必须赶时间比速度。场屋里只留下小翠一个人烧饭，有时也做做二虎的帮手，小翠不管春茶还是夏茶都拿个平均数。场长二虎自个儿拿枰把关，不再到茶园里转悠。女人们摘下一筐就往回送，茶叶堆放在场屋的楼下几米高，场长二虎就躺在茶叶堆里等待女人们进来。茶叶堆像一张宽大的席梦思床，二虎惬意地在上面翻来滚去，闲着没事就哼着谁也听不懂的曲儿，一边看着小翠那丰满的身子在灶房里晃来晃去。

　　二虎承包了四五年茶场可谓春风得意，他从村长摇身变为场长后给他带来了巨大的荣誉和财富。想当初他由于无牵无挂，村民们推他为村长，几年后他又由于无牵无挂，斗胆承包了这个茶场。接替他的二狗忠诚老实，责任心强，又是他的堂兄。唯一不足的是他四十了还光棍一条，以前是穷困潦倒娶不起女人，现在是有了钱不想随便娶个女人。白崖村的女人个个水灵鲜活，手脚勤快，他分不清哪个比哪个更好更符合他的口味。他第一个注意的对象是小翠，小翠是第一个他随意得到的女人，那天早晨他起床上厕所时遇到了早蹲在那里的炊事员小翠，他思维混乱了一阵就径直朝小翠走去。小翠手足无措地被他抱到了屋后的草地上，小翠没有挣扎但是小翠哭了。他记得当时皱着眉头说，你哭什么？你要多少钱你告诉我。小翠什么也没说，就回到灶房里。

　　自此场长二虎就有了早起的习惯，就有了到灌木丛中方便的喜好。场里的厕所再也没人用了，墙倒屋漏长满了荒草。

这天早晨场长二虎又起早来到小翠单人住的灶房里，小翠一反不冷不热的常态扑到他的身上说："我听到豹子在叫，是我起床时听到的，好像就在门外，我都不敢到屋外撒尿取水了。"

"你说什么呢？豹子不是叫村长他们打死了吗？村长还受了乡长批评呢，再出现豹子茶场不是要完蛋了。那家伙又精又狠，乡里又不准打，谁也拿它没办法。"说着一把抱住小翠开门到屋后的草地上去，他不喜欢在燥热的床铺上翻来滚去，那清凉的草地似乎有一种特殊的风味。门开了，他们发现了蹲在不远处那只色彩斑斓的巨大的豹子。两人不约而同地大叫了一声就奔回屋里闩了门。喊声惊动了楼上的女人们，顿时哭喊声，奔跑声响成一片。二虎和小翠走到楼上，一片狼藉的女人们才回过神来，纷纷穿衣下床。这天开饭推迟了两个小时，当阳光四射满屋生辉的时候，女人们才偷偷打开窗户，发现没了豹子的踪影后才开门上工。

上工的女人们再也没有往常嘻嘻哈哈的景象，一大群人簇拥到一起惶惑不安地采摘，到处是一片窃窃私语。也再不敢到四周的灌木丛中去排泄，憋紧了就喊一声："转过脸去！"蹲下就撒。姑娘们急了就三五成群地跑回场屋，她们看见场长二虎正在修整那个荒弃了许多时日的厕所，脸上是一种极为复杂的表情。

下午，有四个妇女不见了，到傍黑也没有回来。场长二虎绷紧了脸说："大家不要学她们，路上出了人命我二虎担当不起，留在这里的人工钱加倍，白天采做，晚上休息！"

这一夜妇女们不再制茶，早早地上楼睡了。后半夜，屋顶上的瓦片传来了"沙沙"的走动声。大家都不敢有所声张，绷紧了神经倾听着。一会儿，一截粗大的豹子尾巴从瓦楞的空隙处垂挂了下来。几个胆小的终于憋不住了，尖叫一声闪进了相邻的场长办公室。二虎没有睡，正抽着烟想心思。烟头一闪一闪的，映出了他那青石雕刻般的脸。这一夜，有人哭了，又有人神经质地发笑，那压抑的呜咽和疯狂的笑声听了叫人起鸡皮疙瘩。

出现豹子的事终于惊动了乡里和村里。这一天，乡长又来到了白崖村。世义阿公说，看样子，这是只母豹，那只公豹可能出远门了，要是两只豹子一起来就麻烦了。二狗说，我们从来没过见豹子呢，一下子出来那么多，怎么办呢？乡长说，我看这样吧，荒废了茶园不行，茶园可是你们的命根子啊！再杀了那只母豹也不行，这可是国家的保护动物啊！你们想方设法诱捕它送到省动物园去，不到万不得已不得开枪！

乡长回去后，村长二狗当天就带着四个人扛了猎枪上了白崖岗。妇女们好像盼来了救星，纷纷围着他们诉说。二虎问二狗："怎么办呢？"二狗说："诱捕。"二虎说："能成？"二狗说："试试看吧。"这一夜，二狗只叫手下的人大开屋门，装足弹药。女人们全部住到楼上，楼梯孔盖了几块床板。二狗二虎和几个猎手住到小翠的房间里。夜里起了大风，松涛阵阵，百鸟噤声。后半夜，"呜——！"的一声吼叫，那只寻子心切的母豹又来了，它一纵就跃入了屋内。众人一下子屏声息气，等待着二狗发号施令。时间一分一秒地过去了，二狗什么也不说，众人都沉不住气了，这时，二狗手中那杆猎枪响了，一股火焰直射母豹，发出震天动地的巨响，母豹在屋内转了一圈，终于怦然倒地，躺在血泊之中。二狗坐了片刻，站起来对发愣的人们说："就说是诱捕不成开的枪，对于我们来说，茶场比什么都重要！"二虎看着二狗惊讶得说不出话来。

第二天，村长二狗跑到乡里，把那杆猎枪交给了乡长说："我辞职吧，那只母豹我们没诱捕成功，又打死了。"乡长接过猎枪，沉默了一会儿才说："白崖村没有二虎不成，没有你同样也不成，你回去吧。告诉二虎，茶园不要荒弃了。这杆猎枪先放在我这里，没事了再还给你。"

四

秋季的白崖岗是"男队"们的世界，夏茶采摘一完毕，就要增施有机肥了。有机肥以猪牛栏，草木灰等为主，采摘了一春一夏的茶场需要更多更好的营养。有机肥长效，保暖，是越冬茶树必不可少的肥料。村民们把积了一春一夏的肥料一担一担地挑上白崖岗，弯弯的山道上布满了挑肥的男人们。秋阳暖暖地照着山岭，清新的空气驱散了人们的惶恐的心理。秋冬的猎物已肥壮，只是少了村长那杆猎枪村民们再也没兴趣打猎了，这该死的豹子！凭空给他们增添了一件烦恼事。

这一天，村民们挑完了肥料正在开沟施肥，突然山下跑来几个人说，那只公豹在村子里出现了！那个狡猾的家伙最终还是出现了，它不像小豹子那样攀上高高的松树最终逃不脱猎人的枪口，也不像母豹那样在茶园四周转悠最后中计死在猎人的枪下，却瞅了个空子扑进了没有精壮男人的村子里，对手无寸铁的妇幼老弱们下手了。聪明而凶狠的畜生还懂得避实就虚的道理呢，它第一天就叼走了三只羊咬伤了两个女人，尔后，隐入山林之中不再露面。

村长二狗接到急信后迅速带了四五个村民赶赴村里。各家各户都闭了门户，没有人畜在村街上走动，到处是一派死寂的景象。二狗他们先到几个受灾的户里，几家开门出来对二狗说，叫男人们都回来吧，村里只有一个二虎怎么成？二虎也变了，他有钱了，眼里除了茶叶就是女人，谁惹得起他啊！二狗听了严肃地说，没影儿的事别乱说，注意影响！你们受灾的事村里给你们补，今后注意点就是了。

最后二狗独自一人来到二虎家里，二虎的家这几年变样了，房子粉刷一新，几大件应有尽有。这会儿他正一个人闷闷地喝酒，见到二狗进来，拖过一把小凳子斟了一杯酒。二狗坐下来，说："豹子的事，你有什么想法？"

二虎说："我有什么想法呢？你当村长，一切由你处理吧，你上次就干得很好。"

二狗盯住二虎："你告诉我，你还想要不要这个茶园？"

二虎一愣说："当然要，你怎么啦？你听到了什么？我富了人们眼红了是不是？当初要不是我斗胆承包了茶场，村里会是今天这个样子吗？我当初推你为村长，是因为信任你。"

二狗说："这些我都知道，可现在人们议论很多，人心惶惶的，你就不想想么？"

二虎说："我可管不了那么多，你看着办吧。"

二狗说："那好吧，豹子再出现的话，我一枪毙了它。大不了进去坐几年！"

二虎脸色铁青，不再说话。二狗抓起酒杯，一饮而尽，就回家了。后半夜，突然从白崖岗上传来一片隐隐约约的呐喊声，那种声调由恐惧转向愤怒，最后高昂起来，化作一片涛声，如千军万马在搏击。二狗一骨碌从床上爬起来，召集了五六个村民，大家仰望布满星斗的白崖岗，不知道出了什么事情。天一亮，几个人就上山了。一到茶园，早有人在等着他们，见面就说，那畜生开始在场里骚扰，大门也被撞倒了，大家又没有带枪，不得已齐声喊叫才吓跑了它，总算没出事儿。二狗说："大家警醒点儿，白天黑夜都操着家什，工作也加紧干，早完成了回家搂婆娘去，免得两头受惊。"

二狗说："野兽越少越凶狠，它今天不咬你，明天就得被你打死；你今天不打死它，明天就得被它咬，同样都是为了活命。"

世义阿公说："现在也真是，什么都颠倒了，越少的东西越宝贵，上上下下都护着它，什么国家保护动物啦，非得出了人命不可。"

二狗说："唉！管它呢，作孽多了总没有好下场，看来该向乡长要回猎枪了。"

五

二虎承包的云雨茶到了最后一个春季。这个春季一过，这个茶场就不再属于他了，是他继续承包，还是由别人来承包，得由乡里和村里再行决定。听乡里说，云雨茶也必须更新换代，由于它的名气，现在各地出现了很多云雨茶，并且粗制滥造，影响了它的名誉。白崖岗上的云雨茶如果不在名目和质量上下功夫，恐怕会失去往日繁荣的市场。二虎想，他必须拿出新产品来才能立得住脚，才能在今后的承包中占优势。至于党兄二狗在今后的承包中会不会帮他的忙，他有点把握不准，这个表面上老实巴交的汉子实际上很有心计，二虎感到了深深的不安。他夜里常常睡不着，经常在女人们熟睡之后偷偷起床，他在办公室的门口站了一会儿，就径自朝其中一个女人的床铺走去。他要那个女人和他配合试制出一个新品种来。他一夜一夜试制着，连他自己也搞不清楚和多少女人试制了多少品种了。虽然试制的品种花色繁多，形状各异，但最终都脱不开云雨茶的那种韵味。

公豹是第二天晚上出现的，它苦苦地等待了一个冬季，现在终于到了男女分离的时候，那只小豹是离开母豹时被打死的，而那只母豹也是远离它去为小豹子报复的时候被打死的。它现在要等的就是这种时候，豹之所以被称为"山中之王"恐怕与它的勇猛聪明分不开的。公豹不动声色地在茶场四周巡睃，寻找着隐蔽的地形和出击的地方。后半夜，公豹一纵跃上屋脊，四条腿划啦得瓦片哗哗作响。女人们又惊醒了，天哪！那只公豹还没有离去，它到底要骚扰多少日子呢？女人们感到无望了，开始偷偷地啜泣。场长二虎在办公室里踱着步，烟头一明一灭地闪到天明。

天亮后女人们没精打采地出工，采的茶也少了，质量也下降了。场长二虎不再监视她们，他只把自己昨夜试制的品种拿到太阳底下观察，又叫小翠把那些参加试制的女人一个一个叫回来辨认，他对于这些事近乎着迷，全然忘记了那只公豹的存在。

可是那只公豹骚扰得越来越厉害了，它除了黑夜扒开瓦缝朝女人们窥视，白天也肆无忌惮地在茶场四周转来转去，单独行动的女人们多次受到它的袭击，有几个还被撕破了衣服裤子。女人们又不敢下山，山上山下的信息也一度中断。女人们终于受不了这精神上和肉体上的双重折磨，她们开始喧哗，停止采摘和制作，竭力要求下山去。

这天场长二虎召集了全体妇女开会，他扫视了一下这些跟随他四五年的女人们，忽然有了一些激动，他说："大家都下山去吧，云雨茶也没什么价值了，出了人命我二虎担待不起，这季的工钱照付。只是大家不要忘记我二虎的好处，我二虎还要继续承包这个茶场，今后还要靠大家采摘和制作。"他说完就回自己的办公室去。女人们开始收拾行囊，随后一起下山了。场里一下子安静了许多，二虎走出办公室，走到楼下，他突然发现小翠站在堆满茶叶的机器旁。他对小翠说："你怎么不下山去？你在干什么？"

小翠说："我想，云雨茶今后就叫云雾茶吧，云雾缭绕，雨水充沛，只有云雾才是白崖岗的特色。"

二虎说："那云雾茶怎么做呢？"

小翠说："和平常一样就好了。"

二虎说："你是个有心计的女人，小翠，我小看了你，做了对不起你的事情，也对不起白崖村的女人们，我现在向你表明，我们结婚吧。"

小翠说："你早该这么想了，不过现在我不想结婚了，我要承包这个茶场。"

二虎惊讶得说不出话来，他深深地叹了一口气，走出门来，这时他发现村长二狗已站在门外，肩上扛着那杆猎枪。两人相视了一下，二狗瞅瞅天说："时间不早了，你们下山去吧，今晚我看场。只剩下一只公豹也没什么用处了，我想打了它，保护好茶园不受损失。可大伙说，不能再打了。怕要触犯山神呢。世义阿公也说，一只失去母豹的公豹是骚扰不了多少日了，二虎你说呢？"

二虎说："你是村长，你怎么想就怎么做吧。"

二狗说："好吧，它来了就打，它不来算它运气好。"

二虎说："今晚，我和小翠陪着你吧。"

"不用了。"二狗举起猎枪，"只要它陪着我，我什么都不怕。"

二虎说："那你打你的豹子，我干我自己的事情，我们互不干涉。"

这一夜，二狗、二虎、小翠吃过饭，这是小翠第一次给他俩烧饭，她变戏法般拿出两瓶酒，还有几块腊肉，三人都喝醉了。二虎摇摇晃晃地上楼睡觉，小翠睡在楼下她单独住的灶房里，二狗打开了所有门窗，独自坐在楼上女人们住过的铺子上，那杆猎枪就架在楼梯上，闪着冷冷的青光。夜里没有一丝风，静得叫人心慌。也不知到了什么辰光，大约天快亮了吧，二狗那杆猎枪响了，震得地动山摇。小翠一骨碌从床上爬起来，开了房门。她一下子惊呆了，二狗正站在楼梯上抽烟，双手紧握着那杆猎枪，曙光透入门窗，映着他那张扭曲得非常难看的脸，二虎一只手捂住肚子，另一只手紧紧地抓住她的门框，两眼射出幽幽的绿光，身子抽搐着往地上滑去……

六

　　白崖岗上的云雾茶与云雨茶有了区别，采摘是女人的，精制是男人的。承包人小翠管理着这一切。村长二狗判了刑不能回来，村里的事就落到了一个叫二羊的村民身上。那只金钱豹早已远走他乡，再也没来过白崖岗。这年春季，白崖岗上的云雾茶再次打响，这对于外界人来说又是一个秘密。

青光

QING GUANG

他不停地喝酒吃菜，妻子已带着孩子上楼睡觉。他喝了整整三瓶，门外正刮风下雨。他最后抓起墙根一个茶色的玻璃瓶子乱浇一气，随后挣扎着上楼去。他刚倒了下去，妻子就坐了起来。妻子的眼睛瞪得很大，妻子开始手忙脚乱地下床，妻子下床后第一个动作是在他身上摸索。他不耐烦地转了个身，说："我这里有什么值得你摸的。"

妻子说："你喝了什么？怎么这么臭？"

他结结巴巴地说："喝了什么……不用你管，孩子……你今后……多管管，外面欠着的……几笔款子……你去收来，就这些，别的什么……你都不用管……"

妻子说:"你说什么?你为什么说这些?你说这些是什么意思?"

他不再理睬,妻子也不再问,匆匆忙忙下楼去了。

她一出家门就跑到小叔子那里。小叔子正和三个堂兄弟搓麻将。小叔子已经输了好几局,一脸不快的样子。她看着他们搓完这一局。她说:"你兄弟喝了农药。"

四个人头都不抬,一个说:"你们吵架了?"

她说:"没吵,可他喝了。"

又一个说:"不吵喝农药,活腻了!"

她马上说:"吵过,他确实喝了。"

再一个说:"喝农药也不看看时候,天下这么大的雨。"

这时小叔子站起来说:"算了,算了,都去看看。"

几个人不情愿地站起来向她家走去。一到家里发现确实是那个样子。整整一瓶子都完了,加上酒,估计他这回下了决心了,却不知道他为什么下这么大的决心。

小叔子说:"你们吵过什么?"

她说:"什么也没吵过?"

小叔子说:"那你刚才说吵过?"

她说:"没吵就是没吵,不说吵你们还会来!"

小叔子说:"先送医院,过后再同你算账!"

四个人抬起他出了门,没走几步他就被雨淋醒了。他不耐烦地说:"你们这是干什么?"

弟弟说:"你喝了多少?"

他说:"三四瓶。"

四个人顿时加快了速度,颠得他死去活来。他觉得很不舒服,开始挣扎，一边问："你们这是干什么？"

弟弟说："送你去医院。"

他一惊："干吗送我去医院？"

弟弟说："你们吵过什么？"

他说："什么也没吵。"

弟弟说："那你为什么喝农药？"

他说："我没有，我只是倒在身上，吓唬吓唬她。"

弟弟说："哪有这等事儿，别听他胡言乱语，抬到医院再说。"

四个人不再说话，继续飞跑。前边是一条溪，水已漫过丁步。四个人顾不得许多，前后下了水。他发现他们不那么稳当了，又开始挣扎。四个人终于敌不住他，一齐倒进水里。好不容易爬起来抬起他涉过溪水。一上岸，四个人仿佛是对刚才的报复，死死箍住了他。很快进入一条小巷，对面有人走过来，他不失时机地喊了一句："救命"！对面那人一闪就不见了，四个人却加快了速度。

转过小巷就是医院，四个人抬着他一进医院，就把他按在那条专供濒死的人作最后解救的石凳上。他感到舒服极了，乖乖地躺着不再挣扎。这时出来一个胖医师，四个人连忙向他告状。胖医师不耐烦地挥了挥手，说："抬到这里还说什么！"

四个人赶紧退到一边。胖医师上前掰开他的眼皮，尔后又扒开嘴巴，最后竟在他的喉咙里捏了一下。他呼地吹出一口臭气，瞪大了眼对胖医师说："你干么？"

胖医师也不说话，叫手下的人陆续搬出一些东西。一切摆布停当，胖医师拿起一根橡皮管捅进他的喉咙。他一阵恶心，好不容易抑制住将要喷发的酒菜。他生气地一把抽出那根管子，一骨碌坐了起来。几个护士手忙脚乱地按住他。他怒目圆睁，嗷嗷乱叫，一使劲，几个拿惯了针筒的手都扭了筋。胖医师见势不妙，瞪着眼对站在一旁发呆的几个人说："你们站在那里干什么？难道抬到这里就没有了你们的事情！"

几个被冷落了的人顿时活跃起来，发一声喊，捆猪一般把他捆住了。他口喘粗气，满嘴白沫，不能动弹了。但是提高了警惕，果然，一会儿就有一根橡皮管子伸过来。他一口咬住，不再放松。胖医师说："拿开口器！"

转瞬就有一个冰凉的铁夹子挣开了他的嘴巴，那根管子又蠢蠢欲动，他使出平生力气使劲咬下，铁夹子竟断在了嘴里。满院大惊，人心逐渐松懈，唯恐此事有错。他看看有机可乘，开始积贮力气，嘴里嘶嘶地发出警告："你们别多管闲事，是死是活与你们绝不相干！"

几个人一听这话，再度紧张起来，把他按了个严实。又有一件东西伸出来，这回不是开口器，而是一支螺丝刀。再紧的牙缝也敌不住这贼尖的东西，一撬，牙巴骨一阵剧疼，脑袋嗡的一声没了知觉。全凭那根管子伸进胃里，全凭那水源源不断地冲进胃里把今夜的酒菜稀释……

经过一番痛苦的折腾他终于筋疲力尽，发胀的眼皮再也抵挡不住瞌睡的魔力合了下来。胃里没了东西，胖医师指挥几个人把他抬进一间病房，有几个护士轮流进来给他打针，最后吊起一个输液瓶子给他输液。病房里已没有外人在走动，弟弟和几个堂兄弟开始讨论起事情的来龙去脉。他们首先想到了嫂子，可是没有人，刚才明明跟来了，这会却没了踪影。几个人咬牙切齿地说："妇人心毒，想必又回去了，等会儿找她算账！"

弟弟说："最近我是看出她有些异样，鬼头鬼脑的。"

一个马上接着说："早晨起来披头散发的，像个吊死鬼。"

另一个说："这人我老早看出她阴气很重，眉毛比别的女人粗。"

最后一个说："说话颠三倒四的，好像掉了魂儿。"

四个人不断说着话，汗毛都竖了起来。再看床上的人，仿佛变成了一具僵尸，就不再说话，死盯着输液管的水滴儿一颗一颗往下掉。

这时进来一个白影儿，四个人不禁大惊失色，定睛一看，却是一个护士。护士一边在床前比画着，一边问他们："说过什么吧？"

四个人答："说过。"

护士又说："怎么说呢？"

四个人又答："说他老婆。"

护士说："还念着她呢，说了就好。你们不要乱走，天亮了我们还要来。"说完白影儿一闪就不见了。

护士一走，四个人无聊极了。无聊极了都忽然觉得肚子胀，就一个一个轮流出去撒尿。撒尿回来大哥也醒了，嚷着也要撒尿，大家都高兴起来，医生说会撒尿就会好，就把他连同那个输液架一起抬出去撒尿，完后放在床上问："大哥你好些了吗？"

他说："好个屁！叫你们折腾死了，这回不真的生病才怪呢。我说我没喝，你们偏要抬。"

弟弟说："嫂子和你吵过？"

他说："没吵。"

另一个问："没吵喝农药？"

他说："没喝。"

第三个说："没喝你为啥那样？"

他说："装死。"

四个人不再问，他们越问越糊涂了。

只有他自己心里明白，他说这句话是一点不错的。傍晚时候，他就开始有了这个思想。他来回走动。他把窗台上的瓶子都拿了下来。他一瓶接一瓶地喝瓶子里的东西，他喝到最后一瓶时瞥见了墙根的茶色玻璃瓶子。于是他这个思想越加坚定起来。他想对于女人就得这么做，他想现在的女人越来越不像话了，他想要是有了这回的教训之后，老婆就会变得猫儿一样听话，想到这里他就拿起这个茶色的瓶子浇了下去，浇完之后他就按他想的顺序去做了。

他死了，是喝农药死的。农村里除了上吊、跳水，就是喝农药，他选择喝农药还是明智的，跳水要曝尸在外，上吊又似乎不大雅观，唯有农药可以解除他的生命，可以死得悄无声息，只让老婆知道，他反对死时有许多人在场。

他死后，老婆起初可能会呼天抢地，潸然泪下。他的葬礼肯定很热闹，因为他在村里还算个角色，会有很多人过来帮忙的。这些，全不重要，他想应该是这样的。他想得最多的还是他死后老婆的生活。孩子又没长大，老婆肯定耐不住寂寞，夜里独守空房，会念起他的许多好处来的。老婆后悔太要强了，后悔不大听他的话，男人毕竟是男人，没有男人怎么行呢。好在老婆年纪还轻，还有吸取教训的机会，肯定不会让第二个男人也像他这么死去的。

当时他只想做给老婆看看，看过也就完了，放电影演戏一样，一切都是假的。来一场虚惊，留点儿味道就行。殊不知被几个堂兄弟坏了大事，竟假戏真做把他抬到了这里，还有那该死的胖医师，连这点名堂都看不出来，今后不知要误多少人呢。这件事情，和他们怎么说呢？他们都是粗人，是听不进他的想法的。就当闹了一场笑话，这么想着他就坐了起来，一把揪下那个输液瓶子。几个人忙上前按住他劝道："不要那样不要那样，这是花钱买的，补身体呢！就是没病儿也得挂完，丢了多可惜。"

他嚷道："我没什么！你们让我走！"

几个人听说他要走，就说："你躺着，我们去叫医生来，看完了再走。"

他一听又要叫医生来，马上说："不走不走，等天亮了再叫吧。这瓶子，我喝了不是一样吗？"说着撬开瓶盖把剩下的东西喝个精光。他心想，这东西比酒毕竟差得远了。

接下相安无事，房子里静得叫人心慌。他说："明天还有活儿呢，大家都睡会儿吧，我也睡。"说完就合眼睡去，嘴里发出呼噜，撩拨得几个人也合下了眼皮。不一会儿房子里传出一片和谐的起伏不定的鼾声。

谁也不知道天是什么时候亮的，待护士推门进来时，发现四个脑袋靠着墙壁鼾声如雷。床上不见了踪影，她大声喝问："人呢？"

四个人猛地惊醒，一下慌了手脚，纷纷起身出门去寻。护士说："你们这群傻瓜！不用找了，他既会逃跑，想必也不成什么问题，你们到药房付了钱都回去吧。"

四个人跟着护士来到药房，里面一个账房模样的人算了好一阵子才报出账来，说："要不要再带点药去？"

四个人惊出一身冷汗，却不好细问，都说："不要不要。"各自去掏腰包，总算凑齐了交到柜台里。要不是昨晚各位都带着一些，恐怕没钱交账了。他们想，有时候，赌博也是好事儿。

四个人回到家里，发现大哥家里翻得一塌糊涂的。地上丢满了乱七八糟的瓶子。他们连忙奔到楼上，只见大哥坐在床上紧紧地抱住大嫂。大嫂满脸青灰，四肢僵硬，看样子，她已死去多时了。地上放着一个贴着农药标签的玻璃瓶子，正耀眼地闪着冷冷的青光。

帽子的故事

MAO ZI DE GU SHI

要是真的摘了帽，他还有点舍不得，年纪大了，一年四季就有三季不脱帽子，得了个"老戴"的绰号。直到人家告诉他是平反昭雪，他还有点恍恍惚惚，戴好帽子，匆匆忙忙赶到祠堂里开大会。却改不了本性，和往常一样搬凳烧开水忙乎了一阵，然后找个角落打呼噜。可是一会儿又睁开了眼睛，愣了愣神，发现前面的响声与他无干，就又闭上了眼睛，接上刚才的梦了。生活，练就了他这种本领。

祠堂的东南西北，就是梦里也分得清，上下左右，进了坟墓也还记得。他和祠堂打了几十年交道，少年时在这里读私塾，戏台顶端的天花板也钻进去过，取出雕刻得小巧玲珑的小老爷分给同伴玩，为此挨了塾师不少板子。那四句话他至今还记得："戒方三尺木，不打书不熟，你娘要心痛，不用送来读。"他娘倒不心痛，一心指望儿子上进，可家境不允许了，他也就辍学回家。青年时光也没少进祠堂，祠堂里多鸟窝，饿了就摸鸟蛋充饥。村里的地主王大发发现了，说他手脚不干净，亵渎神灵，把他打得皮开肉绽，关进祠堂。他躺了几个月，总算恢复过来。这期间母亲向王大发求情，全靠在一个狗洞里给他送饭，可他从来不知道，以为是一个秘密。白天，无聊至极，就继续掏鸟窝，夜里搂了老爷石佛睡觉，倒也是一个安慰。而祠堂的每一个角落，也就再也熟悉不过了。

后来，新中国成立了。他痛痛快快地斗了王大发一顿，随后也把他送进祠堂，也使得他知道了狗洞的滋味。这以后，历史几经演变，社会几经反复，命运几经波折，又有了一番是是非非，啼笑皆非的经历……

广播喇叭呜呜了一阵，他就醒了过来。仔细去听领导的发言。领导很有资历，土改那年就是老戴的领导了，领导讲话很有力，还有点儿激动。台下也特别爱听。领导首先讲了上级领导的指示精神，然后逐个为"地富反坏右"分子摘帽。

"张富贵，男，七十岁，××年划分阶级成分，他家有一架别人没有的风车，被划为富农，现根据上面有关政策予以摘帽！"

"李月青，女，七十五岁，解放前在土匪头子家干过事，划为反革命分子，现查清无重大历史问题，予以摘帽。"

"王大发……予以摘帽！"

老戴有些迷迷糊糊，这些人，都是他当年给他们一一戴上帽子的，领导批准的，如今又被领导轻而易举地摘去了帽子，连大地主王大发也要摘帽。他更加迷糊了，睡意又袭了上来。

那一年，他从祠堂里放了出来，就跟着工作队行动起来了，分田清账，站岗放哨，斗争地主，终于成了一个出色的基层干部。对"地富反坏"分子，上级教导他要残酷斗争，无情打击，决不心慈手软。他第一个就把王大发关进了祠堂，随后马上堵死了那个狗洞，使他不敢妄想。每天，让王大发跟着社员一同出工，夜里回到祠堂里陪老爷石佛睡觉。起初，老戴总是暗中监视他。王大发总是呆呆地对着月亮想心思，仿佛肚子里有鬼似的。可后来，他一进祠堂便倒头大睡，如死去一般。再后来，他老了，变成了地地道道的瘦老头，动作缓慢，目光呆滞，即使有"变天"的心思也没有"变天"的本领了。老戴也没有心思和工夫管他了，他的村里又有了新的坏分子，工作又有了新的内容。他的职位也与日俱增，他不但是村里的领导，还兼着乡里的领导，成天泡在会议里。可村人们却渐渐和他疏远了，青年人根本不听他的话。

他明显地感觉到这种变化，但他把这种现象解释为思想落后，还要加强教育。他相信上级，上级的话就是真理，上级的话就是他办事的准则。

可是这一年村人们忽然改变了对他的看法，对他刮目相看了。事情又与王大发联系着，这段往事，他不愿再回忆了。他正想闭上眼睛打呼噜，领导却开始为他摘帽了，他不得不睁开眼睛谛听着。

"老戴，历史证明他无罪，现予摘帽！"

没有犯罪的内容，也没有摘帽的缘由，他惘然了。台下却掌声雷动，而老戴却不自觉地接住了头上的帽子。是啊，他不该戴这顶帽子。直到现在，他都认为戴上这顶帽子是冤枉的，是错误的，是王大发的灵魂在作怪。可领导却给他戴上这顶帽子，而且一戴多年，使他的权力旁落，生活陷入困顿。今天，又不明不白地摘掉这顶帽子，好像摘掉一片菜叶那么容易。

那一年，王大发死了。本来死了人，下葬了就是。可王大发被剥夺了一切政治权利和经济权利，家里已一无所有了。王大发知道老戴对他恨之入骨，就立下遗嘱，死后用家里仅存的一口猪食缸给他下葬，不用一块木块，随便找个山角落挖个坑埋了，不用砌什么坟墓，立什么墓碑，日后人们还可以在上面种树，在上面耕作。

这个事情使人们想起了一段往事，当年村外一个寺庙的住持死了，德高望重的住持立下遗嘱，用一口大缸子给他下葬。送葬那天，和尚们念着"阿弥陀佛"抬着缸子路过村街时，村人们用稀奇古怪的眼光送他们进入山凹。可是过后，村人们忽然悟出一个道理，于是这个稀奇古怪的风俗便流传了下来。可早在解放前，这个风俗不再流行，尽管村里树木有限，人们还是改用棺材下葬了。解放以后，没有人再提这段往事，只有上了年纪的人闲谈起来扯起这个故事，孩子们都把它当作一个动听的神话。可是这回，人们却要亲眼看着这个故事重演了，大家都怀着一种奇怪的心理盼望着它的到来。

王大发家那口猪食缸腾空的时候，事情却有了变化。老戴知道了，那时他还当着村里和乡里的领导。老戴思忖良久，居然批给王大发一副棺材板。当人们还没有从困惑中醒悟过来，感激涕零的王大发家人还没有从山上砍下树来，上级就宣布了一条决定：老戴的批条无效，同情阶级敌人，滥用人民权力，免职查办，并戴上一顶反革命的帽子。

王大发还是用缸下葬了，人们反倒用敬畏的眼光看着这个庞然大物抬过村街。像送当年那个和尚一样，得到了某种超脱。

"老戴当时的做法，有目光，挺勇敢，合乎民情，历史证明他无罪，现在请老戴上台讲话，谈谈他当时的想法。"

他有什么好说的呢，那一回他批给王大发一副棺材板，上面就撤了他的职，把他送进祠堂里。唉！历史总把他和王大发联系在一起，当初王大发把他送进了祠堂，后来他把王大发关进了祠堂，王大发到死都没有放过他，他又被关进了祠堂，这回王大发摘了帽子，他也被摘了帽子，假如没有王大发，他也不至于被撤职，被关押，被扣上一顶帽子，又假如不摘掉王大发的帽子，他也永远摘不了帽子。他的喉头哽哽的好像塞着一根鱼刺，总觉得有一种说不出的滋味。

可是他心里直到现在还存在着一个疑问，这就是他最后一次被关进祠堂，村人们反倒更看得起他了，从狗洞里给他送饭送衣服。他心里迷迷糊糊的，不知道是自己对，上级对还是乡亲们对，一会儿觉得都对，一会儿觉得都不对，反正没有权了，管它对不对！这以后他就不再思考这个问题了，这以后上级就经常安排他去放牛，有时也和"地富反坏右"一起跑腿送信，搬凳开会，拔草扫地。老戴渐渐地变成一个老头子。

领导为他们摘完帽后，特地点名要老戴发言。好长时间没有动静。台下人以为老戴害怕了，就鼓动着说："老戴，你上去吧，不要怕，把你想说的都说出来！"那声势反倒像当年斗争他。

老戴终于受了感动，战战兢兢地爬上台去，东边一鞠躬，西边一鞠躬，唠唠叨叨说开了："乡亲们，我该死！我不该被阶级敌人钻了空子。我当时是这么想的，王大发真不是个东西，生前干尽坏事，死后还别有用心，想倒政府的牌子，发泄自己的不满，给村里抹黑。要知道，我们这里是东海前线呀，传到那边去岂不倒了我们的霉，倒霉的事我们不干，还不如批给他一副棺材板。我当时想想自己没有什么错处，现在终于明白了，我上了阶级敌人的当了！好了，我说完了，不管是对是错，摘不摘帽子都是这个理！"

台下的听众一下子转不过弯来，寂静了几分钟后，突然爆发出雷鸣般的掌声。

故里两题

GU LI LIANG TI

充军

见见从大西北回来已是两鬓斑白，他早已在外地娶了老婆落了户，本人也退休了。闲着无事，就趁还会走动的当儿千里迢迢回老家探亲。乡亲们问他这么些年怎不回家看看？见见感叹说，我们这些人，出去时带着污点，即使改造过了，政府也为我们安排了工作，可回来脸上总不光彩。这世界就两件事情被人们记得牢，一是偷，二是嫖，一辈子也洗不清。

见见这次回来想看看亦云和贵贵。他想没有亦云和贵贵他也许去不了大西北，去不了大西北也许还会光棍一条，无依无靠。他算不上感谢他们也得看看他们。人老了，老爱想这些怪事。

那一年，见见和亦云偷偷地好上了。生产队的稻草堆里没少留下他与她的脚印。可他们就是想不出办法结成一对儿，因为他们同宗同族，并且亦云比见见的辈分儿大一辈，虽然已出了"五服"，但老一辈子人是不会答应的。于是就发生了后来那件事，那件事的发生他们没有一点思想准备。当时他们想，有了那事后他们就可以结合了。殊不知事情走向了反面。正在他们忘乎所以的时候，村长贵贵带着社员们前来挑稻秆撞上了他们。于是事情就复杂了起来。亦云的父母一面告见见为强奸，一面囚禁了亦云不准她和见见接触。村长贵贵也向上面作了证明。见见自知无望，又恐毁了亦云的名声，对这事儿也供认不讳。那年月就是这事儿管得紧，几日后见见就被上面送往大西北。用乡亲们的话说，叫做"充军"大西北。几日后亦云也被父母嫁到了外村的表兄家。

这回见见回来了。他先去拜访贵贵。贵贵不在家。去了三次才碰见他。见见明知道贵贵避着他，贵贵也知见了见见不大好意思。终于还是碰上了，碰上了就得说些话。

贵贵说："你享福了，当初想也想不到。"

见见一反来时那种喜悦心情，鼻子里有股酸水在涌动，他只说："你不知道外面的苦处。"

可贵贵就是说："现在，你可享福了，我们当初不都是捏泥巴出身的，就你走了运。"

见见说："有什么意思呢？你不知道做一个外地人的苦处，你不知道我这么些年是怎么过来的。当初，我是受了冤枉才去大西北的。"

贵贵惊讶地说："冤枉？那你怎么不说呢？"

见见说："当初，我想反正不能和亦云在一块儿，不如走得远一点好。"

接下无话，有什么好说呢？有些事情，你明明干对了，它却是错的；有些事情，你明明干错了，它却是对的。对的错的到头来饶不了你，使你难以接受，啼笑皆非。

见见再去看亦云。亦云早嫁到外村表兄家去了。他专程跑了一趟。他不再有诸多顾虑，他想，反正是最后一趟了，管它那么多！

见见终于见到了亦云，亦云如今是一个人过，儿女都大了分开了家，丈夫早已死去。亦云见了见见还不敢认呢，后来眼圈慢慢红了，憋出了一句："当初……是屈了你！"

见见说："当初……你也不好受。"

亦云说："现在……你可好多了。"

见见说："其实……没有一点意思。"

亦云说："就算我们没做过这事吧。"

见见说："都过去的事了，不用再提了。"

亦云说："人家可不这么想，记你一辈子。"

见见说："别说了，一辈子的事谁也说不清！"

沉默了半晌，亦云恋恋不舍地说："不说别的了，你回来住吗？讲实话，我直到现在都还在想着你。"

见见眼睛湿润了："难哪！下一辈人由不得你。不过这回我下了决心，回去多做做工作，即使人回不了，骨灰也要送回故里！"

弹痕

想不到拳拳竟回来了。当初他匆匆忙忙逃走的时候，连老婆也来不及带。他的家属，每次政治运动都逃不脱批斗的对象，老婆嫁了别人，爸妈早已死去，只剩下本家一个叔子守望着空房，也是每天咬牙切齿地诅咒这个出逃的侄子不得好死，而今他非但没有死，反而衣锦荣归了。瞧着那身打扮，村人们只在电影电视里才见过。起初人们都惊讶他能回来，像看一个珍稀动物般迎他进村。但人们却早已消除了以前的敌意，陆续围拢来问长问短。每天，都有人到他家叙旧、拉家常。他也经常到各家各户走动，亲亲热热地问候，递烟，分发一些礼物，他那个叔子也顿时身价百倍。

　　几个月过去了，他想走了。他每天都告诉别人，他忙，急着想回去。他想多住几天，但他的假期满了。

　　这天村民主任贵贵终于到他家来了。贵贵是最后一个到他家来的。贵贵心里有疙瘩，但他并不是个顽固不化的人，他也清楚当前的形势，尽管他总觉得有点那个，可这几日他终于坐不住了，他悄悄来到他家里来。

　　拳拳好像知道贵贵会到他家里来的，心满意足地笑了。接下来忙不迭地搬凳、倒茶、递烟。

　　好一会儿没有说话。

　　贵贵先开口："你要回去了？"

　　"是啊，不知何时才能回来……"

　　"多住几天吧。"

　　"不行啊，那边的生活，忙得很呢。"

　　"听说你们来时那边有个规定，迟一天都要那个……"

　　"怎么说呢？遵守了总对自己有益处。"

　　接下去没有话了。贵贵和拳拳都沉入往事的回忆之中。那一年，贵贵和拳拳都20岁了。那一年，他们一同出去混饭吃，在一个大城市里，他们走散了，这一散就是四五年。后来，贵贵戴着红五星摸黑进了村子，拳拳却戴着大盖帽大摇大摆地回来了。贵贵干起了地下工作，一躲就是一年多，这一年里，拳拳那支匣子枪总跟踪着贵贵，可那枪总卡子儿，十回也撞不响一下。后来，那枪终于冒烟了，一颗子儿死死地追上了贵贵。贵贵在山洞里躺了很长时间。解放那年，贵贵摘下红五星做了村长，拳拳却揭下大盖帽做了土匪。于是，贵贵那支匣子枪自然而然地经常在拳拳眼前晃动。准星总有一片潮湿的雾气在浮动，枪始终没响。在一个晴朗的日子里，准星一片辉煌，一颗子弹终于出膛，拳拳滚下了一处悬崖不见了踪影……

过了一会儿，贵贵歉疚地说："你……还计较吗？当年那枪伤得重不重？"

"没关系，只不过多添一个洞而已，我该挨这一枪，这一枪算是还了乡亲们的债。"

"唉……那时节。"

"不要说了，我也对你放了一枪，那一枪可伤得你不轻。只要你不计较我就高兴了。"

"你那枪也太旧了些，没有致命。"

两人都笑了。

沉默了半晌，贵贵依依不舍地说："你……还回来吗？"

"来的，远离故乡的人，老了十有八九都想回来。"

"我为你……准备个铺儿。"

"还为我……准备块墓碑。"

于是两双手颤颤巍巍地伸出来，经过30多年的分别之后，又重新握在了一起……

几年后的这个时候，拳拳的家属写信给贵贵说：拳拳无疾而终，遵照他的遗嘱，他的骨灰将寄回故里由贵贵安排处理。贵贵看后失声痛哭，三日闭门不出。

村街

CUN JIE

一

　　人家都说居斗挺老实，可是他也有许多小点子；人家都说居斗家生活过得挺美，可是他不足。不足什么？他老婆不会生育。他仿佛矮人一截，总不敢在村街上久坐。每逢眼前蹦过一两个小孩，便会痴迷地盯着好久好久。终于，他在别人的鼓动下向老婆透出一个意思：到医院去检查检查。

　　可是检查的结果却使他脸红，原来是他白长着那个东西。回来的路上，老婆闷闷不乐，居斗更没脸和她搭腔。到家门口时，他突然生出一个怪念头，对老婆说："明天我出外做工去。"

二

羊角呑不大，弯弯的像支老羊角，一端挨着山麓，一端衔着田野，中间有一条三米宽的巷子，叫村街，这是村里最集中、最热闹的地方。以前分小小队的时候，早晨和中午总挤满了人，懒洋洋地等待出工，一蹲便是半天。谈天说地搔脚肚，嬉笑怒骂穷开心，食不果腹的人们往往在这里得到精神上的满足。现在包产到户了，人们做活计用心了，不白白耗费时光了，只在晚饭后这一段时间内汇拢来热闹热闹，也还是无话不谈的。由于物质生活的提高，人们对精神世界的追求也有了变化，外界的新闻，邻村的奇事，便成了人们的中心议题。由于几千年来的习俗，一些荒诞不经的传闻，往往会被人们涂上一层合情合理的色彩加以渲染，而一些合情合理的东西却往往会遭到人们的贬斥和讥讽，这些，在村街，不足为奇，村街存在，它也不会消失。

居斗家住在靠山麓的那一端。三间宽敞的瓦屋，有两间是他亲手扩建的。一般地说，作为一个农村青年，这是最了不起的事了。居斗就了不起，样样都走在同辈人前面。可是村街上的人却不把他放在眼里，因为他"无后"，"不孝有三，无后为大"嘛。

他是个挺要脸的人，终于忍不住出外做工去了，家里的活计全落到老婆刘妹芳肩上。妹芳不是那号干田间活抵得上男人的粗壮女人，她个子不高，加上没养过孩子，像一个水灵灵的大姑娘似的，屋里屋外倒是内行，养猪、养兔、养鸡、编草帽、打毛衣，全是上手，灶头的功夫更是没法儿细说，尽叫居斗眉开眼笑的，唯独田间活，从没干过一天。

好在那块亩把大的田和住在村中央的尤安相毗邻，那光棍汉，倒挺善，这几天老是开着田缺儿，让田水哗哗地成天往她田里淌。三两天工夫竟把

122

他自己的田倒得一颗水珠儿不剩。她过意不去，到他家里道谢，哪知他一咧嘴，笑道："嫂子，该放水烤田了，水多了会发病的。"

原来这样！她望着尤安一脸狡黠的样子，不由得生气了："你欺侮我一个女人，算什么好汉？"

哪知他竟说："你自己有男人，他供你吃饭，你供他睡觉，我与你嫂子的边也沾不着，怎么……"

"呸！脏嘴！"她气得直跺脚，"你这绝后代的尽往邪道里想，你……"忽然，她哑口了。哟，自己怎么骂出这禁讳的字眼儿了，她霎时脸皮红到耳根，跑了出来。耳后传来一阵恼人的大笑。

从此，她一心盼望着居斗回来，虽然他老实得如同一块榆木疙瘩，从来没和她温存过。

三

可是，居斗回来揍了她。

那男人，揍起来倒有点温存味儿。先是，她白嫩的脸皮被他粗大的手指一拧，立即泛起一片乌青。她呆呆地看着他，满以为他在外面久了，回来向她表示亲热亲热，虽然过火了点儿。可是接着，居斗一揍把她按在凳子上，一下一下地往她屁股上揍，她才生气了，"你这死尸！我有什么犯你了……？"

居斗没答话，但一下子缩了手，蹲在地上呜呜地哭起来。她生平第一次遭受了这顿无名气，也禁不住号啕大哭起来。这两管大唢呐早已将村街上的人们惊动了，一会儿工夫，屋里挤满了人。人们相劝的相劝，询问的询问，直捣腾了小半夜，才使小两口平息下去。可事情的内幕，却在村街上的人们心里留下了一个谜。

从此，好事的人注意起小两口的行迹来了。

<h1 style="text-align:center">四</h1>

宿了一夜，居斗又出外做工去，临走时只告诉她，田里生活已托给尤安照看了，要她好好招待尤安。妹芳知道和这块"榆木疙瘩"没话可说，默默地挑起了家里的活计。

夏收了，她去割稻，尤安帮她打稻。稻田在山那边，没有一个人影。她不想累着别人，早早地来到田里，气喘吁吁地割倒了一大片，直起腰来看看，远远的，尤安头顶着稻桶一丘丘地旋上来，活像个大头鬼。他做事总是懒洋洋的，可替别人干活倒挺卖力，人家叫他干什么就干什么。村街上的人们闲谈起来都离不开了他，把他当笑柄，当傻瓜，但他从来不计较，他在村街上露面的时间少，每天，迟迟地出工，早早地收工，沉沉地睡觉，便是他生活的全部内容。

妹芳从心底里厌恶他又怜悯他。这会儿，他来到田边，也不和她搭话，放平稻桶，伸个懒腰，抢起稻把就打，一会儿就追上了她。他闲下来了，眯着眼睛瞅妹芳。她浑身汗湿湿的，单褂儿紧贴到身上，绽起那饱满的轮廓，头上闪着汗珠，脸红得像石榴花。太阳光很耀眼，他感到晕乎乎的，心脏也仿佛加快了跳动的节律，他快步走了过去……

"哎呀！看把你累的，去去，到旁边歇息一下。"妹芳拂开他那只温热的大手，温柔地说。弱小的女人不知来了哪门子劲，一弯腰，唰唰唰唰，三四锅烟工夫，就割到了田头。

收拾完稻田，两人一前一后进村了。尤安替妹芳把谷子挑到家里，也不顾妹芳挽留，闷闷地回去了。缸里没有水，浑身散了架似的，本想做顿麦面饼吃的，可是他懒得动。他隐隐地觉得自己好些地方怪不对劲儿，就这么呆呆地坐着，仿佛灵魂跑脱了躯壳……

妹芳不知什么时候进了门，换了一件窄小的上衣，格子花纹的，越发好看了。这是她打娘家来一直没穿过的。以往每逢节日，她换衣服时，总觉得这件衣服太花哨了，今晚，对着镜子时才发现已套在身上了，搞得自己都有点不明白起来。

"他叔……"

他叔？从来没有人叫过，"大头尤安"，倒是老小皆叫的。哦，是妹芳，桌子上还有一碗热气腾腾的面条，一瓶酒。

"你吃吧。"甜甜的。

他没动。

"你这人！吃呀。"眼睛睁得杏子般大。

他挪动了一下身子，那碗竟凑到自己嘴边了。他不自觉地张开嘴，一口滚烫而喷香的面汤滑下了他的喉咙，一个模糊的记忆同时也被妹芳那番举动唤醒了。哦，那是母亲，母亲总是这样喂他吃饭。可后来，母亲因为和父亲不和，跟了人了，于是父亲教训他母亲的拳头落在了他的头上。自己的大头，是不是和父亲的"锤炼"有关呢？……

一碗面条和几两酒落肚了，他脸上泛出了红光，话儿也多了起来。他对她诉说自己父母亲，并红着眼骂那个勾引他母亲的人，因为那人，这个本来可以弥合的家庭却加速了破裂。

妹芳红了眼圈，呆呆地听他叙说。一会儿，话题转到妹芳两口子身上。

"嫂子，听说你挨打了？"

"那死尸没良心！"

"唉，那事……"

"别提了。"

"嫂子，我对不起你……"

"你……"

"居斗这次出门给了我几百元钱，约我为他办一件事儿。"

"……？"

"说起来怪对不住嫂子的，钱，隔几天还给你。只怪我一时迷了心窍，居斗也不是个人，一心想要个孩子，嫂子你千万别和别人干这种事！"

啊，竟是这样！她差点晕了过去……

五

可是，居斗回来竟然又揍了她！

她不像上次那样忍受着，居然把他推了个趔趄，随后是乱抓乱咬。居斗从没遇到过这么厉害的反击，不禁丧气地败到村街上来。一群准备出工的年轻人马上截住了他，远处一簇老年人也加入了这个行列，妇女们爱看热闹，早又打了层围墙。

"你怎么败阵了？"一个青年人嬉皮笑脸地问。

"她，她爪子乱捏。"居斗非常懊丧。

"捏到什么地方了？"

"这，总不是人捏的地方呀。"有人附和着。

人们轰地一声笑了，大伙讥笑居斗太窝囊，怂恿他返回屋里再教训那娘儿们一顿，然后，话题自然集中到大头尤安身上来。

"那小子我老早就看出不是个好货色，好人还会打光棍？"

"是呀，怪不得替妹芳干活挺卖力的，原来安着个小九九。"

"不过这事还要怪居斗，屋里头有个花朵般的女人，好随便外出的么，我年轻辰光也被那些娘儿们拉拢过，唉唉，不提这些事儿了。我说居斗呀……"

没有回音，主人公早蹲到离众人几丈远的一株大樟树下了，捧着脑袋，尽量掩饰着通红的脸。他怎么会想到这惹祸的竟是自己呢？

他本来就预感到第二回出门没个好兆头，一进村街，又听见了关于大头尤安和妹芳的风言风语，三脚两步赶到家门口，一眼就瞅见妹芳换了件花哨的衣服，还哼着小调儿，那骚样儿气得他昏了头，更没料到这回妹芳竟然还手了！唉，这不叫自种苦瓜，自作自受吗？

呆呆地蹲着，他一时没了主意。找大头，这明摆着自己理亏；向妹芳赔不是，他没脸皮；让尤安轻而易举地把老婆拐走吗？他宁肯没有孩子也舍不得，考虑来考虑去，他还是只有一条路：出门！

于是他第三次出门了，在村街上的人们心里留下了一个更大的谜！

六

还是大头尤安帮妹芳耕种，还是她给他烧饭、洗衣服，两人火热得如同夫妻。

村街上的人终于忍不住了，几百年遗留下来的道德标准使他们作出直观的判断：一个男人诱引了别人的女人是可恶的，而一个女人不恪守自己的节操则更可恶。他们决定去乡人民政府告发，可等到他们要有所行动的时候，忽然又悟出了居斗再度出外的原因。于是，一场即将爆发的谴责加深了酝酿，迟推了时间，村街又归于沉寂了。

　　两个多月了，还不见居斗的影子。上两次出门回来，居斗本来瘦高的个子更瘦了。他赌气出门，谁也拦不了他。妹芳每到夜里，总是暗暗地啜泣。她理解男人，要个孩子是人之常情，可不该那么糊涂。他人好，是做活计的一把手，跟了他不会错，没有老婆他会变坏的，她来他家之前，他不是跟尤安一样懒吗？她来后，也不用她唠叨，他就变了。就是尤安，不也明显变了吗，她不过给了他一点温暖一点理应的体贴而已。可是却招致了多少人的非议和嘲讽啊！……

　　初秋的深夜，突然传来了叩门声。

　　"谁？"她惊恐地坐起来。

　　门外有啜泣声，她不禁毛骨悚然，哆嗦着问："谁呀？"

　　"我……"

　　"你这死尸！你永远在外面吧！"她终于喘出一口气来。

　　"妹芳，我，我永远也不走了。"

　　门，还是没开。她挨到门旁，从门缝里往外一瞧，在朦胧的月色下，居斗背着小山似的包袱，垂着头，像一只斗败了的公鸡。

　　"哼，你以为我不知道，你，你其实没有走，就在附近！"

　　"妹芳……"

　　"你以为我会那么安安心心地睡觉吗？我哪一夜贪睡过？你上两次回来一个角子也没给我留下，哼，我也没有饿死！你这死尸，满以为自己聪明，瞒着我，监视我，好抓住把柄到法院里告状，老实说，尤安比你强百倍！我就是夜夜陪他你也没话可说，可人家哪里像你这样肮脏！你去田里爬一圈看看，哪一样生活不是尤安做的？秋闲了，他又为你这没良心的到外面去了……"

　　"为我……"

128

"不为你为谁？他要把你找回来，好让你这死尸在家里享福！"

"妹芳，我，我去把他追回来！向你、向他赔不是。我，我向村街摊明！"这块"榆木疙瘩"一转身，大踏步地上路了。

"你，回来，天明了再走！"

他愣住了，但没有回过头去。门"吱呀"一声开了，妹芳快步走出来。他感到背上沉重的包袱带子松动了，一口憋闷的气终于透了出来，陡转身，紧紧地抱住了她。她浑身一颤，随即闭上了眼睛，深深地陶醉在这从未有过的温存的抚摸中了……

门重新关上了，只剩下一条月光苍白寂寞的村街，羊角岙还在睡梦之中。明天，村街上的人们会不会有新的议题呢？有的，肯定有的，村街存在，它也时时更新。

年轻的朋友来相会

NIAN QING DE PENG YOU LAI XIANG HUI

一

　　虽说是欢送朋友，刘一民的心情却不轻松。透过烟雾腾腾的桌子，可瞥见他那棱角分明的脸，紧抽着烟，紧锁着眉，没有往日欢欣舒坦的表情，没有平时作小头头的健谈和威风，一抹不自然的笑，随时可能笼上乌云。

　　主人是个粗心的角色，他满想三位朋友也和他一样，每根神经都在快活地颤抖。对面，是刘辉那张沮丧的脸，这张马脸，每当生气了便会拉出更难看的表情，现在——在欢送朋友的场合，是稍收敛了的，但还是明显哭丧着。

只有杜立成倒不这样，这几天可能心情舒畅，加上生就的温柔性格，谈笑风生，有点喧宾夺主的气概。也难怪，他本来就是主人的堂兄弟嘛，两兄弟儿，同一根肚肠，小时候玩游戏时能够把各自的妹妹"许配"给对方，——彼此知道的事情总比旁人多，主人高兴，杜立成自然跟着脸上有光彩，那兴奋劲儿自不用说。

主人杜立富，一身刚发的黄军装，不自然地套在魁梧的身躯上，倒也凭空增添了几分威武。一顶黄军帽掩去了常年小平头的历史，更突出了浓眉大眼的形象。他生性忠厚，喜怒哀乐总能在脸上找到答案，是农村那种地道的直性子。其时，他正殷勤地敬酒，一边不时地喊楼下的妹妹快添菜，其实，桌子上的菜动了不多，酒，也没多喝。他终于来了脾气，骂各位太小气量，自己抓起酒瓶子一阵狂饮，然后红着眼珠，呆呆地瞪着左右。大家都激动了，也纷纷拿起酒碗痛痛快快地喝了一碗，抹一抹嘴巴，都笑了。接下话也多了，先对这个村子发一通牢骚，再骂几位公社领导一回祖宗，并且互相道出一些新闻刺激对方也刺激自己。最后大家觉得没意思，话语渐渐少了，气氛又转向了冷清。

这是一九七四年冬月，夜风很大，呜呜地从墙缝里灌进来，灯光一明一灭，恰似各人的心情，波动得很。小阁楼里模糊不清，其实无需辨认，屋里除了刚从楼下搬上来的一张桌子和几把凳子外，再没有其他家具了。大家呆呆地盯着地板，那里有个四方的口子，透出一线光亮，两根木头直直地从口子上伸上来，一尺有余，是一架窄小的木梯梯子，仅供一人上下，通着楼下的厨房。小阁楼四壁灰黑，一面有门，不须下楼就可通向后山竹林。这一切，大家都熟悉透了。少年时期，在这里玩，在这里吃，干一些大人们捉摸不了的事儿，很是惬意。可是他们仿佛一下子都长成大人了，杜立富也要去当兵了，这里不再是大家的安乐窝，因此每个人都有一种说不出的惆怅，痴痴地沉入往事的回忆之中，小阁楼里交替着一片粗重的喘息……

刘一民终于耐不住寂寞，和往常一样，又挑起了一个新的话题。

"立富要走了，山区没出息，我们年轻人该不该闯出去呢？应该闯！"他摆出小头头的独特见解与气魄说，至于闯些什么名堂，他自己也说不出所以来。进入十八九这个好冲动的年龄，每个人都不会那么安稳和守规的，何况这无规可守的年月呢。

"是应该闯，蹲在家里挣不来钞票，我们不妨多跑，多碰运气。"杜立成不愧为一个实用家，他以前作刘一民的"军师"时就喜欢出实用的计策。

"也不单单为了挣钱。"刘辉打断了杜立成的话，说，"村里和公社里那帮家伙坏透了！离开他们，眼不见为净！"大家都知道，刘辉爸爸因政治立场问题被上面撤职回家，家族威望已一落千丈，他的说法，不全是个人的恩怨，也有几分实理，只是有点儿偏激。

"刘辉说得对，那帮家伙！……"杜立富正激动地站起来，想延续这个话题，突然，背脊被人重重地捅了一下，一个娇弱的声音响了起来——

"哥哥，老调解来看你了。"

等了这么长的时间，杜立春没送来酒菜，却带来这个使人不高兴的消息，空气顿时紧张起来，大家纷纷地离开席位，乒乒乓乓地撞翻了几个酒碗。

"这，这，都坐吧，都坐吧，他管他来，我们吃我们的。"杜立富为难地阻拦大家，他这个人，永远那么憨厚。

刘一民意味深长地看了他一眼，说："你应该学得聪明一点哩，藏了两对筷子两口碗，不就成了，就这样吧，你现在是真正的军人了，服从命令吧。"

　　大家都笑了，三人开了后门，走进墨黑的后山竹林里，眼睛一下子适应不了漆黑的世界，高一脚低一脚地盲撞着，惊得栖息在毛竹上越冬的乌鸦"扑扑扑"乱飞起来。要是以前，他们准会抓它几只，放在火上烤了，尝尝那鲜嫩味儿，可是今晚，每个人都没有这个兴致了。黑魆魆的堂后山像一个巨怪，压抑着人的心情，大山里那许多美妙的传说都仿佛变得神秘莫测，使人不敢多想，于是脚步越发匆匆起来，好像执行一道刻不容缓的使命……

二

　　酒，喝多了不好，多少往事，都被一股脑儿勾了出来。刘一民还保持着少年时期的习惯，喜欢把手下的"兵"、"将"进行对比、排列……
　　杜立成虽是一个大山的孩子，却长着一张白净的脸，那双剑眉下深藏着两颗机灵的眼珠，颇有心计的。刘一民素来把他作为"军师"，大伙都叫他"诸葛亮"。一支不少的队伍，配备了一个有魄力的头头，一个足智多谋的军师，是无往而不胜的。那年月，在他们这支"正规军"面前，村里那些"小分队"是不敢轻举妄动的，常被刘一民他们戏称为"别动队"。后山竹林，是他们良好的活动场所；杜立富家的小阁楼是他们的高级"指挥部"。每当刘一民发布了一道命令，杜立成拟定了一个"作战计划"，杜立富和刘辉便会指挥大军去"赴汤蹈火"，一场"恶战"便会在遮天蔽日的竹林中展开……他们并不是一味的"军事占领"，还有"经济恢复"呢，"营地"附近到处是他们开发的土地，种着小麦、大豆、胡葱、番薯、花生，甚至还想养猪，养鱼，养兔，目标很宏大。尽管大人们多次"追踪"，小学教师多方"交涉"，他们还是啃着地瓜干野狼般周旋在堂后山的广大土地上，——这里凝聚了少年时期多少痛苦和欢乐啊！

他们都是同龄人，五六年小学生活稀里糊涂地毕业了，又一同懵懵懂懂地进入了离村四里远的公社中学——东山中学读书。在中学里，自有老师牵着走，日子过得平平淡淡。刘一民父母还健在，家族经济基础扎实，一直无忧无虑地念到高中毕业。刘辉也混了一张高中毕业文凭，据说这是他姐姐刘苗苗发生的效用，但内幕大家都有些模糊，也不愿去追究。杜立成没有父亲，他和妹妹全靠老母亲一个人维系着生存，勉强念到初中毕业。杜立富家里穷，是队上的照顾对象，本来可以一直读上去的，可他与文字无缘，叫他捏一支钢笔和捉一条泥鳅那么难，初中只读了一学期就不愿再读了。那年月，他如果会混，上大学也是不成问题的，可他是个直性子，永远学不了那一套。

一回到村里，四人明显地觉出拉开了距离——刘一民与刘辉算是"知识分子"了，杜立成和杜立富却变成了地道的农民。他们本来还可以一起劳动，一起玩乐，弥合这段拉开的距离的，可是好像发生了命运的差错——杜立富和杜立成却要走了。

刘一民不由得重重地叹了一口气。

公社也太捉弄人了，为了争名次，死死地动员四人去验兵，四人竟全合格了。当他们欢腾雀跃准备一起去当一个真正的士兵的时候，上面却宣布了一个叫人心灰意冷的决定——堂前村的名额只有一人！

于是，矛盾出现了。

杜立成起初争着要去，可是被他母亲说了一通就把名额让给杜立富了。事实也如此，他这个颇有心计的人到部队里不一定也能当个参谋，几年的体力劳动，早已在他那暗黄的脸上涂上一层经济的色彩——他已打定了主意到外面去挣钱。

刘辉深知当兵的艰苦，可在这样落魄的时刻，还是明里暗里活动了几次，无奈父亲不是个人物了，老调解又不支持他，母亲的骂街不过给他和杜立富之间造成一道无形的裂痕而已，两人碰了面都不大理睬，就是这回到杜立富家喝酒也是刘一民和杜立成强拉来的。

刘一民知道了，默默地把唯一的名额让给杜立富了——长期以来当"司令"养成的大度性格决定了他的行动。可一个人的命运也不是由他们之间的推让（或争夺）决定的，一切由上级决定，上级说了让谁去就让谁去。杜立富家穷，根子正，在当时极端流行推荐的情况下，自然该由他去。

杜立富和杜立成要走了，刘辉整天躺在家里生闷气，刘一民成了名副其实的"光杆司令"了，他不由得自嘲地哼了一句《沙家浜》的唱词——

"想当初，老子的队伍……"

可是老子的队伍却是这样的结局，他怅怅地哼不下去了。这种生活还有什么劲头呢？他是个不甘寂寞的人，为什么不出去闯一闯呢？

明天去读过书的东山中学看一看，听说那里还需要代课的。

三

"刘老师，你的信。"

刘一民回过头来，一张俏丽的面孔出现在他的面前，大而清澈的眼睛在他脸上扫视着，几分调皮，几分野气。

"哦，立春，哪里来的？"

"谁知道你的秘密呢？"杜立春撅起了小巧的嘴巴，一扬手，那封信朝他怀里插去，随后知趣地闪出门去。刘一民通过一个亲戚的介绍进东山中学代课了，这是他进校后接到的第一封信。他启开信封一看，是杜立富的。

信用复写纸复印的（另一份可能寄给杜立成）。他苦笑了一下，不经意地展开了信纸，却大吃了一惊——什么？不到一年工夫，他就待不下去了！杜立富呀杜立富，你也太呆板了，这年头写什么大字报触犯了领导，你到底是直性子，可这又有什么用呢？大家都羡慕你，鼓励你为家乡争气，到部队里好好干，到时候入了党，提了干，不用再回到这穷山村里来了，可是命运真会那么捉弄人吗？难道堂前村的青年就注定闯不出路子吗？……

刘一民迷惘了。

正在苦苦思索的时候，杜立春又闪进了他的房间。她小刘一民两岁，在这里念高二。同村人，又是杜立富的妹妹，自然亲密许多。她常来刘一民的寝室，帮他洗洗衣服，扫扫地。他呢，就把她作为自己的亲妹妹看待，帮她解决生活上的一些困难，尽量减轻她的负担。这回，该不该把这事告诉她呢？他想了一下，还是不告诉她好，杜立富是她的物质和精神支柱啊，刘一民不愿在她心上投下一块阴影，心想今后多照顾着她就是了。

杜立春本来不该上学的，她家里穷，是村里的照顾对象，可她喜欢到学校里来，老调解操持着村里的政治和经济大权，他同意了，别人自然无话。她读书还是用功的，夜里经常待在刘一民的寝室里做作业，同一张桌子，刘一民坐在这边，她坐在那边，但不多说话，你干你的，我忙我的，只听得一片钢笔的沙沙声——凭空增添了不少勤奋气氛。

人们都说她辣，不假，漂亮的女孩子大都自信。她无论在家里还是在校里都风风火火的，头上两把短刷子偏要向上翘，偏要露出领口下几处白得耀眼的地方，使人不敢正视。她喜欢顶嘴，就是村里威望最高的老调解也怕她三分。有时候，老调解想和她拉点什么，让她坐，她却没一刻儿安稳，挺着胸脯在他面前晃来晃去，直气得老家伙真想骂她几句。可是他终于没敢骂她，她毕竟是人家的女儿啊，更进一层，老调解每看到她，总想起她那早逝的母亲和风瘫了的父亲，想起以前那一段血与泪的岁月……

人也真奇怪，杜立春每到刘一民身边，却成了温顺的小囡儿。刘一民虽然没上她的课，但知识的力量是无穷的，是吸引人的，她自然不敢放肆，不过大着胆子瞅他几眼，那是常有的事，但一逢刘一民的眼光，就乖乖地低下头去。可刘一民喜欢她的辣劲儿，只是不敢逗她。他们生活的小圈子如一潭秋水，清净而幽静。

可有这么一次，这样一封信打破了他们之间的默契和宁静。一天早晨，杜立春匆匆交给刘一民一封信，就跑走了。她说话从来是爽爽快快的，今天为什么躲躲闪闪？刘一民预感到什么事情将要发生，一时间如捏着一块烙铁。他犹豫了再三，还是拆开了它。出乎意料，这鬼怪姑娘竟拿了一封人家向她求爱的信给他看。看着肉麻的词句和歪歪扭扭的钢笔字，刘一民打心里一阵恶心，可是一看署名却吃了一惊，这封信竟是刘辉的！刘辉怎么会爱上她？几时把这封信交给她的？他懵懵懂懂了，信上也看不出什么名堂来，满篇尽是吹捧大姑娘美丽的字眼儿。那么，杜立春对刘辉有什么看法呢？为什么要把这封信交给自己呢？这一切对于一个从未谈过恋爱的人来说，确实是一阵折磨。

他昏昏沉沉地拿起备课本，可是不明白自己该写些什么；走进教室，不知道自己讲了些什么，学生也是一副无精打采的样子。好不容易挨到天黑，却又憋闷得发慌——他终于意识到自己爱上她了，而且由于刘辉这封信到了急不可耐的地步！

这时，杜立春叩开了他的门，脸蛋红红的，更显出女性的娇媚与魅力。他默默地看了她一眼，随即沉下头去。她坐到老地方，也低下头去，好像做错了事的小学生一样。他们都打开了课本，又同时抬起头来盯着对方，互相不避开，呼吸十分急促，心里都有一团火。

"那封信……"他只说了半句，毕竟打第一仗。

"烧了吧。"她站起来，来到他身边，"交给我。"

他感到脖子痒痒的，有她的几根发丝，顺手拂了一把，手指竟触着了她的锁骨。她终于压抑不住了，就势俯在他身上。他第一回感觉到她是那样的丰满，——脸贴在耳边，乳房挤压在肩头，大腿紧挤着腰部。他真想吻她，抚摸她，可是两只手只有挣住椅子的劲儿，嘴巴只有急迫呼吸的劲儿，犹如一个战场上的俘虏……

四

这年头不管干什么都不容易，整整一年半时间了，刘一民终于收到了杜立成的信。杜立成为什么隔了这么长时间才写信给他呢？他抽出了信纸，看到了一段天方夜谭式的经历——

一民：

你好！

我在"监狱"里写信给你。

我刚到这里，挣了一笔不少的钱，可是我没有户口证明，每到一个地方都立不住脚。我写信给东山公社，请求他们开一张证明出来，可是哪知证明一到，我也被抓了起来。我不知道那张证明的内容，却明白了这样一个道理：这年月，无论我们走到哪里都是立不住脚的，都是挣不来钱的。一个月后，我被编进一个农场参加了繁重的体力劳动，这里没有温暖，过着犯人般的生活。我多少想念家乡啊，家乡苦一些也是自由的。农场队长告诉我，再过几个月就可释放回家了。告诉我母亲，就说我在这里很好，快要回家了，叫她不要挂念。本来还想给家里寄钱的，一个朋友生了病，全给他用了。

杜立成

一九七六年 × 月 × 日

刘一民长长地叹了一口气，杜立成出门，他本来预料到不好的结局，却怎么也想不到与东山公社发生这样深刻的关系。他终于明白，在复杂的阶级斗争中，家族的观念、宗族的感情、乡亲的价值，都没有多少意义，人与人之间，更多的是明争暗斗，你死我活。由此联想到自己，这年头教书也不容易，他上历史课，往往上一堂课灌输给学生一种历史观，一下堂课就会接到通知——某章某节应如此这般变动，于是又是一阵手忙脚乱，按通知印了讲义，叫学生逐条贴在课本上，掩去了原来的面目。那么，到底教些什么给学生呢？他终于悟出了一个道理：凡是农民起义都不会错，历史是人民创造的，那还能错？要是把他换为古人，自己量量也该那么干，那声势又很合乎他少年时聚众的劲头，所以每逢农民起义都大肆渲染一番，直吹得学生们眼睛瞪得铜铃般大——自己也从中得到满足，其他烦恼便一股脑儿忘记光了。

其次，他得感谢"山神爷"了，堂后山留下的许多美妙而迷人的传说给他提供了丰富的原始素材，于是一些神奇的故事常常在课室里述说，引得学生们兴奋到了极点

——那"龙角"是如何神奇地从地底下冒出来的，据说龙尾巴还在东海哩，要是打一个滚的话，整个堂后山区就成汪洋大海啦。最后道出结局，也不过是几亿年来岩石受挤压而抬升的。同学们喘过一口气来，却又产生

140

了另一种兴趣，这又凭空给地理教师增添了许多麻烦。

　　——那"龙潭"的故事更加引人，古时候，有一种"祈龙求雨"的仪式，大凡天旱的季节，附近几个村农民自发地组织起来，扛着"龙王"的牌位，舞着大旗，吹吹打打，三步一拜朝山里进发，到"龙潭"时，必须抓回一些水生动物，称迎来了"龙"。这迎来的"龙"自然受到村人的供奉，而那潭里的众水族也必定得到人们的保护，老一辈人曾立下过规矩，不准一切人捕捉这些水生动物，"龙潭"里也越来越热闹了。夏日的黄昏，罕见的蟾蜍便成群结队蹲到潭边合唱，"咯咯咯——""昂昂昂——"有如擂响战鼓的古战场。白天，胖胖的水和尚在水面上穿梭往来，又是一番趣味……

　　山上的故事，很多，很多……

　　他讲这些时，同学们从来不吵。他是个矮个子，却长得结实精悍，眼睛炯炯的，似深不见底的"龙潭"，直挺的鼻梁和抿紧的嘴角又给人一种力的感觉。他经常穿着一套洗得褪去颜色的咔叽衣服，朴素而不显得破旧，淡雅而不露出寒碜，颇显出他不亢不卑的脾性。

　　一年多来，两百多人马又被他这个"少年司令"治服了，虽然有些屡教不改的学生把他的名字写在地板上，虽然他的教学方法为有些人所不齿，他还是博得了全公社人民的好评。教育局派人见过他，校长在课余饭后也喜欢和他聊聊了，公社书记在学期结束典礼上用不信任的眼光瞧着他，却说："我代表全公社人民感谢你！"

　　他生平第一次在学生面前红了眼圈，说不出一句话来。

　　按理说，他该满意了，但是他不满足，他时时意识到自己不过是个临时的角色，并不在人们心目中留有多少地位，——自卑感与自尊心常常交织在一起，给他一种难以名状的折磨。他苦恼了，他想到了家乡。近阶段偶尔翻看了几册农技书，心底里忽然生出一种欲望——回家去！建设家乡，在大山里找出路。而杜立富与杜立成的来信也加剧了他回家乡的心情，少年时期那段美妙的记忆又时时翻腾起来，他觉得，只要和伙伴们在一起，无论苦与乐，那便是幸福。

五

朋友相聚的时刻，并不是每个人的心情都是畅快的，——杜立富家的小阁楼又呈现了一年多以前相似的一幕。一桌热气腾腾的酒菜，也引不起大家的馋欲。刘一民是健谈的，练了年把嘴巴，心情儿又舒畅，不过他总挑不起兴奋的气氛，他预感到自己正在失去"领袖"的作用，伙伴们走的路多了，头脑自然复杂起来，失去了少年时期的纯真和狂热。

杜立成是睿智的，他知道在这场合说多了无用，喝多了也不行，虚弱的身子又使他不得不用两肘使劲地支撑着桌子，但旁人是那样的不理解，特别是刘一民，老把询问的目光投向他。他苦笑了，自己毕竟做过他的"军师爷"啊，可"军师爷"在现在又有什么用呢？

情绪最坏的要算刘辉，他在家里蜗居了一年多，已对一切事情都不感兴趣了。这回，他本来不想到这里来的，杜立成对他说："我们都回来了，你还这样对待吗？"他终于来了。

杜立富却不是这样，席上算他最活跃，部队回家，总算摆脱了军人那种框框式的生活，脱缰了，自由了，以后，要干什么就干什么，凭着这一身魁梧的身躯，也要摘掉家里"困难照顾"的帽子，也要叫堂后山服输。一想到这些，他就兴奋起来，一边即兴说些外边的趣闻轶事，一边不时以军人那种特有的豪爽亲热地拍打着坐在旁边的刘辉的肩膀——全然不知道他的痛苦。

"这次我回来，有一个人在迎接我，你们猜是谁？"他终于发现气氛不对，想刺激刺激这沉闷的空气了。

"谁？"众人都被他神秘的表情吸引住了。

"是老调解，我一下车看见他，知道要挨训了，得，最好别在大庭广众之间。我急中生智，把行李往他怀里一塞，说自己肚痛，就远远地跑到田野痛痛快快地撒了一泡尿。"

"哈哈哈哈……"大家眼里都有了泪花。

这毕竟是临时的编排，不是共同的感触，一会儿气氛又转向了冷清。屋子里暑气夹杂着烟酒的气味，强烈地刺激着人们的五官，每个人都烦躁得很。偶尔有一两阵凉风吹过，大家的注意力又都集中到门口，好像门外真的站着"放风婆"——神话里那个专管风雨的丑陋而善良的老太婆，可是后山竹林里却送来一两声猫头鹰的啼诉，"苦——""苦——"仿佛无依无靠的老人对着月亮在夜哭，叫人觉得不是味儿。间或地，有杜立春在楼下发出碗碟的声响，整个夜空便更加单调更加使人心烦意乱了。

"我该走了，时间不早了。"刘辉首先站起来离开了席位开门出去。大家也不阻拦，但都有了响动，杜立富看看杜立成，杜立成看看刘一民，刘一民又看了看他们，抿紧的嘴角动了动，说出了一个大家都意想不到的决定——

"你们都回来了，下学期，我也不去代课了，我们一块儿干活吧。"

他们都愕然了，在他们眼里，教书是个高不可攀的事业，虽然这年头不重视教学。刘一民理解了大家的心思，说："其实很简单，我们都做了不应该做的事儿，走了不应该走的路，在外面，我们都碰了壁回到家乡，只有家乡还能容忍我们，她穷，她落后，但她却宽宏大量！我们还有什么道理再离弃她呢?"说这话时,刘一民心里有一种热烘烘的感觉,少年时期,他率领手下的"兵"、"将"征服堂后山时有这种感觉,后来,站在主席台上领奖时有这种感觉,甚至当年加入"红卫兵"时也有这种感觉。

杜立成和杜立富默默地低下了头,又都默默地举起手来,两双眼睛炯炯地盯着刘一民,表达了一个无声的愿望——庄严得如同"决战"前夕。

晚宴结束了,杜立富送刘一民和杜立成出来,突然,在朦胧的月色下,刘辉呆呆地立在门外,无声地竖着双臂。一刹那间,他们都感动了,又都一齐举起手来,思绪仿佛回复到了美妙的少年时期。

四颗心又由于这奇妙的关系一起搏动了。……

六

东方刚刚吐出一丝晨曦,四周的山野还沉浸在酣睡之中,小村却苏醒了。老调解起了个大早,不到一锅烟功夫,村头树梢上的喇叭便吵闹起来,地方杂剧、京剧夹杂着一两段相声,像一锅煮沸了的大杂烩。热闹了一个小时左右,大家便一窝蜂地出工了。这是一九七六年冬月,人们都被一股政治热情鼓舞着,田头、地间出现了前所未有的热闹景象。

劳作的时候,人们比往常都要带劲;休息的时候,气氛也比平时活跃许多。讲故事,成了人们的精神生活之一。杜立富的部队生活是够韵味的,"正规军"的成员们觉得这才带劲,才解渴,不像他们,小打小闹的,打破了头皮双方的父母还要互相骂街,真不够意思。刘一民的学校生活又凭空为他们上了一堂丰富的知识课,使他们认识了历史上许多有名的人物和事件。杜立成讲述的大西北见闻录又大大刺激了他们的好奇心。

呵,生活,终于有了转机,那山,那人,都有了变化。

一开春，刘一民就为那块种子田忙碌着。种子是引进的，外地早在两年前就试制成功了，远近各村都没有引进，没有人指点，只好对照着书本干，够麻烦，也够风险，好在老调解支持他，并邀请了谢如青支持他搞，他也就放心大胆地干了起来。

谢如青原在公社农技站工作，她爸爸在县城里当一个什么工程师，她常去城里，刘一民和她见面的机会自然不多，以至第一次见面竟认不得她了。谢如青是个高大丰满的姑娘，喜欢宽宽地束着头发，上身穿一件编得很精致的薄薄的毛衣，绷得紧紧的，下身穿一条黑色的涤卡裤子，脚上却是一双洗得发白的解放鞋，给人一种干净利落，含而不露的感觉。她并不漂亮，鼻梁旁边撒满了小小的雀斑，皮肤也不比别的姑娘白皙，透着紫红的光泽，是栉风沐雨的结果。

种子田不大，旁边搭着一个窝棚，这是刘一民的拿手好戏，比以前搭"军事棚子"省力多了。白天，两人轮流守着，雀儿来了的时候，便牵动窗口连着秧田的细绳子，于是系着各色小纸片的小棍子便一齐摇动起来，"扑啦啦啦——"雀儿便仓皇地逃走了。夜晚，刘一民独自一人守在窝棚里，窗口上安装了一盏电筒。有月光的晚上，谢如青来到窝棚里，两人就有说不完的话。他给她讲堂后山的故事，讲这个村子的历史，对这个村子，他还有些研究呢。这是个典型的浙东山区小村子，树木茂盛，山上岩石嶙峋。村子东、西、北三面都是大山，南面是一片并不开阔的田垟，一条弯弯扭扭的大路水蛇般从田垟中爬出去，衔接着外面的世界，是村子里唯一的通道。路的一边，是一条清澈的溪。溪的源头，有个水库，旁边是个断绝了香火的山神祠。这里通常称祠为堂，山神祠即山神堂，古人为了方便起见，就把祠前的村叫堂前村，祠后的山叫堂后山。

他说完了，她就讲自己在农技站那段历史，讲自己的打算，她告诉他，爸爸给她办好了户口，让她和妈妈一起进城，住到城里去。妈妈是个乡下人，不愿去，她也不愿去，只希望在乡下安心工作。刘一民和谢如青经常待在一起，就引起了人们的误解，闲言碎语传到了他们耳朵里。

那一天，刘一民与谢如青呆呆地相对着，过了一会儿，他发现她眼睛里有了泪花，——女人的心肠总是脆弱的，容不下一丝不快的阴影，特别是谢如青，她的环境，她的家庭教育养成了她独特的性格，有干部子女那种高傲与矜持，又有小知识分子那种温情与敏感。

"生气啦？"刘一民问。

"不……"她赶紧擦了擦眼睛，——女人们的自尊心又是极强的，不允许人家小看自己。谢如青是个最能体现女人特色的姑娘，她不同于泼辣的杜立春，也不同于刘辉那个小家碧玉型的姐姐刘苗苗。谢如青的心里有一片自己的世界，几年来，她心里总翻腾着一个无法解决的问题，而如今的打击加剧了她的愤懑心情，于是一连串问题也就脱口而出了——

"一民，我真不明白，为什么山区这么贫困、愚昧呢？为什么人们不去挣脱安于现状呢？为什么有的人为大家办事得不到支持？我真不明白……"

刘一民跟在她后面，默默地咀嚼这些话，他怎么回答她呢？他自己也不懂这些现象的奥秘，无法具体地回答她，他只知道有这么一个传说，这个传说是包含着许多道理。

"你知道山神堂的来历吗？"他问。

她奇异地看了他一眼，没有作声。

"从前，有几个力大无比的山神，他们游山玩水，走遍了东南沿海，一个夜晚来到这里，看中了这块地方，心里想，以后这里有个山神祠该有多好啊，有了祠，自己就可以享受人们的祭祀。

"山神们的智慧和力量也是凡人所不及的，他们终于还是想出了一个办法，在山上架一座大石桥，再迁移本土的农民住到山顶，引来东海的水，那这里就成交通发达、鱼米丰盛的乡村啦。农民们是容易满足的，他们就会建造一个富丽堂皇的山神祠，世世代代朝拜山神们。

"但事实也是很难的，山神不能见凡人，桥必须在一夜之间秘密地造成，天一亮还没完工就意味着他们的失败。正在他们忙忙碌碌的时候，惊动了堂后山山脚的土地老儿，要知道，他才是掌管人世间五谷丰登与否的角色啊。他离不开地，只有地，人们才会尊他土地神；也只有那贫瘠的土地，人们才会虔诚地朝拜他，祈求丰年。如果大桥造成了，这一片土地就会成汪洋大海的海底，自己就没有立足之地。他急中生智，噘起嘴巴，捂上手掌，学着公鸡'喔喔喔——'地长啼了一声。天要亮啦，山神们慌了，丢下刚垒好的两个桥墩离开了这里。

"桥没有造成，可山神祠却建起来了，——农民们都被山神感动了，而土地庙却从此被贬到一边，冷落了。"

谢如青早就听得入了迷，眼光专注地停留在刘一民的脸上，寻找这个故事的最后答案："山神们怎么没再出现了呢？"

"他们的目的达到了。"刘一民笑了。

谢如青若有所思地点点头，说："想不到这个故事含义深刻呢。"

七

"哥哥，让我看看。"杜立春尖声尖气地叫起来。

"什么东西？"杜立富收回刚伸进洗脚桶的泥腿。

"哟，一根，两根，三根……你长了不少白发了。"杜立春在他头上抚摸着，忽然红了眼圈，哥哥还只有二十多一点啊，却过早地充当了家庭的支柱。父亲是一个风瘫了的精神病人，自他们懂事起就没听他说过一句正常的话，每天，除了屋角偶尔发出一两声含糊不清的呻吟外，几乎遗忘了他的存在。杜立春在家时，就和杜立富七手八脚地搬出父亲那骷髅般的身躯，让阳光抚慰老人。

老调解经常来屋里坐，他来了就好，他能和父亲说话呢，别人却听不懂。老调解是个大好人，他除了让大队里给杜立春家足够的照顾外，还经常自己捎带些东西来。杜立春虽然爱使性子，却总盼着他来。刘一民忙，有时夜里到这里来，和杜立富一聊就是半夜。他们闲谈时，杜立春就静静地立在杜立富身后，两眼一动不动地瞅着刘一民，纯稚而野气。有时杜立成也来了，他们就拉了杜立春一起玩牌，全是穷咋呼。刘一民和杜立春配合的时候，杜立春手脚就不大干净，乘人不注意，手里捏着一张牌从桌子下面伸过来，刘一民就换了她的牌。刘一民也学会了那一套，笨手笨脚去换时，无意间触着了她的大腿，这野姑娘，含情脉脉地看了他一眼，换牌越发频繁了。这是一出很好的游戏，结束了就到外面胡乱撸些东西烧夜点心。

每逢节日，杜立成母亲就过来帮忙，杜立春读书时，家里也是她帮着操持的。杜立富和杜立春总把这位慈眉善目的亲婶子当母亲看待，两家从不见外。凡是杜立富家没有的，杜立成母亲总要分一部分过来，成了习惯。可杜立富不想坐享其成，他部队回来，没天没地干开了。白天，随队出工，他从没缺过一天，干活时也从不偷懒。年终队上公布工分，他竟创造了全大队最高纪录！大队里给他评了奖，发给他一只面盆和一条毛巾，公社里还表扬了他。他缺粮不多了，就要求大队里给他摘掉了"困难照顾"的帽子，撤回了那份补助。他兴冲冲地回到家里，滚烫的心却又冰凉了——家里依旧是那样破陋，那么不堪入目，他并没有改变这个面貌。他一下子蹲在了地上，仿佛肩膀上的担子重重的，纵使有千斤力气也支撑不起了。屋角里父亲神经质地叫了一句，又呵呵呵地笑了，仿佛在说——

"错了！一切都错了！……"

是啊，他错了，他本来可以升官发财的，凭着这一身胆魄、武艺和响当当的身份，可是他顶牛了，就在将提升排长的前几天……唉！想这些干什么呢？过去的事情追溯多了，会使人伤感，还是来点现实吧。

杜立春成却生了另一副肚肠，天生的快乐性格，她似乎不在乎这个家，做事总漫不经心的，也难怪，女孩子们总要找个婆家的，娘家不是久留之地，何苦愁白了头呢？何况，母亲生前曾对他说过，妹妹的亲事你可要亲自作主啊，要让她选一个自己中意的人。这位一向以教子严厉出名的母亲却说出这样的话来，他联想起村人对自己上一辈的闲言碎语，总觉得母亲生前有一桩未遂的愿望，几多年来，他总是默默地遵守着母亲的心愿，看护着妹妹。

"哥哥，你让我出去吧，我会挣钱的。"杜立春摩抚他头发的手不动了。他又一次判断错了，原来她对这个家挺关心哩，可是他没有回答，为什么要出去呢？刘一民说过，我们碰壁回来，家乡宽容了我们，我们还有什么道理再离弃她呢？就是出去能有好办法吗？他失意回来，杜立成只拖了一副骨架回来，何况女人呢。他清楚地记得，他们连队曾收留过一个妇女，让她帮炊事员的忙，她为了多挣钱，没日没夜地干活，有一次竟栽倒在没有小膝深的溪坑里淹死了。

虽然现在局势好多了，但还是担心到外面去没有多大出路。

"不！你不能去！"他一反温柔的性格，严厉地说。

"哥哥，你要娶嫂子的呀，家里穷，人家会到我们家来吗？"

他眼前马上浮现出了刘苗苗小巧而丰盈的身影，就在今年冬天，这个比他大三岁的姑娘竟奇迹般上爱上他了，她图的是什么呢？难道就是这一身魁梧的身躯和那强有力的蛮劲？难道就是他肚子里那些夸张得变了形的部队生活？可这些资本有什么用呢？堂后山不需要廉价的力气！他开始怀疑刘一民的话，动摇了原来那种信念。当晚，他往刘苗苗家走去，他要补偿以前的疏忽，向她叙说自己的现在和将来。

八

刘辉家新近买了一台收音机，父亲平反了，并拿回来一大笔钱，母亲说，应该买一台收音机，他就高高兴兴地把它抱来了。对这些东西一窍不通的母亲忽然来了兴趣，要刘辉教她如何旋撤钮，如何放大音量，每天三餐，她都要亲自动手，开足音量，对着全村放闷气儿。

她近来可谓福气双至了——儿子马上可以顶替父亲的班，到银行部门工作，女儿的终身大事也有了依托。这些，全是她的功劳。老头子不会说话（那年月，吃亏也就吃在这点子上），在家里，她是作为"当家人"的身份存在的；在外面，她又是以"外交家"的面目出现在别人面前的。那年刘辉因父亲的关系上不了高中，她跑了两趟区里，问题就解决了。今年听说上面召开了一个什么会议，老头子有平反的希望，她又频繁地出现在区里、公社里，区里一个后生还替她到县上跑了几趟，问题终于又迅速地解决了。这些，除了她三寸不烂之舌外，她手头还有一张王牌——女儿刘苗苗那张漂亮迷人的小照。

但当她把这消息告诉女儿，竭力吹捧区里那后生是如何如何有本领时，女儿竟摇着头不答应。问她为什么，女儿脸蛋红红的，没有回答。她吃了一惊，回想起女儿平常那与众不同的衣着打扮和孤僻不合群的性格，竟怀疑她有个告不得人的生理反常现象。她慌了，再三追问，却完全不是那么一回事。原来女儿心理上有些变态了——她竟爱上一个比自己少三岁的穷光蛋！

刘辉母亲是以泼辣出名的，却生了个最怕羞的姑娘，——刘苗苗的怕羞也是全村出了名的。每逢陌生人多瞧她几眼，便会觉得全身上下都怪不自在。可是青春肉体的膨胀是无法用几块布来遮掩的，今年夏天的一个中午，她从田间回来，浑身都湿透了。她钻进自己的小房间里换衣服，床头那枚新添的镜子忠实地反映了她的身影，呵呵！她惊呆了，一把扯掉身上剩余的一点服饰——整个光洁丰满的身子便旋转起来。她觉得很惬意，来来回回走了几趟，一边欣赏着自己的身姿，一边生出些奇奇怪怪的思想。从此，她有了一种癖好，无论是白天还是黑夜，一旦进入自己的世界，便扯光那层强加上去的恼人的装束，用自己特有的方式唤醒对爱的欲望。渐渐地，她的服饰变了，与平常人辨不出两样。她开始用沉静的目光打量每个男子了——那眼光里藏着许多奥秘。人家姑娘看得多了，听得多了，对选择对象都有自己的标准，她呢？她觉得所有的男子都好，又觉得所有的男子都有缺点。她惶惑了。她忽然想起一则古老的传说，几多年前，堂后山山神的女儿要嫁人了，她要选择一个老实本分的庄稼人做自己的丈夫，并声明，哪个人在大冷天能赤身裸体从她面前走过，她就选择哪个人为夫。在这个漂亮得叫人灵魂都会发生战栗的姑娘面前，人们都失败了，只有一个穷得买不起衣服的叫花子征服了她！刘苗苗想，要是她看到这样一个场面会怎么想呢？她的心又禁不住怦怦地狂跳起来。冬闲了，她唯一的任务就是每天中午给看水库大坝的父亲送饭。这一天，她照例上了水库大坝，却惊奇地看见一个人从水库深处钻了上来，走近了，原来是杜立富。杜立富只穿一条灰色裤衩，饱满的身体冻得发紫，他来到她身边，也不和她打招呼，抱起衣服往旁边的小树林里钻。

"你……你站着！你跟我来。"她禁不住喊住他。

他惊讶地回过头来，踌躇了一会，跟着她走进看水库的小屋子。父亲没有在，屋里一丝暖气也没有。她划了几根火柴，也引不燃发霉的柴草。

"你为什么钻到下面去"她问。

"排水管道堵塞了，你爸爸找人去了，我会潜水，可他不让我一个人下去。"他回答道。

"傻瓜，你要冻坏的，你先换了衣服吧。"她从父亲床头翻出一些衣服来，"我去抱些柴来。"

她开门出去了。他瞥了一眼小屋子，没有一个隐蔽的地方，门又关不严，于是使出从部队里学来的那套本领，想三下五除二解决问题，正在上下忙乱的时候，门"嘭"的一声被推开了，她抱着柴草，可视线却不由自主地被一幕从未见过的景象吸引住了，心头顷刻间"嘭嘭"地擂响了鼓点。她丢了柴草，一下子猛扑上去，死死地抱住了他。他吃了一惊，顿时涌起了一股欲望，马上使劲地抱起了她，在她的嘴唇上、胸脯上狂吻起来，"哦哦……"两人都兴奋得喘不过气来……

刘苗苗呆呆地沉浸在往事的回忆之中，母亲却等得不耐烦了，她终于想出了主意，对女儿说："堂前村没出息，你要一世受苦呢。再说，她的祖先丢人呢，你跟了他，名气一世不香呢。"她马上展开了心理宣传，"他爸爸是个精神病人，不会生儿育女，他妈妈就和别人好上了，结果叫他爸爸活活打死了。他们没有感情……"她开始搬历史，历史是无情的，它会忠实地记录一个人的功与过，美与丑，善与恶，可是也由于讲述者身份的不同，历史也会偏向。

刘苗苗像听故事一般听母亲讲述关于杜立富上一辈人的历史——就像

听一个老人讲述堂后山种种离奇的传说一样，惊讶得睁大了眼睛。听完了，她终于喘了一口气来，对母亲说："立富没有什么错处，我要跟他一辈子，让我去跟一个不熟悉的人结婚，那是不会幸福的。"

啊，历史，终于起到了反作用，使刘苗苗上了一堂生动而深刻的爱情教育课！母亲却呆呆地看着女儿，完全不明白这里面的奥秘。但她是不甘服输的，最后，她拿出了惯用的办法——骂街，于是，故事也转向了高潮——

"你这短命鬼！你满以为自己脸蛋长漂亮了，奶子长圆了，屁股长肥了，你就可以颠着两只不倒霉的大腿找后生了。你这下贱坯！你熬不住了，发痒了，这就让人作贱！嘴巴也让人亲，奶子也让人摸，屁股也让人看……"她老着脸皮，连唱带骂，来到伤心之处，还会捶胸顿足，好像哪个后生真的当着她的面强奸了她的女儿。刘苗苗早听不下去了，躲进自己的小房间里，发狂般撕碎了衣裤。

一切不文明的字眼儿骂完了，嘴巴也骂乏了，她这才冲出门去，一路骂着过了村街，直奔杜立富家而来。骂声早已惊动了人们，好事的人一窝蜂地尾随而来。杜立富没在家，杜立春惶惑地看着人群，不知道发生了什么事情，只见刘苗苗母亲一手叉腰，一手指着她喝道："叫立富出来！"

"立富没在家。"立春嗫嚅着说。

"你告诉立富，他别想得美！我家苗苗，他不配！他别瞎了眼，找女人找昏了头，要是他今后对我家苗苗动手动脚，出了事儿你们家负责！"

众从轰地一声笑了，刘辉母亲见说漏了嘴，脸皮红了一阵白了一阵，一摇一摆地跑走了。杜立春早就躲进了小阁楼，众人却迟迟地不肯散去，就在杜立富家门前谈论起来，由杜立富讲到杜立富母亲，再由杜立富母亲讲到杜立富，越讲越玄，叙述堂后山神话故事一般，分不清谁是谁非了。

傍晚，杜立富收工回来了，早有几个人把这事报到他的耳朵里。杜立富跑进家门，见杜立春泪眼婆娑的样子，家里也黑灯瞎火的，禁不住蹲在地上大哭起来，边哭边吼："都是我！都是我！我不该昏了头脑，我对不起你们，我还有什么资格做大哥，我还有什么脸皮讨老婆，我走，我就走！……"

"不！你不能走！这……这不是你的错，苗苗是个好姑娘，你……你不能和她断了……"杜立春转过身来，捧起杜立富的脸，慢慢地拭去了他的泪水。

九

刘辉这几天走亲访友的，村子里不见了他的影子。杜立富总是忙，很难有一刻儿空闲。就是家里生活并不紧张的杜立成，也见不到影子了。刘一民忽然感觉到自己和土地接触多了一些，和谢如青一起密了一些，不由心中生出一股愧疚。几年来，他们并没有真正拧成一股绳，干出什么大事业来。他觉得，在农村，没有一定的信念，没有正确的政策引导，没有有效的思路，是干不出什么名堂的。他原想，只要和伙伴们在一起，无论苦与乐，那便是幸福，事实证明，这种幸福是不可靠的，短暂的，贫困的堂前村只是他们少年时期的安乐窝，伙伴们终于还是要按照自己的路子走了。近来，他听到了关于刘辉接班的消息，他并不否认刘辉，讲实话，刘辉蜗居在家，还不如出去找一份工作好，或许，他在外面会发挥自己的特长和智慧，干出一番大事业来。杜立富和刘苗苗的事情，他也知道了，深深地为他们担忧。他心里想，只要我们年轻人都能敞开胸怀，这或许对这些事情都有利，他怀着这样的心情找到了刘辉。刘辉情绪很好，早已不记怨刘一民了，只是对目前出现的事情不理解，特别是杜立富和姐姐的事儿，他不加否定，也不予肯定，也难怪，他自己在爱情上没个标准的尺码嘛。

刘一民和刘辉边走边谈，朝杜立成家走来。杜立成虽是杜立富的堂兄弟，却离杜立富家很远，一溜三间的单面屋，不十分新式，却十分整齐。这里的农房，往往是猪舍、卧室连茅坑的，倒不是贪方便，房屋紧张，逼出了这种不卫生的布局。杜立成家算不错的了，左边是猪舍兼茅坑，中间是杜立成的卧室，右边是灶台连着母亲和妹妹的眠床，全都安排得经济合理——显出这里的主人对生活的心计。

刘一民和刘辉未进杜立成的房间，就听到了一阵大刀阔斧的声音。这家伙，竟操起木匠活了，刘一民从心里暗暗地赞叹。三中全会后，对农村放宽了政策，外面好些地方都干得火热，手艺人和生意人首先发了财，各地也都搞起了名目繁多的副业，只有他们这些地方还迟迟没有行动。这里也确实太落后了，旧的习惯还死死地束缚着人们，迫使人们一成不变地过着日出而作、日落而息的生产生活方式。

他俩走进杜立成的屋子，发现杜立富也在这里。杜立成精神很好，他放下活计，殷勤地让坐。刘一民四下里看了看，果然不出所料，杜立成准备好了出远门的工具，这会儿正在装订一个精致的工具箱子。

"嘿嘿，你们看怎么样？我又要走老路了，过几天就动身。"杜立成有些歉意地笑了。

"你走吧，家乡挣不来钱，你走得越远越好。"刘一民说不出是鼓励，还是伤感。

"我……我也要出门去。"杜立富说出了一句大家都意想不到的话，于是大家都把询问的目光投向了他。

"老办法，卖力气的干活。"杜立富苦笑了。

"哦，我又要当光杆司令了。"刘一民自嘲道。

"你也出去走走吧，要想打下江山，就得跑遍天下。"杜立成半开玩笑地说。

"话是这样说，但我基本上是个半残废了，一宗手艺也没学到手，论文化，是个土秀才；论体力，又是个林妹妹，我出不了门啦。"

杜立成凝视着他，说："你的思想是不是有点陈旧？"

"是有点儿，以前，我动员你们不要离弃土地，老想农民以守土为本。"

"和我一起出去吧，到外面去，枉跑一趟也是畅快的。"杜立成是有计谋的，他希望刘一民和他一起出去，他俩生活在一起，会合拍的。

"这不能强求，人各有所好，各有所长，我不能随便去，误了你的事情。"刘一民始终是自信的，但也有个明显的缺点——固执。

大家又沉默了，这时杜立成母亲捧了茶出来，延续了这个话题——

"阿民，阿成。"她称呼人家习惯用个"阿"字，"你们的话我都听到了，阿民的话也对着呢，外边有外边的事儿，家里有家里的事儿，这不能强求，你们各走各的道儿吧。阿成你出门了，要学学阿民，不要忘了家乡。我不是怕你今后有钱了，不回来了，我是怕你记恨村里的人，你爸爸大炼钢铁时死了，这不能怪哪一个人，人都是好的多，你要想想人家对我们的照顾，想想老调解，想想你自己的伙伴们，妈盼着你早些回来呢……"老人越说越多，大家都忘了喝茶，屏心息气地听着。他们第一回听上一辈人说了这么多贴心的话，第一次激起了对家乡的别离情绪，于是你望望我，我望望你，喉头哽哽的说不出话来。

十

又是一个春光明媚的季节，山色渐渐朗润起来，田野里也出现了一片
生机。该播种了，到处是一派繁忙的景象，却给人一种慵懒倦怠的感觉。

刘一民送走了三个伙伴，心里总拂不开一股淡淡的惆怅，好在那块种
子田又需要人了，他暂时忘却了烦恼，和谢如青一起投入到春天的怀抱之
中。

一天，他和谢如青正沉着头莳养秧苗，一阵自行车的铃声由远而近，
抬头一看，乡邮员来到了他们身边，交给刘一民一封信。他们这么快就来
信了？刘一民匆匆地拆开一看，却惊奇得说不出话来，脸上堆满了乌云，
不由自主地蹲在了地上。

"什么信？给我看看。"谢如青以女子特有的好奇心接过信纸，展开一
看，几行娟秀的钢笔字映入眼帘——

刘一民：

　　原谅我这样称呼你，你确实太气人了，你听到你与如青之间
的话吗？我可不愿意在这中间做一个尴尴尬尬的人！你有自由走
自己的路，那我也只得走了。

　　祝你们白头偕老！

杜立春

× 月 × 日

信纸飘落下来，擦着他的头发，他的脸，落入水田里。他抬头一看，
谢如青走了。他呆呆地待了一会儿，站起来往杜立春家走去。杜立春没有

在，屋里，只有那个风瘫了的老人重一声低一声地呻唤。他找了把凳子坐下来，他要等她来，向她解释清楚。

他既爱她，又怕她，总觉得她还是一个淘气的小孩子，亲近了，怕她反感；疏远了，怕她生气，——他真正体味出做一个男人的难处。唉唉，正是由于这些因素在作怪，他不敢对她表示亲昵。还有一个因素，他无法解释清楚，他和谢如青只不过多干了些事情而已，对于她，他是不敢妄想的。女人，对于他来说还是一个"谜"，一个难克的"制高点"，虽然他是个高明的"将领"。

可是他哪里知道，这个"制高点"已被他手下的"将领"占领了，在距离村子四里左右的地方，在公社旁边那个单门独院的信用社里，一对青年人，犯了个荒唐的错误以后，酣睡在那张凌乱的小床上。

杜立春是上午到这里来的，父亲需要吃药了，家里却没有一分钱，本来这些事情，她总是找刘一民商量解决的，可是自从她发现刘一民与谢如青那种亲密无间的状况后，听到村人的风言风语后，一股怒火油然而生，她觉得，自己充当了一个尴尴尬尬的角色。她本想找刘一民评评理，可是又觉得不值得；找一个亲近的人摊摊底子，可是哪人愿意开脱她的苦恼呢？今后，一切事情都必须自己拿主意了，千万别上人家的当，家里的事务也要担当起来，没有钱先借，反正不求你刘一民了！她打定主意到信用社里来了，火急急地赶到信用社，一阵拨弄算盘珠的响声惊醒了她——柜台里边竟是以前死死追求自己的刘辉！她脸一红，正想转身走出来，可刘辉已经站起来向她打招呼了。她再也不好意思推却，跟着他走进隔壁那个精致温馨的寝室。

刘辉给她倒了一杯茶，端到她身边，突然，他发现了一个惊人的秘密——杜立春眼角上明显地残留着几点泪痕，莫非她和刘一民吵架了？他的心头禁不住怦怦地跳动起来。盘算了一番，便慢声细语地问起她来。她终于禁不住了，把自己的苦恼一股脑儿倒了出来……

他望着她那两片小巧红润的嘴唇，头脑里叠印出这样一个画面：一个少年爬上柿树，一个少女站在下面，仰着头眯着眼往上看，一边怂恿着少年："别怕，往上爬，别往下看，看了会头晕的……"可是少年却偏偏往下看了，映入她眼帘的是少女两个被红衬衣染得通红的柿子般的乳房。"哎哟，我头晕！"少年一下子跌下来了，小伙伴们闻声围了起来，高声叫着："刘辉！刘辉！……"少女捂着嘴巴哭了，这是杜立春留给刘辉的第一个印象。杜立春在无拘无束的环境中长大的，有着男孩子般健美的体魄，又有着热烈大方的性格，无时无刻不体现出一种野性的美，纯稚的美！这一切曾经多么强烈地吸引着刘辉那颗放荡不羁的心，促使他顾不了自己和杜立富的怨隙，顾不了杜立春正在读高中就向她发出了求爱信……

杜立春说完了，呆呆地看着正盯着天花板出神的刘辉。刘辉猛然回到现实中来了，他掏出一叠钞票，来到她身边。杜立春惶惑地站起来，连连摆着手。

"立春，你拿着吧，给你爸爸治病要紧，你不要忘了，我是立富的朋友，我们同样……是朋友。"

杜立春低下了头，脸上泛起了红晕。

刘辉把钞票折了折，塞进她的衣袋里，那只伸进她衣袋的手还没有取出来，另一只手已托起她的背脊，一使劲，便把她横托在怀抱里，脚一勾，寝室的小门便"嘭"的一声关上了。她惊叫了一声，开始挣扎起来，椅子被踢翻了，鞋掉到了地上，可是他却什么也不顾了，抱着她向床边走去……

十一

无论是晴朗的白天还是风高月黑的夜晚，秧田旁的窝棚里总栖息着一个沉默的灵魂，谷种发了芽，发了青，早已移栽到大田里去了，秧田里不需要人了，可是他烦恼，他愿待在这块熟悉的地方，静静地默化自己的灵魂。白天，在烈日下检查水路，在田头地角视察虫情；夜晚，独自一人待在窝棚里，就可以任意想象，流星划过的一刹那，会把想象扯向高潮。看够了天，侧身躺在地上，又有一番滋味，夜风呜呜地吹，流动着堂后山的许多神话，美妙而深邃的堂后山啊，简直是一个神话组成的整体！

老调解常来窝棚看他，每天三餐吃过饭，他总来窝棚待上个把钟头。他还常常劝慰刘一民父母，那孩子行呢，放心让他待在那儿吧，那里需要人。

老调解知道刘一民与杜立春的事情，不知怎的，他总有一种预感，杜立春不会有个很好的结局。他一看到她，就会想起她的妈妈和那个风瘫了的父亲；想起她的妈妈和爸爸，就会担忧杜立春。他很想和刘一民谈点什么，但都没有说出来，他知道，这个时候说多了反而会引起刘一民的烦恼。小窝棚里静静的，如一潭秋水。

可是有这么一天，刘一民突然对老调解说，他想到山里去。

老调解吃了一惊，问："你想干什么？"

"与山神、土地打交道！"刘一民第一回露出了笑脸。老调解却严肃起来："孩子，你的心思我知道，你想干的事情，我干过，它不会成功！"

"你能说给我听听吗？"刘一民不但不听老调解的劝告，反而认真起来，"老调解，你说说吧，我请求您！"

老调解最不愿说那段痛苦的往事了，那有什么可以说的呢？几多年来，村人们都传说堂后山上有矿，说是当年日本人撤退路过这里就发现了的，并且在什么地图上做了记号，村人们把这件事传得神乎其神，好像堂后山的神话般传到现在。当年大炼钢铁，老调解发动全村社员到山上开矿，凿出了大量的岩石，可是他们却失望了，他们没有找到矿，那时，他们只有钢钎与铁锤，还有一些土炸药，——堂后山不需要廉价的力气！杜立成的爸爸就在一次开山时给压死了，还有三四个人成了终身残疾。几多年来，人们总是谈山色变，不想在山上下工夫了——当然也有例外的时候。老调解总是深深地怀念死去的村人，特别是杜立成的父亲。他总想报答什么，可在这样的历史条件下，要说报答的话，那不过给了困难户微薄的照顾而已。

一个月来，老调解几乎没和刘一民谈起过自己的事情，这一回却破例地谈了，一谈开了，就止不住思绪，他终于向刘一民谈起了自己隐藏得最深的秘密。

"你们年轻人有自己的路子，不像我那时……"老调解半闭着眼，沉入往事的回忆之中。

"你别说了，我知道你有苦衷。"刘一民压抑住说。

"不！应该说给你听听，特别是你，你应该记着，等我入土了，把它写下来，交给后人，它有用处呢。"老调解有点激动，向刘一民打开了话匣子——

"我是外地人，我有一个姐姐，可她不是我的亲姐姐，我是被她要饭的路上拾来的，我们相依为命过了十几年。那一年我们那里发生了饥荒，我俩就要饭到了这里。由于饥饿和劳累，我在村外的土地庙里病倒了，她独自一人进村去要饭，过了一整天才回来，带来吃的，也带来一笔钱，对我说：'你长大了，该娶老婆了，跟着我没出息。这是我卖身得来的钱，交给你。'我一下子惊呆了，忍不住说：'我们趁现在一起逃走吧。'她却说：'别傻想了，我们不能对不起人家。'既然这样，我还有什么话说呢，我就催她离开我，回到村里去。她不走，要陪我过这最后一夜，我们就和以前一样睡在一起了。她告诉我，那人是好人，只是有点儿精神病，白天，她在村子里讨不到吃的，一个老妇人把她领到他家。说到这里，她抱住我哭了。那一夜，她向我献出了全部东西，好像一个温顺的妻子。早晨起来时，她又恢复了大姐姐的身份，给我穿衣，还给我梳了梳头，说：'走吧，没钱用了，饿了来找我。'从此，我就离开了她。解放后，我回到这里，她却去世了，留下了两个孩子和一个疯瘫的丈夫。听人说，孩子也是和别人养的。我一直没有娶妻，她的孩子就是我的孩子，我总是千方百计地照顾他们，为大姐尽一点义务。"

刘一民没等老调解说完，早就泪流满面了。

十二

堂后山范围很大，千百年来水流冲刷形成了无数个坑坑洼洼，呈现着不同的自然地貌。山里人已习惯于春耕秋收的劳动方式，他们最有效的挣钱方法就是串街走巷做些小生意，灵巧的手艺人变着法儿替人家打些家什挣些零用钱。

六十年代初期，县里制订了山区规划，要统一安排种"洋松。"村人们感动了，整整一个冬天，他们在老调解的带领下，把堂后山没有岩石的地方翻了个底朝天。飞机播种那天，全村人都出动了——一小半人爬上山巅，走不动的由年轻人扶到晒场上，小孩子们大惊小怪地跑来跑去，到处是一片舞动着的红旗，一派热闹的景象。当时，有人叹息，有人流泪，也有人怀疑，可飞机不理解这些微妙的表情，播完种，"轰隆隆"地飞走了。

"洋松"成活率很高，大家都非常高兴，可毕竟带有"洋"味，不愿到这里土里土气的地方落户，生长的速度极其缓慢，很难成林。人们开始失望，开始互相埋怨，好在山里人有的是机谋，将不成材的"洋松"砍起来做了尿桶的提手，只是有点儿大材小用了。

老调解曾迷惘地瞪着堂后山，不知道发生了哪门差错，改造山区，就是难呢，而当这个村的领导，比改造山区更难。老调解早就嚷嚷着要改选了，他六十多了，还担了个调解委员的担子，外加队长和书记两大磅，已经直不起腰来了。但是小村穷了，就没有人敢当干部。老调解单身一人，又是外来户，解放后功劳不少，历次政治运动都站得正，始终和乡亲们联结在一起，是大家公认了的，因此只有他担着这个重担子。

但她隐隐地觉察到人们并不从内心里尊敬他。以前，当他以叮当响的身份站在台上，讲述那非人的"抢供品"时，人们轰动了，流泪了，曾有人大声号哭着冲上台去诉说自己的苦难历史，也有人偷偷地来到老调解的屋子里，坦露出丰满的肉体和赤诚的胸怀要和他组成一个家庭，可是年复一年的，这些故事平淡了，陈旧了，竟被人们传为笑谈，人们并不把他作为救星，每次，他在会上提出要照顾某家困难时，那一家便会惶惑地推却："老调解，你的心我领了，可你家也穷呀，还是留着吧。"他仿佛一下子窒息了！是呀，他穷，还有什么脸皮照顾人家呢？三年困难时期，他穷得卖光了家里一切能搬得动的东西，那架楼梯也被他拆得七零八落，只是用了心计，间着一横拆开一块木板，他腿长，费力一些还是可以上下的，这样苟延残喘了几天，最后还是连锅端了。旧社会，他是一名叫花子，填不饱肚子的时候，便约同一帮叫花子去冒犯神灵——到寺庙抢供品，有一次来得太急，一个馒头塞住了喉咙，憋了个半死，最后让另一个叫花子用棍子捅了下去……

"是呀，我穷，可我还有良心呀，你们有种的，都跟我干！"老调解在动员大会上红着眼睛，把话筒吼得山响。

于是，被饥饿折磨着的穷汉们在他带领下把村后一大片荒土坡都变成了田地，尽管那时还在大抓资本主义的典型。他们饿慌了，眼睛只盯着"粮"字。有了田，还需要水，他们又抽了两个冬天，冒着凛冽的寒风修筑了一道水库大坝。他一度时期让人们填饱了肚子，可这变幻莫测的政治风云时时搅动着人们的肠胃，这以后的十几年间，有过饥饿，也有过死亡，当然也有把肚子撑得发胀的岁月……

"好了，现在好了，大难过去了……"

他经常这样喃喃自语，田间休息的时候，他总喜欢躺到毛茸茸的土坎上，眯着眼睛，两手抚摸着土地。有时太阳光很炫目，眼睛便会彩虹般变幻着，轻轻一眨，竟有两滴泪珠掉到草地上。

"老了，不中用了，干不了活啦……"

他经常心里这样说，他的头发长不快啦，光光的，长不起来啦。胡子拉拉碴碴的，他也不愿常刮它，正好作为冬天保温的面罩。脸上凸出的部位更凸了，凹进去的地方瘪塌塌的，恢复不过来啦。他本是个高大槐伟的人，如今却成了精瘦的老头子，长年累月的劳作给他塑造了两个突出的标记——佝偻的脊梁下是一双罗圈腿。这一切，是不可避免的，他毕竟走过了六十多个春秋了。他必须选拔一批青年人代替自己，这一点，他是开明的，自己也是年轻时就当了干部了。他的思想慢慢地从刘一民、杜立成、杜立富等稍为显眼的年轻人上过渡过去，他打心眼里赞扬刘一民与谢如青，斥责刘辉与杜立春，惋惜杜立成与杜立富，可刘一民毕竟未脱稚气，太野，太会异想天开，由着性子来，叫人不敢放心。他几次想交班，总是不敢贸然行事，不得已搞了民主推选，可是选来选去总选到他的头上。他感到自己越来越不适应这个职责了，两眼昏花，小时候患过的各种疾病沉渣泛起，目前的事物又是那样的使人眼花缭乱，他终于下定决心交班了。

一天，他把刘一民叫到大队办公室里。

一间低矮破陋的房间，挤满了堂前村没有职务却有威望的头头脑脑们。老调解没有说话，显然是事先布置好的，其他人也一声没发，他们从来不在公开场合发表自己的言论。谁也没给刘一民让座，他孤零零地立在屋子中央，不明白老调解找他有什么事情。屋里烟雾腾腾的，空气沉闷得使人难受。刘一民正想发问，却见老调解打开办公桌的抽屉，取出一个用红布裹着的东西，解开了，是一个乌黑发亮的印章。老调解仔细地察看着印章，慢慢地用红布包回去，然后连同一大串钥匙递到刘一民面前——在场的人目不转睛地看着堂前村这位权威人物将这枚象征权力的印章交到这位瘦小的青年人手里，这是一种奇特的带有某种封建色彩的交班方式，谁也没有言语，在他们看来，这个方式比其他方式更合理，更能使人接受。刘一民顿时明白了，惶惑地推却道："这怎么行呢？这……"

老调解眼睛湿润了，嘶哑着喊了一声——

"同意的举手！"

屋子里所有的人都举起手来，古老的方式转化了，象解一道方程式，必须有合理的步骤。刘一民向大家点了点头，庄重地接过了印章。

十三

堂前村的交接班终于成功了，公社也承认了这个事实，刘一民却一下子感觉到肩头从未有过的沉重，他总觉得缺点什么，到底缺点什么呢？他的思绪又回复到美妙的少年时期。将要过年了，他时常冒着凛冽的寒风在村前大路上徘徊观望，从初一到十五，从十五到三十，他终于失望了，他正准备和父母过个年时，有人告诉他，杜立成和杜立富回来了。刘一民顿时眼睛里放出了光彩，对爸妈说："我去看看去。"

他就近来到杜立富家，却不见了杜立富的影子，向邻居一打听，说他去信用社找杜立春了。他吃了一惊，立即往村前大路上跑去。

此时，杜立富正怒气冲冲地缩短着这四里路程，他怎么也想不到妹妹竟和这样的人结婚，这是他的一大疏忽。几多年来，他默默地遵守着母亲的叮嘱，可哪里会想到妹妹爱上这样的人！他觉得对不起母亲，又恨母亲，她那条规矩使他宠坏了妹妹，起到了适得其反的作用。他宁肯得罪刘辉一家人也不愿杜立春和刘辉结合！至于这样做会出现什么后果，他可以全然不顾。

"嘭！"的一声，信用社的大门被踢开了，里边没有人，旁边有一扇小门，里面传出一些轻微的声音，他便又一掌推开了它，首先映入眼帘的是一套油光锃亮的高档家具，待眼睛适应了这华贵的光彩后，他发现杜立春缩在一张沙发上。

"哥哥，你回来了！"杜立春惊喜地迎出去，却惊呆了——他突然看见杜立富脸上新添的伤疤和满脸怒容。

"你……你跟我回家去！"他第一次对杜立春发出了命令的口气。

她垂下了头，讷讷地说："哥哥……你不知道内情。"

"我不知道？"杜立富上前一步，两眼紧盯着杜立春，"我可知道他多少斤两！"

她默默地回过头去，"啪！"的一声，脸上挨了重重的一耳光，"听到了没有？给我滚回家去！你不走，就不要认我这个哥哥！"

她猛然抬起头，泪眼汪汪地盯住他，喊道："不！哥哥，我……我不能离开他！"

"你！……"他暴突着布满血丝的两眼，半晌说不出话来。

杜立春嗫嚅着说："他……他挪用了公款，上面在追查他，我这个时候怎么能离开他呢？"

"你们真是……鬼迷了心窍！"他沉重地喘息起来。

"哥哥，你不能这样对待我们，你心中应该有个苗苗呀。"

他默默地转过了身子，过了好大一阵，突然问道："你喜欢他吗？"

她惶惑地看着他，没有回答。

"你说实话吧，告诉我。"

杜立春咬了咬嘴唇，终于连哭带喊爆出三个字："我爱他！"

他眼睛湿润了，一边在衣袋里摸索着，一边说："你和他说，叫他向上级坦白，你帮他还清债务，不是自己挣的钱，不能要，懂吗？"说着，掏出一张存折，递到她手里，说："拿着，帮他还债。"

"哥哥！……"她一下子扑到他的身上，号啕大哭起来。他拭着她的泪水，也禁不住呜呜地哭起来。

这时，刘一民进来了，刚才，他在门外听清了杜立富和杜立春的话，本来他想借这个机会说点什么的，可是现在，他还能说什么呢？只要他爱过的人能幸福，能真正得到别人的爱，他便无所遗憾了。正在他呆呆的当儿，里间的门"哐啷"一声打开了，刘辉泪流满面地冲出来，一下子扑在刘一民身上，"……我对不起你们，我昏了头脑，立春……不该跟我这样的人……"

刘一民扶着他在椅子上坐下来，说："你向政府说清吧，相信政府，也相信我们。"

"我和立春的事……"刘辉惭愧极了。

"只要你们能相爱……"刘一民庄重地说。

四个人默默地相对着，没有更多的言语了，他们终于发现，他们之间原来是真诚的、默契的，他们毕竟是"正规军"的主要成员，有过一段"生死与共"的历史。

"走吧，我们到杜立成家看看去，他回来了。"刘一民对他们说。三人一路上默默无语地走着，进了村子，便往杜立成家走来，到了杜立成家门口，杜立富是个急性子，来不及叫门，就一把推进去。大家一下子惊呆了，他们不敢相信这位木匠师傅会是这副样子的，杜立成历来不喜欢在身上下工夫，可眼前，这间土里土气的房子硬是给他们塑造出一个够气派的时装模特儿。他们不相信地朝四边瞅了瞅，终于发现了一个秘密——屋角里一个华贵漂亮的姑娘正忙不辍地站起来，向他们微笑致意呢。

"我的妻子，阿琴。"杜立成向大家作了介绍，颇有点电影里的派头。

"你们请坐。"这位妻子阿琴很懂礼貌，她说一口流利的普通话。她个子不高，却很清秀，大冷天，却微敞着领口。她很会客套，可在这小山村里，在这帮家伙当中，其实是多余的，只会增加一些拘谨而已。阿琴也意识到了，便飞快地到厨房里去了。伙伴们终于松过一口气来，纷纷地落座了。

"介绍介绍经验吧。"刘一民说。

杜立成笑了，在这方面，他没有一点经验，但是他也有他的特殊的经历。

杜立成没有学过木匠活，却凭着自己的聪明才智掌握了木匠的技巧。到外面后，挣了一笔不少的钱。阿琴，她从东北来，到西北探亲，正好杜立成在她那个亲戚家做工，她看中了这个聪明漂亮的南方人。

杜立成回忆完这段简单有趣的经历，阿琴和母亲捧着糖果茶水出来了，她快活地把几个人扫视了一遍，最后目光停留在刘一民身上，说："我知道你——杜立成说过你，是大家的头头。"她笑了，大方地询问刘一民，"你有妻子吗？你的恋爱史一定是罗曼蒂克的。"

刘一民和刘辉有些不自然地笑了，他怎么回答她呢？老调解曾对他说，孩子，感情这东西，是永远也不会忘记的，你找一个不熟悉的人，是不会幸福的。

"不。"刘一民告诉阿琴，"我至今还没有恋人。"

"呵——"她惊奇了，她是聪敏的，就不再问了。

沉默了一会，刘一民试探着问杜立成："你有了钱，有了妻子，不再出外了吧。"

"是呀，孩子，你就不要再出外了。"杜立成母亲早就希望儿子不要再离开家门了。

"不走了也好。"阿琴已经爱上了这山明水秀的地方。

杜立成却说："在堂前村，我是个富人，但和外地许多人比起来，我还是个叫花子。"

"你还想走？"刘一民有点沉重，"我想请你留下来，帮我干一个事情，一年不行，半年也好。"

"好的，干上一年再说吧。"杜立成终于被刘一民的执拗感动了，他让步了。

"好，干坏！"刘一民喊道，大家举起杯来，杜立成家再现了杜立富家小阁楼里那个场景。

十四

"正规军"的主要成员们经过六七年不算漫长却曲折的经历，又一次相聚在杜立富家的小阁楼里了。小阁楼变了样，四壁张贴着年画和奖状，还开了几个天窗，屋里也丰富了许多，四面摆设着油光锃亮的家具了，——它已成为杜立富的新房子。就在那一次，杜立富交给杜立春和刘辉存折以后，刘辉母亲终于感动了，她很快就促成刘苗苗与杜立富完婚了，婚礼很热闹，当这两个有情人在洞房花烛夜单独待在一起时，忽然产生了羞涩的感觉，不管怎么样也亲热不起来，眼睁睁地挨到了天亮，天一亮就各自干活去了。

桌子上摆着几盘糖果和糕点，没有酒，用茶水替代了——这是眼下农村最时兴的吃法。阿琴，这个来自北方的姑娘是那样的好奇，她已能用本地话问这问那了，充当了女人们的主角。经过世事的变迁，杜立春已变为一个柔顺端庄的少妇了，不见了以前那股泼辣劲。谢如青和苗苗却永远老成持重。

男子汉全都没变，刘一民还是"小头头"，还有"小头头"的气魄，他兴致很高，待大家坐定后，就向大家提出了一个问题——

"目前，人们都想方设法通过各种渠道发展经济，你们能不能替我出个主意，我这个当队长的怎么去发展经济。"

"出门不是最好的方法，打游击似的，没把握，再说，你这个当队长的总不能带着大家出门去挣钱。"杜立富说，"最好在家乡找门路。"

"家乡有什么门路？要田没田，要地没地，要山么，都是癞头山，石头山，没有一点用处。"刘辉马上否认了杜立富的看法。

"这不一定，好些地方像我们这里一样，不都富起来了。"杜立成把脸转向刘一民，问道："你说说，你有什么打算？我们听你的。"

是啊，他当了个队长，总不至于没有打算的，可是改造山区，谈何容易！前人不是没下过力气的，而是下的力气比任何一个时期都要多，可是山区却同样贫困，这是什么原因呢？一方面，他们盲目地扩大化地搞一些与山区不相适应的东西，比如听说山里有矿，就盲目地去开采，白白耗费了不少财力，甚至还死了人。事情失败后，却又犯了另一种错误，踌躇观望，颓废消沉，不去寻找别的路子。我们讲这些，也许有些人会不理解，以为我们在讲堂后山的神话故事，可是神话算什么？它还不是人们创造出来的，山神算什么东西？它留给人们只是一片虚幻的神话而已。但我们不能一概否认神话，它也至少反映了人们的愿望，我们要利用它，把它变成现实，这就要求我们去努力，去担风险，不然，神话永远是神话！

刘一民这几年也没有闲着。他除了到外面取经，脚步踏遍了家乡的山山水水，心中有了自己的规划。堂后山资源丰富，东面山上是种植果木的好地方，西边山上是种植茶叶的好地方，而北面山最大最高，耸立着"龙角"，有深不见底的"龙潭"，有天然的洞穴"龙洞"，有鬼斧神工般叠在一起的石桥墩，有波光粼粼的大水库和古色古香的山神祠，所有这些，作为旅游资源开发是不可多得的。

刘一民把这些设想和大家说了，小阁楼里马上活跃起来，大家这些年来也接触过不少事物，一点拨，都认为刘一民的计划可行。

"你放心，我们一同干！"杜立成和杜立富说。

"我们女人保证不拖后腿。"阿琴说。

"来，干杯！吃饱了才好办事。"刘辉也赞成了。

他们开始拣自己喜欢的狼吞虎咽起来，在这个场合，他们是不分什么礼节的，永远学不了那一套，大事夹着小事，正事夹着戏谑，一切都会在这和谐的气氛中得到解决。

　　刘一民却始终不轻松，他吃了几口就抬起头来，突然发现谢如青也没吃东西，两眼盯着他出神。她在想什么呢？等大家散了后问问她吧。只要堂前村的生活有了变化，青年人的生活也必定会丰富多彩的。

小呀么小儿郎

XIAO YA ME XIAO ER LANG

我读书是倒过来读，先难后易，先复杂后简单。这样的事儿不足为怪，爸爸是二十世纪五十年代的图书管理员，他买了书我先读——半懂不懂地读。到了六十年代，另办了个图书室，老头换后生，老书换新书，竟然浅了，我就倒过来读。可是倒过来不那么容易，首先是适应不了，总觉得这些新书说的全是那么一回事，没有以前那些老书好看。其次，图书管理员，那个叫刘行的青年，堂堂正正一个高中毕业生，却不爱看书。可队长就喜欢上他这一点，说这样不误农业生产。于是，我们连那些新书也很难看到了。

图书室设在祠堂的一角——这里村无大小都

有个祠堂，还有老爷殿，这些是宗族兴盛的象征。现在祠堂房屋派了用场，放电影演戏都在这里，两扇大门一关，便是个小剧院。两厢堆满了柴草，供小学老师烧饭用。戏台的后楼分成了几个小间，分别被大队办公室、民兵武器室、青年俱乐部（兼图书室）占着。都装了铁窗，都上了畜牧场关牛用的那种大锁，坚固而严密。平常祠堂都关着，只有图书室开放的日子才大门洞开，任人自由进出。可那是以前的事了，队长说，图书室是新生事物，要注意保护培养，要少开放，以防坏人破坏。刘行拍胸脯保证下来，图书室也就整天关闭着。

我们初中毕业，没有机会读高中。在家闲着，便很向往图书室，就央大人去向刘行求情。谁知刘行说，小孩子最不懂事，思想最不成熟，最容易上当受骗，放他们进去，一万个不放心！大人们都摇头叹息，转而安慰我们说里面也没啥屁书可看，不值一去。我们知道大人们无能为力才这样说，便缠住刘行，向他借。他理也不理。我们问："那大队办图书室干什么？""上级检查用！"他直言不讳。于是我们就天天等待上级来检查。可检查团一年也来不了那么几次，来了又不许我们看，嫌太吵，还怀疑我们浑水摸鱼，翻着鱼眼提防着。我们终于死心了。

我们不是正劳力，没有安排进大田劳作。大人去了田间，家里缺柴，我们都去砍柴，每天两担。逢雨天，都不去，都集中在祠堂不远处一间空屋里听我讲故事。那屋没有一块地板，放着几根瘦伶伶的行条，离地一丈多高。墙是石垒的，凹凸不平，极易攀登。我们都爬上去，每人占一个位子——屁股占一根，双脚放在另一根，三点支撑着坐下。所谓讲故事，就是我把以前看过的那些老书半懂不懂地搬出来讲，大家便半懂不懂地听，呆头呆脑的一片。说到兴奋之处，我就添枝加叶，把个故事搞得一塌糊涂，大家竟不觉得这是编，全都沉醉其中。我自己也进入了故事之中，充当了一个角色，去说笑，去哭泣，去干一些莫名其妙的事情。讲到天黑，待大人四处喊吃饭才收场，还约好下次讲的题目。

后来，胆子大起来，有几个学着在行条上走，跑，跳，甚至仰面朝天躺着也不觉胆怯。我么，竟练就了一个"绝招"，能够双脚悬空，身子挂下去，手攀行条从这根到那根，从这头到那头不停地"走路"。大家追都追不上，同伴们都很佩服。胖子小鲁却不服气，自恃力大，也想那么干，可"走"不了几步便坠到楼下。气喘吁吁地爬上来，再"走"，还是不成功。要不是下面堆着软软的稻草，他非摔断手脚不可，他便不敢再在我面前耀武扬威了，把那个最舒适的座位也让给了我。大家公推我为"司令"，每个人都服服帖帖的。

但是，真正服服帖帖的还是英英到来的时候。英英是刘行的妹妹，她没念过一句书——我们这里的女孩子大多是不上学的，应了老规矩。这一天她路过这里，正逢我讲故事，她便站在楼下，足足一个时辰，听迷了。后来大家发现了，叫她上来。她脸蛋红红的，扭捏着不肯。我说："小鲁，去，给她垫一垫。"大家轰地笑开了。小鲁却不在意，急忙下去连拖带拽帮她爬了上来。我把那个位子让给了她。这一来，大家都规矩了，不再有人随便讲粗话，站在行条上大小便。但是禀性难移，每当我讲到林道静、白茹，大家都去看英英，看得她挺不自在。

可是好景不长，故事终于讲完了，再编也编不出什么名堂来。大家都很惋惜，都怪我看得太少，讲得太快，都说，有书看多好啊。这时有人怂恿英英去偷书，或者，把她哥哥的钥匙偷出来也行。英英难为情地看了看大家，最后坚决地摇了摇头，说："那不是做贼吗？我不去！"我们也觉得这样不好，不再勉强她。

英英常常溜出门，引起家里的怀疑。一天，刘行跟踪到这里，看到这么多人东蹦西跳的，耍杂技一般，吓了一跳。看了一会儿，他便对我"走"
行条产生了兴趣，说："能来上五回吗？"我一看是刘行，就说："能！"他
高兴起来："让我看看。"我说："能开图书室吗？"他想了想，说："只放你
一个进去。"我高兴极了，揪住行条一下子滑下去，双脚悬空，双臂使力，
来回不停地"走"了五回。刘行笑了——他得到了一种观赏杂技表演般的
满足。随后，他带着我来到祠堂里，开了图书室，说："你在里面看吧，我
锁上门，等收工了放你出去。"我有些踌躇，便说："你忘记开门我不是要
饿死？放英英进来吧，你收工不见英英会来开门的。"他眉头一皱，说：
"鬼主意倒多！英英能看什么呢？屁字不识！""她看连环画总可以吧。""好
的。可不准你们偷书！"我马上发誓，并且要与他勾小指头保证。

我终于看到书了，尽管里面没有我以前看过的那些老书，但一进入这
书的世界，便有了一种难言的兴奋和满足。英英专翻连环画，一页一页翻
得飞快。我什么都看，似乎要翻遍这里所有的书才解恨。可是几天下来，
我感到了一种困乏，总觉得这些书说的全是那么一回事，没有以前的老书
好看。于是我便把余下的时间用来和英英做游戏。图书室里有几只大箱
子，里面放了些做戏用的道具，有刀枪剑戟，有锣鼓铜钹，还有一些古装
衣帽。锣鼓铜钹我们是不敢敲的，其他东西都拿来使，扮得惟妙惟肖，从
心里获得了从未有过的满足。起初，刘行对我们似乎很不放心，有时只小
半天便来开门，我们出去时还要捏捏口袋、裤裆，连英英也不放过。我都
有点替他难为情，他倒不在乎。有一次他遇到了我们"演戏"，拉下脸，说
那是"封资修"的东西，不准乱动，乱动就赶我们出去。我和英英顿时紧
张起来，可他终究没那么做，他对我的"走"行条还挺感兴趣的。不知是
由于无聊的加剧还是由于欲望的增强，他对我的要求也是层层加码——由
五回到七回，由七回到十回，并且大有超出十回的势头。我也不断变换主

意，用自己的"绝招"把小伙伴们一个个都放进图书室里，让他们看了个够。可是一次又一次地攀爬把我搞得精疲力竭，夜里睡梦也喊"加油"！最可怕的是小腹隐隐作痛，几乎不能行走。

终于，我病倒了。吃了许多讲不出名堂的药，还连着吃了一只鸡，休息了半个月，身体终于康复了。但我记紧了医生的话，不敢再用力攀爬了。大家都看到书了，也说不用再进图书室了。不再讲故事，也不再看书，大家有空就打架。有几个打得头破血流的，追根究底，竟告到我头上来，于是我常常挨大人们的骂。我很苦恼，总觉得缺些什么，日子难过得很。

有一天，英英跑来告诉我，图书室里又进新书了。问是什么，说是《红楼梦》《三国演义》《水浒传》《西游记》等。她听她哥说有些书是上级叫看的，大队里赶紧买了来。我眼睛霎时一亮，说："都是些没看过的老书！以前大人们常讲呢。英英，把你哥叫来！"英英却面有难色："你不能再'走'了，我去求求他，说不定他……""不！我病好了，气力比以前足了，你去吧！"这时小鲁站出来对我说："你生病时我练了好多天，我能'走'了，不信问他们！"大家都说是这样。我被小鲁倔强的性格折服了，点了点头。英英也不再犹豫，跑去叫刘行。

刘行来了，一脸坏笑，说："哎唷，徒弟也出师了。名师出高徒嘛，你'走'十五回，统统放进去看！"小伙伴们马上欢呼雀跃，为小鲁呐喊助威。我却犯愁了，这是我从未达到过的数字啊，小鲁能行吗？不过，小鲁这家伙力气比我大，练得也肯定比我强。我走近小鲁，像一个体育教练叮咛自己的得意门生那样贴着他的耳朵说："先悠着点力气到后面用，不要太快。"最后又说："不行了跳下去，我来'走'。"说着看地上，却吃了一惊，地上稻草已被主人拿走了，露出未平好地基的嶙峋石块。我正想说什么，却见小鲁在小伙伴们的喊声中冲了出去，只能听天由命了。我紧紧地盯着他，只见他毫不费力地"走"了几回。我暗暗替他高兴。可是上了十回，他的速度明显减慢了，手臂仿佛在作机械运动。十三回了，我有些不忍，想叫他停下来。可不知什么心理作怪，我终于没有挪动步子，也没有张口。又一回过去了——十四回——他背对着我，我想，等他下回面对着我回来时，就算赢了，就跑过去接他。到顶了。开始回头了。头顽强地回过来了，手脚却再也转不过来。两眼死死地盯着前方，似要看穿墙壁。汗珠滚落下来，手指出现了阵发性的痉挛。那扭转的头颈青筋毕露，似一头驾车过重的牛！双脚使劲踢蹬，在作垂死挣扎！我叫声"不好！"迎着他跑过去。就在离他只有几步路的时候，猛见他张开口，似乎想咬住头顶的行条。这奇怪的动作只做了几秒钟，双手便松开了。随着大家一声大喊，我仿佛看到一个赤裸裸的肉体向下坠去，自己也一下子瘫下去，搁在行条上，沉入了无边无际的迷糊之中……

我醒来的第一感觉便是眩晕。这个场景决定了我以后十几年没敢上树，甚至不敢登高。医生说这是恐高症。我们少年时期的梦想也随着小鲁那一次跌得粉碎，这里不再是我们的安乐窝。

小鲁没有死，却留下了终生残疾——脊椎骨受了损伤，两条腿全摔断了。我和英英一有空就去陪伴他，安慰他。心里只有埋怨自己，气恨刘行。刘行也时常来看望小鲁，一脸歉疚。我们都不理他，英英还做鬼脸给他看。他讪讪地走去找小鲁的爸妈说话，说他不该那么干，损害了阶级兄弟的利益。并说图书室开放了，以后要看书尽管看。还说小鲁以后看病由他负责让大队里给报销。小鲁的爸妈只一味责怪小鲁，埋怨自己管教不严。他们能有什么办法呢？善良的父母不管自己的孩子在外面做了什么事，不管是对是错，只要出了问题，总要首先责备自己的孩子，这就是山村人的品性。

后来，我学了一门手艺，不能日日陪伴小鲁了。英英也不能经常陪他，女孩子大了，有些事情说不清楚。那么小鲁总不能这么躺一辈子呀。这时，我又想到了书。对！搞些书给他看，说不定他还有所成就呢。古往今来，这方面的例子多得很呢，苏联不是有个奥斯特洛夫斯基写了一部著名的《钢铁是怎样炼成的》吗，有残疾的人只要有毅力也是能成功的。可是，到哪里去搞书呢？我又想到了图书室。因为那个事件，刘行被队长狠狠训了一顿，但训的结果是便宜了他，责令他今后不参加生产劳动，专管图书室，每天开放——他竟脱产了！可是尽管图书室每天开放，我们这帮小伙伴是不去的——它在我们心上有一道永远抹不掉的伤痕！我们有言在先，谁去了谁不是好东西，对不起小鲁。大人们识字不多，又忙于农业生产，哪个会去图书室？因此图书室冷冷清清，如同一座香火冷落的庙宇。

这年春耕时节，这座"庙宇"竟热闹起来了。队长和刘行挨家挨户叫出工似的叫大人小孩去图书室看书，说要掀起一股贫下中农学科学技术的热潮，占领文化阵地，叫阶级敌人没有空子可钻。不管识字不识字，都得去。有人不去，就训：你呀！三辈子不识字，现在翻身了，不去哪能行呢？不识字？不识字翻翻连环画，多问问别人——这样的道理，你能不去吗？都去都去，不去扣工分！有人问：去了呢？队长翻了翻白眼，说：两天记一天工！现在虽是忙季，可不去要扣工分，去了两天可以记一天，果然有不少人去了图书室。但还是有人去了田间，春工忙哪，粮食是命根子，图书不能填肚子，这是最起码的道理。

我问英英，这到底是怎么回事？英英摇摇头说不知道。第二天，她从刘行那里探来一个消息告诉我：县里一个检查团就要来了，要在全县树个典型，给典型奖很多很多东西呢。是典型的村还要派代表去省里参加一个什么会，到那里又要发奖。原来如此，怪不得一向对书不感兴趣的队长和刘行这么卖力这么起劲呢。

我却冷眼旁观，你们究竟忙些什么呢？全县那么多图书室（几乎村村都有），你们能得奖吗？叫你队长读上一页看看，就能知道该不该得奖。英英说，你不要小看呢，他们夸口说肯定能得奖。我不敢大意，混进祠堂。这里什么人都有，躺的站的坐的倚的，全都漫不经心地翻着书。队长和刘行也都捧着书在翻，一副认真的样子。我挨着一个后生坐下，看他津津有味地捧着一本书，凑过去一看，吃了一惊，问："这种禁书也可以看吗？"他看也不看我，说："读了结合实际例子批判用。"我笑笑，队长真是聪明一世糊涂一时啊，一边禁书一连把禁书给人看，不怕人家中毒吗？我又问："批了呢？"他显出不耐烦的样子，说："批了当众烧毁，创造奇迹，好得到上面的奖赏，该满足了吧？要看抓紧时间看，看不了偷偷拿走！"我顿时不吱声了，心里却直翻腾：多可惜呀！这是我爸爸以前管过的那些老书啊，就要被烧毁了，我也抓紧时间看吧。可是这么多书，时间又紧，看得完吗？对，像他说的，看不了拿走！在检查前统统拿走！惩罚惩罚他们，一举两得！主意一定，心里顿时怦怦跳动起来，仿佛被人当众扭住的小偷。

我把这个想法对英英、小鲁说了，他们兴奋起来，说："好主意，这下不怕没书看了！"可是祠堂关闭严密，怎么偷呢？英英说："我躺在里面吧，我假装到里面看书，天黑了就躲起来，你在窗外等吧。""你躲在什么地方呀？图书室那么小。""你忘了吗？里面不是有几只戏箱，两个人也钻得进去。""你真聪明！"我和小鲁齐声说。"你怎么出来呢？"我又问。"天亮了混出来嘛。"她信心十足地答。"夜里一个人不害怕吗？"我总不放心。"我点上蜡烛看连环画就不怕了，就看到天亮。"我们也觉得这样就没什么可怕的。"那你夜里不在家住，家里人不是要找吗？"我还是不放心。"我就说到亲戚家去了。"我们也觉得只有这样了，先把书偷出来再说。

商量妥当回到家里，一时高兴多吃了一碗，遭到妈妈的念叨，我才想起，爸爸还在大田里空着肚子呢。家里吃一口，田垟人饿瘦，这是古训。一会儿爸爸回来了，把锄头在石板上敲得山响。我有些心虚。哪知他咕哝道："眼下是什么时节，春工忙忙的，队长通知从明天起不出工，集中在祠堂里看书，等待检查团来检查，大家吵翻了窝，为了检查搞些鬼名堂，不值得！烧书烧书，我看到头来非烧了自己不可！"什么？检查团就要来了，晚上得赶紧行动，我马上去通知英英和小鲁，他们也跟着紧张起来，都说晚上可以行动了。

傍晚，英英终于如愿以偿躲在里面了。在这春寒料峭的夜里，我瑟缩着，俯伏在田野里好不容易挨到半夜。月落人稀，祠堂孤零零地立在村东头，如一尊怪物。当图书馆那个窗口透出点亮光，我赶紧跑到窗下。那高高的窗口如同一个大张着的老虎嘴，既诱惑人又威慑人，叫人喘不过气来。我等了很长时间，书一直没有丢下来，就有些不耐烦，压低声音问道："怎么不丢下来？"上面回答："这里都是书，我不晓得哪是老书哪是新书。"我说："丢下几本看看。"英英"啪啪"地丢了几本书，我一看，老书新书都有，心想糟了，英英不识字啊，我怎么没考虑到这一点。就说："再丢，让我拣拣。"上面连续不断地丢下许多书。我埋头拣书，结果老书新书各一半，看看搬不动了，新书放在这里又不行，就说："先别丢了，我拿回去再来。"回到家里藏好书，正想再次出门，却被爸爸喝住："深更半夜到哪里野去？看我不打断你的脚杆！"我不敢再出去，心想，明天早晨早点行动吧。可躺下了还是睡不着，想东想西的，终于又想到了英英，心里渐渐有了乱意，不明白英英此时干些什么，是就着烛光看连环画呢，还是想我和小鲁？今晚，和她一起躲在里面多么好啊，有可能多偷些老书，两个人也就不寂寞了，不害怕了。我给她讲故事，把以前看过的老书搬出来讲。我现在已懂故事的含意，讲起来保证比以前好听。想着想着，就迷迷糊糊地睡过去了……

　　不知是什么时候，也许快天亮了吧，外面"哔哔剥剥"声惊醒了我，炒爆米花似的。看看旁边，已不见了爸爸。急忙起身出门，一看，不好！祠堂那边通红的一片——起火了！连忙拔腿朝祠堂跑去，一路自问："怎么起的火？怎么起的火？难道英英睡着了，蜡烛点燃了图书……"跑到祠堂，我惊呆了，整个祠堂已火光冲天，浓黑的烟柱腾空而起，像一条黑色的长龙在天空翻卷肆虐！我急急地跑到图书室的窗下，见窗口也嗤嗤地冒出了火焰，就大叫："英英！英英！！英英！！！"不见回答，却见地上丢着一大堆烧焦的书，仔细一看，老书新书都有！我呆呆地说不出话来，心想，倘若晚上不睡觉，会起火吗？即使起火，也可以早点叫人救火。这时有人跑过来，嚷道："小孩子快走开！快拎水！快！"我被掀了个趔趄，昏昏沉沉爬起来，终于禁不住大哭大喊起来："里面有人！英英在图书室里！"人们都惊愕得睁大了眼睛。马上，有人搬来一架梯子，人上去了，却进不了铁窗。一阵火焰冲出来，眉毛头发全烧焦了，上去的人赶快下来，说，到那边去看看。于是都跑过去。祠堂的大门全砸开了，队长和刘行正在指挥一帮人救火。爸爸也在里面。他们喉咙都喊哑了，两眼通红。人冲进去了，却上不了楼，两厢的柴草和戏台都上了火，轰轰作响。不断有人朝里面泼水，我去帮着泼，可一点也无济于事。忽然有人大声喊："快退快退！屋要倒了！"我身不由己，被人们挟着退出来。还没站稳，只听"轰"一声巨响，屋倒了下来。火光暗下去一刻钟，又呼呼上升了。人们看着无望，就围定一个大圈子，呆呆地看着大火燃烧。队长不再指手画脚了，刘行呆若木鸡，爸爸若有所思地看着大火。我说不出一句话来，心里隐隐感到事情的严重性，料想我的后果并不比小鲁、英英好多少。

　　大家不再说什么。一切生息都仿佛停止了。只有大火翻腾着，染红了大地，染红了天空，染红了村庄，也灼痛了我的五脏六腑……

垒上
LEI SHANG

一

　　李林包里放着县文化局那张录用通知书到乡政
府报到，接待他的是乡办公室文书。文书是一个白
胖的老头子，样子像个老太太。文书说，我叫老
尤，今天乡里人都下村去了，书记乡长叫我给你安
排房间。李林说，那通知书交给你。老尤一摆手，
你自己先放着吧，反正早听说你要来，又没有人冒
充你。

　　老尤把李林带到楼上，经过吱呀作响的漆黑的
过道，然后打开一个房间。里面已有了一副铺盖，
一床醒目的大红缎被堆在床上。老尤说，你去仓

库间搬张床吧，乡里暂时安排你与计划生育员住在一起。李林看了一眼红缎被，心想计划生育员该不会是女的吧，乡里怎么安排我一个男的和女的住在一起？老尤看出他的心思，说，乡里就妇女主任是女的，也是老鳖了，其他清一色带棍的。李林松了一口气，在计划生育员床上放下行李，转身随老尤到楼下的仓库里看床铺。老尤打开仓库大门，一阵霉味扑面而来，里面乱七八糟的什么都有，大衣橱、梳妆台、雕花大木床堆了一屋，一看就知道是农村人家结婚用过的东西。正疑惑间，老尤说，这些全是计划生育罚没的，反正放着没用，又占地方，你挑挑吧，挑好后叫你同居的计划生育员洪友帮你搬到楼上去。李林就随便挑了一张简易木板床，考虑到住的房间太小，其他的没有要。

下午下村的干部陆续返回。李林先到书记和乡长那里报了到，尔后回转房间。洪友已坐在床上抽烟，人看上去五十来岁，没一点工作人员的样子，倒像个老农。洪友人倒是蛮热情的，说，你就是刚来的文化员小李吧，老尤叫我帮你搬一张床，要我说，不搬也可以，我又不是正式工作人员，是乡里临时用用的，每天也就上半个班，下午都要回去种田垟的，晚上基本上在家住，房间就让你住吧，我临时有任务住几夜两人拼个床也成。李林想想也可以，这么小的房间，再铺一张床连个放屁的地方都没有，就说，要不一起去搬张桌子上来吧，我夜里无事好看看书，写写东西。

安置妥当，洪友说，乡长已给我说过，叫你驻垒上村，叫我明天先带你走一趟，今天没其他事了，我回家睡吧。

二

垒上村是全乡最远最高的一个村，距乡政府二十几里地。该村位于高

184

山之巅，跨过村庄，就是邻县了。因是两县必经要道，虽说没通公路，山高路远，却也显出些许热闹来。尤其是这里建了村部，成了过往人客歇脚的地方。垒上是个地名，是三个自然村交界的地方，距三个自然村都有两三里地。虽说是山顶，地势却很平坦。这里没有人家居住，也不长大树，只有孤零零三间一层的房屋。靠路的一间开了个小店，另两间大门紧闭，不知道是干什么用的。李林想，这个村怎么怪怪的，村部不设在人口集中的地方，却设在这荒凉的山岗上。就是这个小店，开到这鬼地方会有生意吗？至多不过是长途跋涉的人过往歇歇脚，买些烟酒饼干之类。这时，小店里迎出一个高个子姑娘，一脸灿烂的笑容，说，你们来了，我去开办公室的门。李林心想，怎么这个村有这么个年轻漂亮的女干部？正疑惑间，洪友告诉他，她叫阮芝芝，长脚老阮的女儿，在这里开小店，村里办公室钥匙放她这里保管。每逢开会，三个自然村不可能同时到来，所以只能由阮芝芝保管钥匙，谁先到给谁先开，还负责泡泡开水打扫卫生。

村部办公室就在小店隔壁，四壁糊满了报纸，房屋虽然简陋却打扫得很干净。里面放了几张桌子，几把椅子，桌上整整齐齐放着一溜儿茶杯。靠墙竟铺了一张床，上面有草席有一床洪友那样的大红绸缎被。洪友说，这里平常没人住，遇到紧急情况，比如防台值班什么的，村干部和驻村干部住一两夜。一面墙上贴着村干部相片和职务分工，李林仔细打量着，发现三个村干部分别来自三个自然村，书记王老五，七十多岁，瘦小干巴，来自山头王，主任兼副书记陈金宝，四十多岁，满面红光，来自陈家山，支委阮大牛，五十多岁，粗壮敦实，来自阮公岙。李林问怎么没村民委的班子？洪友说只选出了陈金宝一人，别看这三个自然村并起来只有五六百人，集体经济没有一个，选起举来也是你争我夺的，三足鼎立，谁也别想过半，倒是陈金宝老婆是阮公岙人，老娘是山头王人，沾了上下几辈人的光，勉强选上了。

　　阮芝芝泡好了茶送进来，问洪友，中午在小店吃不？洪友说，你给李林打上分量吧，我还要回家看看。李林说，不了不了，一会儿村干部来先接触一下，熟悉熟悉情况就回去，也没什么大事。阮芝芝笑了，李同志，你不要心焦，耐心等吧，一整天来一个也说不准。李林有些为难，洪友告诉他，农村干部都是这样的，有些散漫，你中午就在芝芝这里吃吧，没事的，以前驻村干部都在阮芝芝家吃的，村里说，年底算些工给她家就行了。

　　等了一个多钟头，村干部连个人影子都没有。洪友说你耐心等吧，我先回去。洪友一走，李林顿时感到百无聊赖起来，又不好到隔壁小店和阮芝芝搭话，办公室连一张报纸一份杂志都没有。他就想上面怎么给分到这个乡来了，乡里又给分到这个村。李林高中毕业数学太差没考上大学，恰逢乡（镇）招文化员，因语文成绩比较好，音美基础也不错，就参加了考试。除了考试，县文化局还内定了方案，女的要漂亮，男的要帅气，选美一样。李林考试成绩好，"体检"也基本合格，就给招进来了。县里根据就近分配的原则，把他分配到岭下乡来。至于如何驻垒上村，除了乡长一句话，其他人都没说。初来乍到，李林不好挑三拣四，乡里叫干什么就干什么。

　　到中午也不见一个村干部到来，洪友说在集市上分别托了三四个垒上村民捎信上来的，村干部该不会是看不起自己吧。一个文化员，又是新手，除了出生在农村，没一点农村工作经验。李林心里有些不安，决定吃过中饭到三个自然村走走，不然第一回下村连个村干部也没碰到今后怎么开展工作。

　　阮芝芝过来叫吃饭了，李林来到小店里。这个小店和山下其他小店格局一样，一间屋用一个破旧的柜台隔成两半，里面货架里放些油盐酱醋酒烟毛巾肥皂之类的东西，还铺了一张床，外面放几把条凳，供人家闲坐，屋角垒着个简易的灶台，门外堆满了空酒瓶空箱子。阮芝芝在柜台外支了一张小方桌，小方桌上是一盆热气腾腾的面条。阮芝芝红着脸说，李同志不好意思，店里没什么吃的，就面和糕。李林问，你的呢？阮芝芝说她爸等下来替她，她回家吃。李林坐下吃起来，一边问这个店生意如何？阮芝芝说不好，以前年轻人多还可多卖些，现在年轻人耐不住山上贫穷，都到外面打工了，小店生意不好做，不过三个自然村就只这一个小店，又是两县交界，收点零用钱还是有的。还说这屋是承包村里的，小店收入一半都付了租金。李林发现阮芝芝说话轻声慢语的，没有一般山里人那种高嗓大喉。一件花格子衬衣明显是男人穿的那种，却又显小，紧紧地绷在身上，好些地方白白的夺人眼目，下面的裤子却很肥大。一转身，背后竟拖着一条长长的辫子，末梢扎着显眼的打着蝴蝶结的红头绳。这情景似有那么一点熟悉，李林脑海里努力搜索着，却一时想不起来与银幕上哪个形象联系起来。阮芝芝高挑丰满，体态婀娜，皮肤白净。李林天生对女人有些敏感，觉得这身衣服完全掩盖了她青春靓丽的气息，心想阮芝芝要么家里很穷，要么生在深山冷岙，不懂得打扮自己，你看山下集市上那些小媳妇大姑娘，手里有了几个钱，个个花枝招展，喉咙赛过嗓羊，把山乡女子特有的健康美展现得淋漓尽致。

李林吃好了饭，迟迟不见阮芝芝父亲到来，也不见村干部来，就向阮芝芝打听几个村干部家的具体位置。阮芝芝说，你找不到的，王老五下午不知去什么地方打麻将，陈金宝肯定是贩猪去了，大牛叔承包了别人丢下的山地，出门回家也是两头黑，你回去吧，我碰到了和他们说一声。

李林有点惆怅，只好告别阮芝芝，独自一人下山回了乡。走出很远一段路了，不经意间一回头，发现阮芝芝站在小店门口往这边张望。

三

　　乡里其实平时也没什么大事，一年里要紧的就是抓好经济建设，搞好计划生育工作，夏季防台防汛抗旱，冬季农田水利基本建设，造桥铺路，森林防火，至于换届选举，三年一轮回，还没到时候。李林从事的这一摊工作，主要是配合党委政府宣传方针政策，写标语，出墙报，办图书室与俱乐部，还要在重大活动比如基本路线教育期间组织文艺演出。因此联系得最紧的是乡共青团书记小杨。小杨比他小两岁，早十几天考进乡政府。那时乡干部更新换代不快，乡里就他们两个年轻人，要说两个也不止，新进的土管员和林科员是几个乡兼着用的，平时碰面就不多。

　　小杨驻另外一个叫坑口的村，也是山高路远。但那个村通了公路，通了公路的村就不一样，人员往来穿梭，风气就有些开放，村民们生活条件好了许多，村里工作也扎实，青年妇女组织比较健全。小杨这人工作积极性比较高，经常叫李林和他一起下村，想在坑口村树个典型。李林也乐意到坑口去。坑口的干部热情好客，关键是坑口有个青年俱乐部，小杨和李林工作有了内容，就经常去指导俱乐部怎么开展正常活动。

　　这天李林专门为坑口村出了一期关于宣传计划生育的墙报，就有下面观看的群众说，你们乡里真是的，这种墙报要出就出到垒上去，我们这村倒没违犯，垒上那边多着呢。李林顿时面有愧色，他驻垒上村连个村干部都没见着，心里就有些着急。出好墙报，小杨就陪李林从山路上横穿到垒上来。

　　一到小店，阮芝芝没在，一个瘦高个并且有点瘸的老头子在守着店。李林有点失落，问了一句，阮芝芝呢？老头说，去山下集市上去了，说是到乡里有什么事，顺便进点货，我是她的爸。这就是洪友说的长脚老阮了。

长脚老阮虽说腿长，但因为瘸腿，加上佝偻，其实一点也不高大，但他那憨厚的笑容里有着阮芝芝的影子。两人正想打听村干部的事，却发现隔壁村部开着门，有些响动，过去一看，三个村干部一个不少坐在那里，喝茶抽烟皱眉头，样子是开什么会。李林又恼又喜，恼的是上次他专门下村一个也不见，完全不把他这个驻村干部放在眼里，这回倒好，他没来，他们自己竟开上会了。小杨和李林就相互作了介绍，三个村干部站起来忙不辍地让座。陈金宝说，上回真是对不住，我们三个都忙，让你白跑了一趟，这回商量计划生育一事，乡里书记和乡长批了多次，说我们这里完全是无政府状态，不开会是不行了，你们来得正好，一起商量怎么个抓法。

接下来就开始排摸三个自然村哪些人违犯计划生育，找哪一个才能落实，商量的结果是力气还是要乡里出，最好夜里组织人马上门突袭，打它个措手不及。会议开散，因阮芝芝没在，村干部也没留他们吃饭，要他们先回乡里去。

小杨和李林正要回来，却发现阮芝芝挑着一担东西满脸汗水回来了，薄薄的上衣湿漉漉地贴在身上。陈金宝有些兴奋，说，芝芝回来了，你们吃了饭再走，长脚，你去我家拿些猪肉来，我们中午就在这里开伙。长脚老阮一声不吭瘸着腿到陈家山去了。芝芝关起门换了件衣裳就忙开了。金宝说，吃饭还早，我们玩几盘老K吧。李林对这东西不大在行，就推荐小杨陪他们三人玩，自己给芝芝帮忙烧饭。

四个人吆五喝六坐在村办公室玩开了，李林帮芝芝烧火煮饭。芝芝突然红了脸对他说，我上午去乡里找你，说你不在就知道你到我们村来了，就匆匆赶了回来。李林有些惊讶，问，找我干什么？芝芝说，借书，听说你们文化站办了图书室，这店平时也没多大生意，想借些书看看。李林顿时对阮芝芝有些刮目相看起来。乡里办的图书室也就是摆摆样子应付应付，又没多少钱投入，书也就是杂七杂八的。难得这么个山村姑娘有心思借书看书，就问，你都想看些什么的？芝芝说，最好是做服装的书，我没钱学裁缝，想看看书，以后出去做服装，挣些钱，要没这书，故事书也成。李林说，这书倒真的没有，故事书有一些，下次我给你带来吧。芝芝看着李林说，你刚来我们村我就说这些你不介意吧？我初中只读了一年就不读了，没钱读，很羡慕你们文化人。李林说，现在读些书还来得及，对你今后有好处，你有什么要求尽管说吧，帮得上的我都会帮你。芝芝说，我就看出你和以前的驻村干部不一样。李林问，怎么不一样？芝芝笑笑，不说了不说了，说人家不好，你看，饭都烧糊了，说着转身到灶台边忙活起来。

中饭小店放不下，就放到隔壁村办公室吃。阮芝芝和她爸说什么也不上桌，就在小店吃。小杨和李林陪村干部喝了不少酒，王老五虽瘦小干巴，酒量却奇大，说是两斤糟烧白酒也不在话下，陈金宝和阮大牛也不示弱，说黄酒每人可喝三五斤。饭后村干部散去了，李林和小杨告别芝芝和她爸，摇摇晃晃下山来。

路上，小杨开玩笑说，李林，这个妞不会是看上你了吧，我看她看你的眼神有点特别，高山出美女啊，就是家境差了些，不过家境差没关系，你家条件好，不用干什么的。李林说，人是好，我刚参加工作，没想这些，我家肯定也不会同意的。小杨说得没错，李林父亲是教师退休的，哥哥姐姐都有工作，这在农村，算是个富裕家庭了。他从阮芝芝的眼神中读出了一点别样的意味，心想，要是阮芝芝有个工作倒好，这么漂亮温柔的女孩子……

四

　　这晚十点乡里组织计划生育工作队去垒上村。乡长亲自带队，底下十几号人，还跟着卫生院一个叫小云的小护士。洪友事先到垒上村通知村干部在家待命。李林和小杨走在一起，那小护士紧紧跟着他们。夜路漫长，乡长就开玩笑说为小护士做媒，嫁给他俩中的一个，关键是看李林和小杨谁送的礼多。小护士大概干这一行有几年了，全不拿玩笑当回事，说要嫁就嫁给乡长，他们哪一个先干到乡长就嫁给谁。乡长说，那要是同时上呢。小护士说，同时上就同时上，我当医生的还会不知道这些，你老了，给你上也不行。乡长见说不过伶牙俐齿的小云，就开始卖弄自己的见识，说你们知道这个村为什么叫垒上吗？见众人答不上来，他说，新中国成立初期三个自然村组成一个村时，为争村部和村名各不相让，各有千秋，阮公岙穷是穷，但村人剽悍，有股匪气，山头王是革命老区，王老五本人就干过三五支队，陈家山人富有，富人底气足，谁也定不了村部设在哪个自然村。当时一名工作队长有点气急，把三村干部叫到三村中间这块鸟不拉屎却高远空旷的地方，坐在土地上开了一次会，说你们三个村合并就叫垒上吧，土字上面三个角，斗死了还是离不开土。在这里造三间屋当办公室，一村出资造一间，山岗头山风大，每间就造一层。这里比你们那山旮旯里好，两县交界，三村中心，道路四通八达。这山垭口光光的不长一棵树，风倒是挺大的，日夜刮个不停，风光风光，有风而不长东西，不就是了。虽说是讽刺，三村干部没话说，就在这个不长树不长庄稼不长人的地方造了三间屋，当作村部，用垒上作村名。

　　乡长一番胡诌，说得大家目瞪口呆，都说这故事好，有意思。李林却有不同看法，这地方虽然近乎荒蛮，但地势倒很平坦。他从县志上看到古时候这里还是一个重要关隘，这个山垭口是两县必经道路，守住这里即堵死了两头，一夫当关万夫莫开。并且古时候传说垒上起名不是这样的，说是古时候一个官员带兵经过这里，看到这里地势险要，且是交通要道。兵问，在这里垒个烽火台如何？官答，垒上吧。官兵直干得人困马乏，实在想不出给烽火台命名了，事后向州府汇报时就随便叫它垒上，这个名称就这样沿用了下来。至今村部对面山包上确实有个烽火台，瓦砾遍地，台基犹存。李林就把这个传说讲给大家听，大家听听都有些道理。乡长说，还是后生学问大啊，又是史实又是传说的。

这样说着不知不觉到了村口，早有洪友和王老五等四人在接应。一行人根据排摸的线索进村做工作，对于违犯计划生育的一律带到乡政府，罚款的罚款，结扎的结扎，情节轻微的如上节育环之类就地解决。山里人家为省电，屋里往往只吊一只昏黄的电灯泡，上环看不见，就必须推荐一个人打手电协助小护士操作。全队只有小护士一人是女的，这就给大家出了一个难题。年轻人当然不愿干这事，宁愿守门站岗，中年人也不在考虑之列，毕竟要避嫌。这时大家一致推荐文书老尤干，说老同志好，稳当，看了也是白看，女对象户保险，男对象户也没意见。老尤忸怩着经不住动员只得协助小护士上楼操作。大家在楼下谈笑，说计划生育员女人是不二人选，像洪友这些个男人干计生工作确实不适应当前形势，这就给日后乡里辞退洪友埋下一个伏笔。

忙碌到后半夜，这次行动山头王和阮公岙收获最大，陈家山战绩不佳。最后大家来到村部，说饿了饿了，到小店吃些东西，就敲小店的门。店里长时间没响动，难道长脚老阮或阮芝芝不在。李林想了想，边敲门边高声喊，芝芝！芝芝！我是乡政府的李林，你开开门，大家想吃些东西。这么一敲一喊，里面果然有了动静。过一会儿门开了，阮芝芝两眼迷离看着李林，昏黄的灯光透出一派温暖。大家一拥而入，拿饼干和啤酒分发。乡长说，先记上账吧，以后算。李林却掏出钱来对乡长说，我先付吧，到乡里报。大家一边吃一边说着晚上的事，场面乱糟糟的。李林和阮芝芝到柜台里找点钞票，说，芝芝，你怎么一个人睡在这店里？荒山野岭的。芝芝说，有什么办法呢，爸爸身体不好，妈妈死得早，哥哥乱拿店里的东西，姐姐早出嫁了，弟弟妹妹还小，只有我住这店里，有人看着贼就不敢来。李林说，那夜里有人买东西你开门吗？芝芝说，听声音，自己村的开一下，不熟悉的不开。这时小护士凑进来，说什么呢？这么亲热。把芝芝闹了个大红脸。

　　大家吃喝完毕，告别阮芝芝回乡。途中乡长说，这长脚，也胆大，把个如花似玉的女儿一个人放店里睡，不出事才怪呢。李林听了心里一紧，又不好说什么。老尤说，没娘妞就是可怜，阮芝芝又是老三，长脚五六个儿女，除了阮芝芝老实本分些，其他你看看，都挣不来钱，这样的家庭，几时会翻身不知道了。李林听了酸酸的，按理说二十世纪八九十年代，即使是山上人，混个有衣穿有饭吃是不成问题的。像陈金宝，贩猪这行当，日子过得比山下人还富裕，像阮大牛，跑不了运销，承包土地搞开发也是一门路道，就是王老五，本人年纪大了，几个儿子生活过得去，把他侍奉得太上皇似的，闲着无事三个自然村穿梭往来，下棋打麻将，日子过得也逍遥。长脚老阮自从死了老婆，加上瘸腿，五六个孩子就成了沉重的负担。他天生死心眼一个，不会把这边的东西拿到那边去贩运，也不会在山上做点手脚，这个家要想近年翻身是很难的。女儿还好说，大女儿耐不住贫穷，早早把自己嫁了，一年也回不了几趟家，老三阮芝芝模样长得周正，到时候寻个好人家嫁了，也会一下子脱胎换骨。老二空长了一副好身坯，贪吃懒做，至今连一门亲事也说不了。两个小的，还在小学初中念书，是张口要吃伸手要钱的主，钱还是阮芝芝开小店挣的。李林就是想不明白阮芝芝为了什么守住这个没多少生意的小店，守着这个没多少希望的家。

五

工作不到一个月，李林就接到县文化局通知组织文艺演出，说是考量新分配的文化员在乡镇工作拿得起拿不起。李林先向书记乡长汇报。书记乡长一致表示反对，说搞文艺演出花钱花时间花精力，就是搞了，效果也不一定好。在乡村，谁会看这土不土洋不洋的东西。农村百姓最喜欢的是看古装大戏，咿咿呀呀地唱上三两天也不烦，其次是上面来的大型歌舞团，音响好，演员也漂亮，再次是杂技表演，土是土，也寻个刺激。至于乡里自己组织的带有政治说教意味的文艺演出，一般情况下是没人看的。

李林急了，这场文艺晚会是衡量他能力的一个标准，他想不干是过不了关的，先干起来再说吧。他先到乡中学、中心校、卫生院这些大的单位落实，结果是大家都有兴趣搞。中小学各报了三四个节目，有现代歌舞、相声、小品等，说是现成的，没地方演，正好借这个机会亮亮相。小学还有一套音响设备可无偿借用。卫生院推荐小云唱几支流行歌曲，说她唱得很好，小云也应承下来。这些单位都没向李林要钱，说现在单位都穷，搞搞活动也不容易，我们平时工作乡里都很支持，还好意思向乡里要钱。但李林想没一分钱也是不行的，演员排练总要吃饭，场地总要叫人布置落实。李林到乡里唯一的一家企业走了走，厂长说，出点钱可以，不过主办人要冠上这个厂的名，节目至少有两个要唱这个厂的事。李林说让我考虑考虑，回到乡里向书记乡长作了汇报。书记乡长商量了一下，说，要搞就搞得像样些，乡里也出些钱，全乡每个村至少都要有一个节目，这是政治任务。

到时候请县长书记来，就是县长书记没时间也要请分管宣传文化的县领导来。这个事叫小杨和你一起抓，只许成功不许失败！

事情发展到这个地步，李林和小杨感到从未有过的压力。乡属各单位节目还过得去，两个唱厂里的节目李林向县文化局求援，上面也答应下来，由文化馆根据厂里提供的材料排练参演，并且作为压轴节目。各村的节目就成了问题，通过调查发动，村里编排节目根本不可能，就只有让他们以唱现有的歌颂党歌颂祖国歌颂社会主义新农村的歌曲为主，叫他们自己抓紧练，到时候不要怯场不要走调就好。忙碌了十几天，各单位各村节目基本上落实了，到最后还是垒上村没人参加演出。一个村都不能少，这是书记乡长下的死命令。李林自己驻垒上村，这个牌子不能倒。李林一次又一次到垒上村去，三个村干部都表示没有办法，并且还有些怨言。

这天李林坐在阮芝芝的小店里唉声叹气，芝芝问，什么事难住你了？李林把情况向她说了。芝芝沉默了好长时间才红着脸说，要么让我试试吧，我不会唱别的，就会哼几句越剧。不过千万别和村里说，也不要和我家里说。

李林眼睛一亮，他怎么没想到这一层呢？江南山村的姑娘媳妇甚至老头子老太太都喜欢赶场看越剧，闲着无事自己也能唱上几段过瘾。他说，好啊，越剧好，整台节目还没有唱戏的，正好填补这个空白，让整台晚会丰富起来。李林不懂戏曲，但好听不好听还是听得出来的，就说，你先唱几段给我听听，我们一起选一选。芝芝到门口张望了一下，看有没有人。李林说，你不要紧张，演出时那么多人看你，胆子要大，就像平时一样好了。芝芝在李林的鼓励下开口唱了，唱得还不错，只是动作还有些不到位。最后李林帮她选了一段《王宝钏》，他发现芝芝适宜唱一些哀婉悲凉的调子，就是农村说的"苦戏"，那如怨如诉的调子有一种别样的风味，听了催人泪下……

文艺晚会终于如期举行，那晚岭下村和中心校合用的大操场出乎意料地挤满了人。前排坐着分管宣传文化的县领导，由书记乡长陪着。各单位头头和各村书记主任都按乡里要求一个不落全到齐。王老五和陈金宝也坐在前几排，睁大眼睛张大嘴巴看演出。一男一女两名由中小学挑选的主持人闪亮登场，引起下面一阵骚动。李林负责演员上场前的准备，小杨要照顾领导。节目一个一个往下演，演员们平时都是看人家的，这回轮到自己有机会上台表演给人家看，个个憋足了劲演唱，虽然有些歌曲唱走了调，动作也有些夸张，台下还是掌声雷动。小云一人唱了三支歌，动作和嗓门都有模有样，给卫生院挣足了面子。李林从一开始就注意着阮芝芝，她毕竟是一个山里姑娘，能应对这么大的场面吗？芝芝早早地来了，坐在后台不说一句话，只由学校负责化妆的老师化了淡妆，说什么也不穿李林给她借来的古装戏服。轮到她上场了，她步履轻盈地走到台中央，亮开喉咙唱开了，一唱开就进入了角色，唱到动情之处，眼里竟闪着亮晶晶的泪花。李林发现她那身衣服不但不难看，反而更突出了演出形象。一曲唱完，台下一阵喝彩。芝芝回到后台，李林跟了过去问，怎么样？不紧张吧。芝芝拉了拉李林的手，说，都紧张死了，身上都出汗了，不过，唱过后舒服多了。这时王老五和陈金宝探头探脑从后台上来，惊喜地说，芝芝，真的是你！刚才我们还不敢认呢。李林告诉他们，这回多亏了芝芝，要不垒上真的没节目演，要倒牌子了。并叮嘱他俩，芝芝演出的事不要和她家里说，以免引起不必要的误解。两人连连点头称是。

演出结束，县领导表扬了岭下乡，还特地表扬了李林和小杨。说农村文化生活贫乏，今后应多搞一些这样的活动。还说事实证明只有领导重视，干部得力，方法得当，任何活动都是会搞得起来的。农民本身有这种要求嘛，让他们上台自己演给自己看，这种方式比什么效果都好。

送走领导后，李林要送芝芝到学校借宿。芝芝说什么也不肯，说夜里小店没人守不行，她到乡里演出爸爸和哥哥都是不知道的。也不让李林和小杨送，跟王老五和陈金宝一起回了家。

六

这年夏天台风雨水偏多，乡里的工作重心由抗旱转为防汛防台。山区防汛防台不像沿海，主要防止山洪泥石流、破旧房屋倒塌。这天上面通知说台风要来，而且还是超强台风。上午乡里刚部署完防台工作，下午驻村干部就纷纷下村了。

垒上村重点区域是阮公岙，李林和三个村干部一起顶风冒雨逐户检查村民的房屋，住危房的动员转移到邻舍亲友家暂避。走遍全村，李林发现长脚老阮家问题最大。一间房屋住着四口人，楼下一边是灶台，中间老阮和大儿子住，墙角还养着两只羊，一屋子燥气，楼上一儿一女两个小的住，女儿已读初中，样子像极了阮芝芝。这屋四面漏风漏雨，地上接满了盆盆罐罐，叮咚作响。老阮和大儿子光着脚坐在床上你一根我一根抽烟，神情木木的，好像对这事司空见惯，任凭李林和村干部怎么动员都不想挪窝，只是说要我们搬到哪里去？李林说，到村部先住一夜吧，垒上三间屋不是还有一间空着吗？陈金宝附着李林耳朵说，那间也不能住人，堆满了木料，村里误工全靠卖些木料拆付。李林说，那村部呢？陈金宝还是说，那更不行，以前有户人家着了火，村里好心叫他先住村部，到后来赖着不走，硬是搬走了，和干部结下了芥蒂。李林说，芝芝帮我们管办公室，可没少帮我们的忙。这时大牛说，要么分分工吧，老阮到老五家住，芝芝哥到金宝家住，两个小的就近住到我家吧。大家表示同意，好说歹说才搬走了这户人家。一下午就这么过去了，因乡里布置每个驻村干部晚上必须在村值班，李林只好回到村部来，三个村干部各回自然村再落实。他把情况和芝芝说了，芝芝长长地叹了一口气，红着眼圈不说一句话。李林说，那晚演出要谢谢你了。芝芝说，谢什么呢，还不是这个样子。

晚饭就在芝芝小店吃，李林衣服有些湿了，虽是夏天，这山上还是有些寒意，和芝芝说话时牙齿竟有些打颤。芝芝忙打了一斤黄酒炖热了让李林喝下驱寒。饭后到隔壁开了门，就上床休息。外面风雨大作，可能台风已经登陆，要过境了。李林硬着头皮坐到半夜，酒意和倦意一起袭来，不知不觉睡着了。可不到一小时又醒了过来，口干难忍，辗转反侧好长时间，终于耐不住拉亮电灯，敲了敲墙壁，问，芝芝，芝芝，睡着了吗？谁知隔壁一下子亮起电灯，问，李同志有什么事？李林说，我口渴，你那边有开水吗？芝芝答，有，我给你送过来。李林想套上衣服裤子去开门，衣服裤子都湿了晾在椅子上，就穿着一条裤衩去开门，开了门想回到床上。哪知芝芝一下子推门进来，外面披着一件薄薄的尼龙雨衣，胸部缠了一条毛巾，一条内裤隐隐约约，在明亮的灯光下显得格外撩人。两人同时都惊呆了，嘴唇哆嗦着说不出话来。刹那间，李林热血沸腾起来，脑子一片空白，迫不及待地拥住了芝芝，顺手带上房门，两人移动着往床边走去……

天马上亮了，雨过天晴，四野一片狼藉。大牛早早来到村部向李林汇报昨晚后半夜长脚老阮的房屋已倒塌。李林想，那时节他可能正和芝芝依偎在一起，想不到长脚老阮家的房屋倒了，不禁有些愧疚。不一会儿王老五和陈金宝也出现了，各自汇报了几个自然村受损的情况。芝芝已不见人影，看样子是回阮公岙去了。李林对村干部说，我要尽快回乡汇报损失情况，争取上面拨些款来。

七

一度，李林沉浸在整个事件的回味之中，但渐渐地，他对这件事情的发生有点后悔和后怕。自己和阮芝芝之间虽然相互有些好感，那场文艺演出更是拉近了他们之间的距离，但这么快就发生这样的事是不是有些唐突？进入乡政府，耳濡目染一些不良行为，一下子就堕落了？而阮芝芝怎么也不坚守自己的防线，这么轻而易举投入他的怀抱？尽管李林事后发现阮芝芝也是初次。那天他回来向乡长汇报完防台工作，就回了一趟家。哥姐因在外地工作常年不在家，家里只剩下父母。父亲教书退休后热衷于村里事务，通常不大管家里的事。母亲虽是农村家庭妇女，但她只认准一个理，三个子女都有工作，找的对象也必须有一份职业。这等于说，他和阮芝芝的事根本无法提起，除非他自己铁了心不顾父母的反对私下和阮芝芝登记结婚，但这样做，他明显有点犹豫。

乡里根据各村报上来的情况，平衡后下发救济物资，垒上村一共分得两万元钱。李林带着两万元钱和一些故事书再次到垒上村来，他非常想见芝芝，又怕见到芝芝。来到小店，店门开着，却没一个人，突然身后有响动，刚要转身，阮芝芝正满面羞红看着他，胸脯急剧起伏着。李林说，你那间屋怎么样，家里人现在怎么住？芝芝说，村里已安排她家里人住村部隔壁，三个干部意见比较一致，这会儿父亲和哥哥在收拾倒塌的老房子，弟弟妹妹读书去了。说着带李林到村部隔壁那间屋里看了一下，李林发现整间屋木头已搬到外面，屋里铺了两张床。他说，先暂时住下吧，等会开会商量一下补助一点钱给你家，你们自己再出点，亲戚朋友借点造间屋吧。

村干部还没来，李林就叫芝芝关上店门带他到对面山包上烽火台去看看。两人爬了十几分钟山坡就到达烽火台。这个烽火台早已倒塌，只留下台基和遍地瓦砾，四下荒草萋萋。两人就在台基旁边草地上坐下来，一坐下来就觉得浑身燥热，有了上回那次接触，什么多余的话也没有，两张嘴不自觉地吻在一起。李林慢慢褪去芝芝的衣裤，扳平她蜷曲的肢体，把她放在垫了衣服的草地上，上回在慌乱中未曾领略芝芝的身体，这回在耀眼温暖的阳光下细看芝芝青春勃发的胴体，那种美是难以形容的。李林有点头晕目眩，整个身体急剧膨胀起来，他感到自己要爆炸了，他迅速褪去自己的衣裤。芝芝却一下子坐起来，说，我怕。李林只好坐起来，说，我们回去吧。芝芝说，不，你就这么抱着我。两人就这么紧紧地抱着，看着远处三两个掩映在树丛中的村落，不说话，也没有别的动作，李林想，要是时间就这么凝固了该多好啊！

　　下午三个村干部一起开了个会，专门研究这两万元钱分配问题。按照常规，三个自然村平分这个钱什么人也没意见。这回大家都沉默着，不想首先打破这种几十年来沿袭下来的平衡。李林一看这样，只得先开口，说，两万元钱无法一一照顾到受灾户，大家还是生产自救为主，各自然村都讲点奉献吧。这两万元我看一半给老阮家，毕竟全村只有他一家屋倒了，造一间屋我看没四五万下不来，另外一万三个自然村各三千，留下一千查漏补缺用。陈金宝马上说，这一万给长脚老阮我表示同意，芝芝也经常帮我们的忙，但长脚是阮公岙的，另外一万阮公岙就不该再享受，陈家山和山头王各五千好了。王老五只顾抽着烟不言语，他每有重大事情都不表态，一副与己无关的样子。阮大牛身材虽不高大，却铁墩似的，他瞥了陈金宝一眼，说，村长这样分配也不合理，我看三个自然村一村四千吧，都照顾得到，各户受灾虽不大，但不补贴一点说不过去，剩下八千给长脚家吧，村里再给他家补些木料，他家造水泥结构就是造一间也造不起，还是造两间木结构的吧，儿子都这么大岁数了，总要分一间讨个老婆。大家想想有点道理，就这么定下来。这时王老五说，钱先不要给他，边造边支付，以免芝芝哥拿去赌了吃了，我看这钱就先放李林这里吧，要用了再拿。

八

山村无大事，乡里没什么任务通常都是不用下村的，大家要么忙忙自己线上的事，要么在乡政府所在地活动。李林和小杨因工作关系，经常到乡属中小学、卫生院等稍大些的单位走动，帮这些单位搞搞文艺活动。李林写得一手好字，会吹拉弹唱，还经常在县报纸上发表些文字，加上成功策划过一台晚会，颇受人们青睐。小杨不喜欢文艺，因共青团大部分内容都与文艺有关，就少不了与李林合作。小杨天生是个搞行政的料，有事没事经常到书记和乡长寝室里汇报工作，陪他们下下象棋打打扑克，书记和乡长就把他作为苗子来培养。

这天他们一同到乡中心校去。校长说刚分来几个女老师，因山区文化生活枯燥，怕留不住人，就让李林和小杨多过去活动活动，最好能和她们对上象，把根留住，让她们终身为山区教育事业服务。他们过去一接触，这帮女孩个个活色生香，能唱会跳，毕竟是师范毕业生，在城市里待过，就是不一样。但是接触多了，李林和小杨总觉得她们缺点什么，到底缺点什么呢又说不清楚。校长很热情，分别给李林和小杨说好其中两个女教师，叫他们接触接触，看看相互之间有无好感。李林出于礼貌，进入小郭老师寝室聊天。小郭不但人长得文静漂亮，连寝室也收拾得一尘不染。李林大大咧咧惯了，一屁股坐在她的床沿上东拉西扯起来。可小郭一改刚进门时的热情变得心不在焉起来，有一搭没一搭地说话。李林也觉得有点无趣，没多久就起身告辞，还没走出门，就见小郭拿毛巾在床沿上掸了掸，很细心地抻平了床单。李林顿时感到说不出的憋闷，我又没病，干吗那么紧张，纯粹是有洁癖！刚接触时的好感一扫而光。他刚下楼，小杨也紧跟着出来，说，这帮人怎么谈得起，还没开谈就打听家里情况，说能不能在城里买房子。两人心想还是找农村女孩好啊，最起码要求没那么高，让他们有点做男人的自信，可找农村女孩不心甘，自己毕竟有一份工作，一个人养活两个人也有些负担。乡里那些找了农村老婆的干部，个个忙完了乡里事务又要忙家里一亩三分地，日子过得极不轻松。

　　回到乡里，李林刚一进寝室，见寝室里坐着阮芝芝的哥哥，目光直直地盯着他。李林顿时紧张起来，莫不是自己和芝芝的事他已知道，或者芝芝参加文艺演出的事传到他耳朵了，专门找他算账的。不管今后他和芝芝成不成，这么快发生了这事总是理亏，传出去更是影响不好。他大脑迅速转动起来，想着应付芝芝哥的话。这时芝芝哥说，你把给我家的钱放在你这里干什么？人家房屋倒了等钱急用的。原来为这事，这该死的，事情刚商量没多久就要上钱了。李林松了一口气，说，这是村里研究了先放在我这里的，等你们开始造屋分期分批付给你们的。哪知芝芝哥说，那好，我家造屋用了一万你付一万，用两万你付两万，你付得起吗？李林想这人怎么这么蛮横无理，和闷声不响逆来顺受的长脚老阮完全是两个性格，和漂亮温柔多才多艺的芝芝也全然不一样。李林心里有些悲哀，芝芝怎么摊上这么个哥哥，这个家不会败倒奇怪呢。他眼前浮现出芝芝穿着不合身的男衬衣和肥大的男裤的身影，闻到了芝芝满脸汗水挑着重重的货物翻山越岭的喘息声，出现了芝芝饱含热泪在台上唱戏的情景。想着芝芝爸爸一瘸一拐的样子和一个弟弟一个妹妹在那个风雨交加的夜晚依偎在床上瑟瑟发抖的样子。他的心颤抖了，厉声说，你有没有道理，自己不出去找工作挣钱，要靠芝芝开个小店养活你，这钱就是不给你！芝芝哥死死地盯了他一眼，说，我告乡长去。不一会儿乡长竟真的来到李林寝室，说，小李，叫他打张收条，你给他吧。李林一愣，悄悄附着乡长的耳朵说，村里研究决定放在我这里的，要是交给他不到几天就赌了喝了，老阮家的房屋就造不起来，这个家再也救不起了。乡长说，没办法，我们虽是好心，但救济款放在你袋里他要告你截留怎么办？先给他吧，房子的事叫村里加强监督。李林只好让他写了一张领条领了钱。

这晚李林情绪很坏，饭没吃几口就到街上乱逛起来。他想找个人说说话，小杨陪书记乡长打扑克，洪友陪老婆去了，学校又不想去，对，就去卫生院找那个小护士小云聊聊。

岭下村是乡政府所在地，这个村地处县城出东门五十里山谷里，两条溪坑呈十字形在村中间交汇，形成一个独特的气场。这里自古以来不产商贾，却出官僚，也许是地处偏僻，做生意没多少门道，但读书习武的风气却很盛行，读书人和习武者最终的出路是仕途，就有不少人在全国各地做官。做官的人念着家乡的风水，挣了钱就在家乡置地造屋。因此岭下村随处可见高墙大院，名屋古宅。乡政府就是在这样的大院里办公。

护士小云出生在一个三进相连的院落里，算是官宦人家了。她父母在城里工作，就她一个女儿，生活条件富裕。看着她整天闲着无事唱唱跳跳，怕惹是生非，就给她在城里找了个卫校就读。本来可以在城里安排工作的，她却生性野蛮，受不了那种拘束，要求到乡下卫生院来。李林找小云玩纯粹是对这女孩子充满好奇，也排解这段时间内心的郁闷。这晚小云在卫生院正闲着无事，看见李林来，顿时兴奋起来，说，又有活动了？李林说，哪有那么多的活动，出去走走吧。小云问，去哪里？李林说，由你吧，你是岭下人，比我熟悉。小云神秘地说，我带你去一个好玩的地方。李林想，这山野乡村的有什么好玩的地方，就跟她走出来。俩人往河道下游走去，走了一里地，一座高大的三孔石拱桥出现在他们面前。小云说，就到桥下吧。李林心想桥下有什么好玩的，这么神神道道。就跟小云钻进桥洞，桥下没有水，几块青石板倒很干净，两人坐下来。小云说，躺下吧，你能听见石板下有人叹气声。李林听了既好笑又有些惶恐，试着躺了下来。果然青石板下有类似叹息的声音。小云笑了，不骗你吧，这地方古时候是专门杀人的，不忠不义的人都要在这里砍头，桥下有无数鬼魂。李林一下子坐起来，小云急忙拉住他说，骗你都不知道，这么胆小，下面是空的，流水经过冒泡泡的声音。他们就这么一直躺着，聊各自的学习和工作生活。小云说，你为什么进文化站呢？凭你一身本领今后能当个乡长的，进文化站是投错了胎，翻起身来就难了。李林说，我数学差，别的什么都考不上，爱好文艺，命里注定只有干文化这一行，怎么，你还真的想嫁一个当乡长的？小云说，嫁给当官的风光是风光，风险也大，我想还是嫁个文化员吧，有生活情趣就成，两个人还好唱唱戏。李林说，那说定了，我们双方都到家里说，父母同意了就结婚。小云伸出手指来和李林拉了一下，说，不许反悔，反悔就是不忠不义，要受惩罚的，像这桥下的鬼魂。

玩到半夜，李林送小云回卫生院，回到乡里不再想别的，和小云玩过，玩笑开过，心中不快也消散了，上床睡觉，一夜无梦。

九

这天李林和小杨在集市上溜达，忽然发现阮芝芝在远处张望，似乎在等他们。小杨眼尖，示意李林，你过去吧，她肯定找你有事。李林也顾不得什么，走过去问芝芝，有事吗？芝芝说，你把钱给我哥了。李林说，给了，他一定要，还告诉了乡长，我只好给他。芝芝叹了一口气，说，全还了赌债了，那晚我找到乡政府，说你出去玩去了，等了很久也不见回来。李林想，可能就是他和小云玩的那一夜吧，就说，那你家造屋又没钱了。芝芝说，我爸都气病了，又管不了他，这个家我实在是待不下去，可走了一家老小又没人管。上几天，山那边有人过来给我说媒，应吧，我心里想着你，不应吧，爸爸又要说我。李林想想觉得是个问题，就说，让我想想吧，过几天回你话。

芝芝低垂着头回去了，她显然对李林的回答有些失望。李林再也没心思逛街，找到小杨说我们回去吧，有事商量。在乡里，小杨和他关系比较铁，他只有如实坦白，让小杨一起拿个主意。小杨喝了一口茶，又喝了一口茶，说，当初你就不该叫她演什么节目，你看看，迷住了吧，这事首先你自己怎么想的呢？李林说，从我接触的几个女孩子看，还是阮芝芝好。我不这样看，小杨说，人又不能当饭吃，那个家，今后够你缠的，还有，娶了她乡里人会怎么说，除非你不顾家里，又调出这个乡，带着她远走高飞。李林说，都这样了，不娶她觉得对不住她。小杨说，这又有什么，都什么年代了，你们双方自愿干这事，你又没骗她。李林说，让我再想想吧，总要给她个理由。小杨说，不要多想了，你们文化人就是多情，就和她说家里不同意好了，人是要脸皮的，她总不会拿你们睡觉一事缠你吧，要是你自己放不下她，那任何人的主意也不好用。

李林心想还是和阮芝芝找个地方仔细谈一次吧，尽管谈什么他心里还没个底，但毕竟有了肌肤之亲，有了肌肤之亲，等于是有了一种责任，其他人是没法理解的。到垒上去吧，芝芝一家都在，没法和她单独相处详细交谈，到乡里来吧，又人多眼杂，惹人家闲话。

这天他一个人到垒上来，他没直接去芝芝小店，却鬼使神差到王老五家来了。他想必要的时候听听王老五的意见，虽然每逢村里大事他都不表态，李林对年纪大的人还是有一种信任感。王老五老两口住在山头王村口一间两层的小楼里，儿女都与他分开过。王老五干过三五支队，每月有国家发放的生活补助，儿女又孝顺，日子过得还可以。他说自己小时家里穷，十几岁就参加革命，是当时活跃在浙东地区三五支队下属的交通员，专门负责递送情报和护送首长，间或也参加一些战斗。解放后恋着家里一亩三分地，回到家里从事农业生产，不过当农村干部从没断过档，一直当到现在。

李林不好直接说芝芝的事，先让他谈谈陈金宝和阮大牛的情况。王老五说陈金宝这人头脑比较活络，这几年贩猪也发了，最大的缺点是自私，不大管村里的事，品行还有些不端正，经常听到他和一些女人不明不白的传闻，人们背地里叫他"公猪"呢。他这个党员是当时上面的意见才发展的，二十世纪八十年代刚改革开放，上面说农村有必要发展一些有经济能力的人。阮大牛家以前比较穷，可以说根红苗正，加上此人有一副牛脾气，敢仗义执言，公正办事，也进入支部班子。阮大牛承包了这么多土地，一日忙到黑，干村里工作就没多大精力。王老五自己年纪大了，加上对乡里村里好多事情看不惯，对大小事情也是应付应付。他说，这村不是没有出路，几千亩荒山没利用，就是村部旁边一大片荒山也是种果树的好地方，还有垒上是连通两县必经之路，应该造一条公路，交通便利了，经济才会发展起来。这些事情，他多次和乡里村里说，书记乡长走马灯似的换人，谁也不想多管，乡里不说村里就不管，他渐渐有些心灰意冷。

最后，李林有意把话题引到阮芝芝家。王老五眯着眼抽了一会烟，仿佛沉入往事的回忆之中。他有点不着边际地说起阮公岙，说阮家祖上是梁山好汉，不知什么朝代来到这里继续为匪。这种山形容易出土匪，官府都奈何不得，可阮公岙的土匪多为生活所迫，从不与民为敌，因此能在这里生根落脚。我们三五支队也从来没和他们有过过节，我解放前还好几次躲在阮公岙捡了活命呢。李林想，垒上这地方没有人家，想必当初与土匪猖獗有关，不然这儿地势平坦，地域广阔，多年来却不长人家，人都藏到离垒上两三里远的陈家山、山头王、阮公岙这些山旮旯里去了。但从地理的角度上看，垒上山风日夜响彻，无遮无挡，显然也不适宜人类居住。古人找住场和做坟墓一样往往是有一番讲究的。

王老五最后说，这阮公岙人不知是哪方来客，出生的人除了高大剽悍外，长相也不同常人，几十年就能出一个美人儿，不但人美，性格也好，聪明能干。阮芝芝就是这样的人，可惜生在长脚老阮家，埋没了，不要看她没有工作，家境贫寒，谁娶上她那是福气呢。

李林心里逐渐明朗起来，他想，几时找阮芝芝好好说一下。

十

没过几天，李林接到上面通知，县里举办文化干部培训班，为期一个月。他甚至来不及到家说，只向书记乡长汇报了一下就出发了。这次学习很紧张，白天全排满了课程，文学音乐舞蹈美术，一个也没落下。倒是夜里可以出来走走。开始的时候，李林心里有些烦躁，老想着阮芝芝，想起王老五的那番话，总觉得自己做事有些拖沓，办事不大坚决，临走时无论如何该与芝芝说一下。可渐渐地，由于结识了许多新朋友，夜晚出去吆五喝六，喝酒打牌唱歌，被城市灯红酒绿的生活消磨了，心里渐渐平静下来。

这天正上创作课，老师说，李林你出去一下，有个女的找你。李林心想，该不会阮芝芝大老远地跑到城里来找他吧，他甚至有点佩服阮芝芝的勇气，他想要真的是阮芝芝，他真的没法拒绝她了。连忙出去一看，原来是小云。小云眉开眼笑的，一脸幸福的样子，说，好你个李林，躲到这里来了，一屋子美女，该不会把我忘了吧。李林说，还美女呢，学习一个月，人都烦死了。小云一把拉住他，说，走走走，慰劳慰劳你，给你解解闷儿。李林说，现在不行，正上着课呢，晚上有空，我们出去走走吧。小云恋恋不舍地看着他回转教室。

晚上李林和小云坐在酒吧里，一边喝酒一边听着舒缓的乐曲。李林说，小云医生怎么也进城了，该不会耐不住乡下寂寞吧？小云说，人家专门找你呗，上次的话你忘记了吧。什么话？李林一时想不起来。小云一脸委屈，说，在卫生院下面三孔桥下，我早都问过父母了，他们也打听过你家，已同意下来，你怎么忘记了呢？李林一时窘了，这小云还当真了，阮芝芝的事情还没个答案，这样同意了小云，对谁也不好。他只得说，等我学习结束回家看看吧，这事总要向父母汇报为好。小云说，你父母看样子不会有什么问题，我爸与乡里乡长是战友，到时候想叫他去你家说，做个媒。李林说，不要搞得这么复杂这么隆重嘛，自己的事还是自己定吧。小云说，我也这样想，那我们自己定下来好不好？李林说，关键是我刚参加工作，就考虑婚姻的事，是不是太早了点。小云对李林的回答明显有些不满意，但还是说，我等你。

一个月的学习培训还差四五天，乡里一个电话把他召了回去，说是有重大事情要处理。

十一

李林回到乡里就遭遇了重大变故，乡长那晚的话不幸成为事实，陈金宝出事了，他竟和阮芝芝勾搭在一起，被芝芝哥发现后，竟被打残了。芝

芝哥被派出所抓去，面临牢狱之灾。就这么几天时间，李林无法相信芝芝
竟与有妻有子的陈金宝走到一起，芝芝啊！这到底是为什么？他不敢面对
这残酷的现实，头脑乱糟糟的理不出头绪。书记乡长叫他配合司法人员去
垒上村调查，小杨主动对书记乡长说，我也一起去吧，多个人多份力。真
是患难见真情，李林感激地看了小杨一眼。

　　他们一行步履沉重地往垒上爬去。小杨偷偷地说，等下你什么地方也
不要去就在村部等，我配合他们调查吧，事后和你说。来到垒上村，王老
五和阮大牛已在等候，两个人也是心事重重的，一脸无可奈何。小店已经
关门，村部开着。小杨说，李林身体不好就在村部歇着，老五书记和大牛
我们一起去陈金宝家和老阮家了解情况。小杨这人就这样善解人意，这种
性格无论做朋友还是搞行政都讨人喜欢，李林从心里感到佩服。一行人走
后，李林到村部一看，里面桌椅依旧，地上却血迹斑斑，再到隔壁一看，
已不见床，木料又放回屋里，从门缝里往小店看，里面没什么改变，一排
货架，一个柜台，一台灶台。李林有些伤感，不想在村部坐，就转身爬上
烽火台。秋冬季节，烽火台上早已一片枯黄，物是人非。

　　调查组回到乡里汇报，说是那天夜里，在村部办公室，陈金宝和阮芝
芝搂在一起，两个人都衣衫不整的，被芝芝哥撞见，结果被打残了。芝芝
哥触及刑事，判刑已是无疑。陈金宝虽然免于处分，但后半生再也不能贩
猪，也当不了村委主任了。

　　对于这件事，后来流传着多种版本。有一种说法是阮芝芝那一夜是被
陈金宝强暴的，刚好被她哥撞见，顺手就把陈金宝往死里整，要不是芝芝
阻止，怕是给打死了。另一种说法是陈金宝家里有钱，他又喜欢拈花惹草，
芝芝贪他钱自愿与他睡的。两人不小心被芝芝哥发现了，结果陈金宝被打
伤。最后一种说法更离奇，说是芝芝哥想诈陈金宝的钱造房娶亲，把妹妹

介绍给陈金宝，而陈金宝睡了芝芝后又不想出钱，与芝芝哥发生争执，结果被身材高大满身匪气的芝芝哥打残了。

这些事情，李林是后来才听说的，当时他只想了解芝芝怎么样了。小杨说，芝芝家那倒塌的屋基上已竖起两间木结构的两层楼房，那天芝芝在家只一个劲地哭，什么话也不说，对这种事又不好仔细问，他们就回来了。李林问，芝芝没和你说什么吗？小杨说，我看她想和我说什么，当时那么多人，她没说，她无非是想说对不起你，现在事情都已这样，你也不要多想，和乡长说说，这个村也是不要再驻为好。

这年年底，天寒地冻，洪友要走了，乡里新分来个女大学生接替他。那时节乡干部从农村和各部门抽上来的很多，干得好碰到机会就转正式干部，干得不好或没机会就哪里来回到哪里去。因洪友本来是从村干部里抽上来的，乡里指派他回那个村当书记。洪友把那副铺盖留给了李林。那晚，乡食堂专门办了几桌酒席欢送洪友，也当作年夜饭。大家大块吃肉，大口喝酒，气氛有些热烈。乡机关和县机关不同，虽然工作烦琐生活清贫，但丰富而充实，真正的革命大熔炉一般，大家离开这个大家庭还是有些依依不舍的。洪友工作了三四年，和大家有了感情，说走就走了，有点接受不了。他不说一句话，瞪圆眼睛猛喝，喝到最后，竟然哭了。书记和乡长看看有些不对劲，就叫李林和小杨扶他回房间。那个女大学生可能以为自己抢了洪友的饭碗，也一路跟来，到房间里又是倒水又是递毛巾。三个人服侍洪友睡下，李林也借口醉了没有回去。

李林看了一会书，却一句也看不进去，躺下了也是睡不着，脑里老是出现阮芝芝哀怨的样子。他隐约觉得事情并不像人们说的那样，阮芝芝肯定有难言之隐。他扪心自问，这个局面的出现，自己是不是掺杂了一些因素在里面。要是他和阮芝芝的关系确定下来，这样的事情还会发生吗？不管怎么样他是个准乡干部，量陈金宝也没这个胆。他甚至想，是不是自己给了阮芝芝肉体的愉悦，启发了她埋藏在心底的欲望，而后阮芝芝又对这段情事彻底失望了才会不顾一切和陈金宝在一起。他头脑一片紊乱，房间里也是酒气熏天的。他推开窗门，发现外面竟下雪了，那大朵大朵的雪花飞扬进来，沾在桌子上，衣服上，一会儿就不见了。

李林关上窗子，钻进被窝，那晚，他做梦了，先是梦见阮芝芝在那台晚会上眼泪汪汪的唱歌，后又梦见小时候看过的一部电影《白毛女》，喜儿和大春在冰天雪地里不断地狂舞，喜儿的衣袖和裤腿是那么的短，都包不住胳膊和大腿了。一会银幕又出现喜儿的爹，拿着一根红头绳要给喜儿扎起来，一边唱：人家的闺女有花戴，爹爹钱少不能买，扯上二尺红头绳，给我喜儿扎起来……

十二

李林回了一趟家，母亲喜笑颜开地告诉他，你们乡长到这里提亲了，我也去看过那个卫生院的姑娘，长得真不错呀，人又热情大方。找了她，我和你爸老了头痛冷热的可有人照顾了。乡长说先不要告诉你，说你由于村里出了事心情有点不好，那事又不是你的责任，那个村长我看是个恶霸，和黄世仁差不多！山上人就是野蛮，打残了活该，那个姑娘也真是的，人家都有老婆孩子了，还去插一脚，不是贪财还是什么。李林有些憋闷，说，妈，你不要乱说，谁知道里面什么原因呢，小云的事让我再考虑考虑。母亲急了，还考虑什么呀，乡长都为你们提亲了，定下来吧，两个人都有一份工作，两家也门户相当，你不答应妈先替你应下来。

李林只得敷衍，好吧好吧，你们商量着办吧，不要烦我。他到小时候读过书的小学走了走，没见着父亲，就回到了乡里。

这晚乡长找到他，说起提亲一事。李林不想驳他的面子，就说知道了。乡长看他有些轻描淡写，近来也是萎靡不振的样子，就说，这事的发生不是你的责任，你不要有思想包袱，年轻人要有上进心，明年，老尤退休后，我让你接管办公室工作，不用驻村，省得为那些搞不清的事烦恼，还可发挥你的特长。就这么说定了，今后多和小云接触接触，培养培养感情。二十世纪八十年代，公社改乡，书记是上面任命的，而乡长虽是组织意图，却要经过人民代表选举，没真本领一般人是上不了的，因此，乡长就显得比书记有能耐，权力也比书记大。书记上党课，乡长管吵架，党政分得很开，行政上的事基本上是乡长说了算。李林见乡长说到这个份上，只好点了头。

事情说定以后，李林和小云正式交往起来，渐渐地淡忘了那段往事。这年年末，王老五到乡里开拥军优属会议，告诉李林，阮芝芝出嫁了，嫁到邻县去了，就是翻过垒上的山垭口，站在烽火台上远眺能看到的那些灰蒙蒙村庄的一个。老公死了老婆，就不嫌阮芝芝的名气臭，也不办什么酒席，悄悄地接过去了。李林听了默默无语，他的秘密，只有小杨一个人知道，小杨这个人嘴紧，也不会向外去说的，这也是小杨深得领导赏识的一个原因。

正当他家和小云家筹划什么时候定小日子大日子而忙忙碌碌的时候，李林说，什么也不用定，春节就结婚吧。两家看李林一副严肃的样子，怕拖长了有什么变卦，就大日子小日子一并用，大张旗鼓地替他和小云操办起了婚事。结婚酒席办了十几桌，乡里大小干部和卫生院全体医护人员都参加了，其他单位想来人随份礼，都被李林一一婉拒。外面的只请了一个洪友，并且叫他坐在主桌。洪友感动极了，语无伦次地说，我不是乡里人了，难得你还记得我，我祝你们幸福美满，白头到老，多子多孙。大家轰地一声笑了，说洪友还是计划生育员出身呢，一回村里就想违反政策了。洪友说，没有没有，我们农村人，说顺了嘴，说顺了嘴。

十三

垒上村出了大事，终于引起乡里高度重视。乡里决定派小杨去担任代理主任，一面根据王老五和上面的意见搞好开发，带领村民发家致富，再就是造一条贯通两县的公路。小杨原先驻的坑口村基础好，要想再上一个台阶就很难，只有到垒上这样的落后村才能干出一番事业。行政里的事，人只有下去了才好再上来，成绩在下面出，官才好在上面当。小杨也想干点名堂出来，背着铺盖上山了。

李林开始接替老尤管理办公室，那时的办公室，大凡有点文化屁股稳当的人就会干得很好。办公室其实也没什么大事，上班下班，睡觉吃饭，也不管文化上的事，更没有再办什么文艺晚会，这种浑浑噩噩的日子过了将近一年。小云要么到乡里蹭饭吃，要么叫李林到卫生院吃，这个女人从来不动手做饭，并且为了减肥，经常节食，搞得李林也跟着受累。李林看着她排骨般的肌肉，欲望往往不战自退。他说，你再节食就要飘起来了，就不怕被我压扁压碎。小云说，今后不准你再在上面作威作福，要上我上去。这女人就是嘴巴不饶人，倒没有多大心计。小云对于吃不大讲究，缩食但不节衣，穿衣服绝不含糊，本来医院里的护士，经常披一件白大褂，里面穿什么根本无所谓的，她却对这身衣服深恶痛绝，说它扼杀了女人的青春魅力，能不穿的时候尽量不穿。她进城除了买衣服就是买首饰，家里的衣服都可办服装展览了。李林不由得想起了阮芝芝，她连起码换洗的衣服都没有几件，人与人怎么差别就这么大呢？不知道她现在嫁到那边怎么样了，受不受委屈，生活有没有好转？

　　小杨进驻垒上村苦干了一年取得了很好成绩，听他说，垒上四周荒山全面进行了开发，种上果木，公路路基也已贯通，就等上面拨款进行路面硬化。乡里现在已把垒上村作为典型进行宣传，县里领导还亲自带队到垒上村参观考察，充分肯定了小杨的成绩。小杨提拔上进的呼声很是高涨。李林也为小杨取得成绩高兴，为垒上村改变落后面貌高兴，但他想，要不是陈金宝垮台，垒上村能这么快就取得成功吗？他李林不是没想过要改变垒上落后的面貌，可他除了留下一身创痛外根本没得到一点什么，人是没法比的，时势也不是人所能逆转的，他只有这样安慰自己。

　　这天，李林忽然心血来潮想到垒上走走，他什么人也没说独自出发了。出于怀旧情绪，他没有走公路，而是沿着老路一路走来。百步岭、里湾路廊都还在，一条盘山公路巨龙般从对面山上经过，恐怕不久的将来，脚下这些个古道古建筑也会荒废。他选的第一个点是陈金宝家，作为前驻村干部，他没去过陈金宝家，以前是他天生骨子里藐视强者，同情弱者，加上陈金宝做派和言行他不喜欢过多和他接触，后来发生了那样的事，他更加鄙视陈金宝。这回，他竟强烈地想见陈金宝，到他家走一趟。一进陈家山，不用打听，村东头那三间气宇轩昂的房屋肯定是陈金宝家，前面还圈了偌大的院子。里面似乎没有响动，只有一种令人窒息的死一般的寂静。他推开那扇院门，一个面容姣好的女人迎了出来，他想这肯定是陈金宝老婆，阮公岙的女子个个出类拔萃。陈金宝女人应该有四十多岁，风韵不减当年。他甚至想不明白姓陈的有了这么如花似玉的女人还到处在外面拈花惹草，以致最后毁了自己。这时女人柔声问，你是李同志吧，金宝近来老念叨你，想不到你还真的来了。李林一愣，莫不是冥冥之中有什么天意，他想见陈金宝时陈金宝竟也想见他，他想见陈金宝说到底是因为阮芝芝，这是个永远解不开的结，而陈金宝想见他又为了什么呢？

陈金宝女人把李林带到楼上就下楼去。陈金宝就这么斜躺在床上，全然没有了往昔那红光满面的风采，瘦骨嶙峋，头发花白，看样子他已完全不能行走。陈金宝吃力地支起身子，说，兄弟，坐，坐，我如能走早到乡里看你，想不到今天你来看我，还没忘记我，你是个重情义的人，我也不能无情无义，那事情，人家的说法都是错的，他们的调查也不正确，反正都过去了这么久，芝芝也嫁了，你也结婚了，我也没什么好顾虑，我都给你说。

陈金宝贩猪发家之后，思想确实发生了变化，他虽然当了村里副书记兼村民委主任，但他不想按照王老五的意见为村里办事业，一方面是贩猪忙，更重要的是，如果大家都富起来他的地位就会动摇。有钱又有权的人在农村毕竟不是很多，他很珍惜垒上的这个样子。他和村里三四个妇女保持着不正当关系，当然这些个女人长相漂亮但不富裕，有几个女人丈夫明明知道了也是敢怒不敢言。最后他看上阮芝芝，阮芝芝是他走村串户贩猪见到的最漂亮的姑娘，文艺晚会那夜，他在台下看芝芝演出，简直看呆了！他想长脚老阮家一穷二白，即使知道了拿点钱也可以打发。他选择了一个月黑风高的夜晚来到村部办公室，他叫开了阮芝芝的门叫她送吃的喝的过来。当阮芝芝毫无防备进入时，他一把抱住她，说芝芝我想你想了很久，你给了我我不管什么都给你，你一个姑娘家穿着这么寒酸我看不过去，我要把你打扮得漂漂亮亮的，披金戴银。芝芝一时惊呆了，她想不到陈金宝对她动了心思，她愤怒极了，声嘶力竭地喊，陈金宝你不要乱来，我早已是乡里李林的人，我们已定下了婚约，你不怕我家还不怕李林吗，他可是乡上的人！陈金宝想不到平时温柔可人的阮芝芝有这么大的力气对抗他，又听她说已是李林的人，而且还准备和李林结婚。他权衡再三，这样得不偿失的事他决定不干了，天下女人千千万，而垒上村主任只有一个，即使成功占有了芝芝，事情一捅开，他这个主任也保不住了。他说，好，好，算我错了，但我也求你一件事，晚上的事不要告诉李林。本来事情已经这样结束，可这时阮芝芝的哥哥不知在什么地方打麻将输光了急于向芝芝要钱，见小店门开着没芝芝的人影，隔壁却有响动，就一下子推门进来，见此情景二话没说就动了手，把那晚输钱的怒气全发泄到陈金宝身上，直把他打倒在地还不罢休，当时要不是阮芝芝死命地阻拦，陈金宝肯定没命了。

事情就是这样，陈金宝什么也没得到，却落得个终身残疾，连主任也当不成了，不但主任当不成，贩猪的营生也从此终结。芝芝哥犯了刑事被判刑，最惨的是阮芝芝，由于哥哥想减轻刑罚作了死证，她纵使有千张嘴也说不清了。陈金宝起初想申诉，为自己辩白，可是面对调查人员，没有阮芝芝和她哥哥的证明他还辩得清白吗？后来想想事情的起因是他自己，这个清白对他来说实在无多大意义，也就听天由命了。

陈金宝说，李林兄弟啊，芝芝是个好姑娘，你和她好上了怎么就不说呢？是不是你叫她参加文艺演出那时就好上了，我怎么没早看出来呢？李林没有言语，他怨自己的优柔寡断，说到底他也和陈金宝一样，被一层虚荣心笼罩着，看上芝芝的人，却看不上她的家庭，在进退两难中毁了芝芝，也毁了自己的初恋。

李林告别陈金宝来到垒上，公路从小店门口经过，那一头通到邻县去了。垒上四周开发成梯田模样，都种上了果木。村部没人，小店早就没人开了，临时成了小杨的宿舍。办公室和那间放木料的屋调换了，大家都不想在这间充满血腥的屋子里办公。他爬上对面的山坡，烽火台早就不见了，一片瓦砾也没留下，这次开发性生产彻底毁了它，但位置依稀存在。李林朝邻县张望了一下，那边撒满了星星点点的村落，炊烟袅袅，一派祥和景象，烽火台这个过去的物事，除了留下一道风景勾人回想外，已无一点用处。他往阮公岙走去，来到芝芝家两间木结构房子前，门上上着锁，门外的竹竿上晾着颜色不一的衣服，万国旗一样迎风飘扬。李林突然发现了芝芝穿过的那件花格子男衬衣，那条肥大的裤子也在。他就这么定定地看了好长时间，直到有人过来了才匆匆走开。

十四

小杨由于工作出色，拟任为副乡长。垒上村主任由这次开发造路最积极的阮大牛代理，王老五依旧干着书记。后来李林知道，乡里有条不成文的规定，最后一个参加工作的都要到最高最远最落后的垒上村驻村，名曰锻炼，他正好成了锻炼的对象，并且发生了许多事，以至许多年后都难以忘怀。这回垒上村变先进了，不需要有人去锻炼，大家都争着去。书记和乡长先后调走，铁打的营盘流水的兵，政府工作人员也一样，小杨后来也调出岭下乡到别处任职，并且官越做越大，都有点令人炫目了。只有李林，文化员这个角色是轻易动不了的，当初就近分配就是扎根山区的意思。文化员也提不了干，像小云说的干文化工作是投错了胎，虽然也干行政一样的工作，要想翻身搞行政求得一官半职就难。来了新的乡长，李林的兼职文书也被一新来的大学生接管了。但国家发给你工资你不能不做工作，李林又回到了老本行，配合党委政府宣传方针政策，写标语、出墙报、办图书室和俱乐部，遇到重大日子搞一些文艺活动，但那么大的晚会再也搞不起来，领导的工作重心是经济建设，各单位也变得比较现实，每逢活动都开始伸手要钱，说乡政府是老大，牛大卵子大，漏一点点给我们就好了，这样谁也没心思搞什么晚会，也搞不好晚会。李林在小杨帮助下驻上坑口村，工作倒轻松了许多。

公路硬化后，两县百姓往来多了起来。岭下逢五逢十是集市日，集市就在乡政府旁边，李林闲着无事，每逢集市日总要到街上走走。

开始的时候他总认为工作轻松了，日子平淡了，闲着无事到集市上走走，打发这漫长而空虚的时光。随着他频繁地出现在集市上，一到集市日就不由自主地跑出来，才慢慢意识到自己是想借这个机会碰碰运气，见上阮芝芝一面。至此，他才明白这个初恋过并且和他有过肌肤之亲的女人早已在心中生根发芽，并且随着时间的推移不但没有忘怀反而变得越发强烈起来。小云在他落寞的时候填补了他内心的苍白，浸入到他生活中来，无意之中掩盖了那场变故给他造成的痛苦。但这种痛苦在过了一年之后竟然不可遏止地泛滥开来，他感到了深深的懊悔。阮芝芝从没做过伤害过他的事情，是他伤害了阮芝芝！是他的自私和懦弱扼杀了这段爱情，陈金宝在这件事情上只不过做了一个可有可无的铺垫而已。

小云有工作，属于知识女性阶层，这个女人各方面表现都很优秀，这段婚姻也称得上门当户对幸福美满。但是面对小云的身体，他总是激动不起来，思来想去他才明白只有阮芝芝才是他最好的选择，而阮芝芝也最爱他这样有些文化诚实肯干温柔体贴的男人。这个女人虽然没多少文化，也没工作，家庭背景又差，他却一下子爱上了她，这不能不说是一种缘分。王老五说得不错，陈金宝说得也对，阮芝芝是值得爱的姑娘。可这一切由于他的懦弱、犹豫和那场阴差阳错的变故改变了。她屈辱地嫁到外县去了，属于那个连她自己也不熟悉的男人了，并且那个死去老婆的男人可能正一步一步地把她变成身体粗粝、高嗓大喉的女人了，每当想到这些他的心就一阵阵绞痛。

他有时想想自己是不是喜新厌旧了，可小云正值青春年华，她以护士特有的细腻把自己保养得花朵般的无可挑剔，而阮芝芝差不多一年多不见了，比起小云来，她更像是旧人，可他的思念却在这种时候日益膨胀开来。他作了无数个设想，他想作为男人，最好的补偿方式只有一种，那就是不计前嫌和她走到一起。他甚至想，不管阮芝芝现在变成什么样子了，只要她愿意，他会不顾一切地带着她远走高飞！工作可以不要，老婆可以不管，他现在最想要的就是这份夹杂着愧疚的爱情。可是他又时常扪心自问，如果再度遇到阮芝芝，他有勇气提这个话题吗？阮芝芝能再次接受这份爱吗？小云会放任不管吗？事情公开了乡里又会怎么说？这些天来他时常纠结在这些问题里自言自语不能自拔，那时常愣怔的样子连小云都觉得可疑。

他不知道阮芝芝现在的样子，也不知道她现在的想法，这么久没见到她，他隐隐觉得阮芝芝可能囿于家庭和脸面不敢到集市上来了，也可能死心塌地安于现状了。她曾经向他借书和参加演出，主动跑到集市上和乡政府找他，并且义无反顾地把身体给了他，表现出山里姑娘特有的胆量和对于爱的炽烈追求。现在竟然一点信息都没有了，李林又感到一种深深的失落、惆怅和难以理解。

多日来，那种悔恨、惆怅、失落和思念折磨得他寝食不安，但李林不想贸然到邻县找她，那样对她和他都可能不好。他只有到集市上来，想通过这种特殊的方式和渠道见到阮芝芝，看看她现在的样子，并聊聊压抑在心中的许多问题。他近乎神经质地到集市上来，有点守株待兔的味道。岭下算是周边几个乡最大的集市了，连邻县也赶集到了这里，他想阮芝芝应该会来这里的。乡下的集市日多集中在上午这段时间，每到集市日，吃了早饭，李林就耐不住跑到集市上来，鬼魂一般游荡一上午才回去。可是连续几个月，他连阮芝芝的影子也没有见到，每次总带着空落落的心情回到乡政府。李林已经陷入到自己设计的怪圈中去了,明知碰到阮芝芝的希望非常渺茫,他还是要到集市上来。小杨看到李林的反常行为,明白过来后问他,小云不好吗,你这么想见阮芝芝,她出了那么大的事,现在又嫁到外县去了,还会到这里来吗?就是遇见了又怎么样呢?李林说,我自己也不知道,就是想见见阮芝芝。小杨说,那也用不着这么苦等,几时抽个空,我陪你到那边看看她。李林说,我的心思你不懂,我就是想见见她。小杨嘀咕道,有了这么好的老婆还想着别人的老婆,即使是初恋情人也不值得嘛,真不明白!摇摇头走了。

李林的执着终于感动了上苍,那一天,他分明看见阮芝芝来了。阮芝芝还是那个样子,上身穿着那件裹不住身子的花格子男衬衫,下身是一条肥大的男裤,一脸灿烂的笑容。李林一刹那呆住了,在他的想象中,阮芝芝这个时候应该是忧郁的,低眉顺眼无精打采的。可想不到阮芝芝依旧年轻漂亮,满脸阳光,与他初见面时一模一样。他既惊喜又失望,既满怀期望又惶恐不安。阮芝芝也不回避,直直地朝他走过来,但到身边时,竟又不顾他惊愕的表情,直直的从他前面走了过去。这时他听见有人喊了一声:阮兰兰!而阮芝芝长长地应了一声。

李林看着渐行渐远的阮芝芝,想,她怎么连名字都改了,那条扎着红头绳的辫子也不见了。这就是他魂牵梦绕日夜牵挂的阮芝芝吗?李林一下子无所适从。对于阮芝芝的变化,他说不出是好还是坏,是对还是错,他心如乱麻一下子理不出头绪来,早先构筑好的设想也土崩瓦解,整个人有种虚脱的感觉,想喊,张不开嘴巴,想追,却迈不开步子,看着阮芝芝消失在熙熙攘攘的人流之中……